J. M. G. Le Clézio

Le Chercheur d'or

寻金者

[法] 勒克莱齐奥——著

王菲菲 许钧——译

著作权合同登记号　图字 01-2009-6054

J.M.G. Le Clézio
Le Chercheur d'or
© Editions Gallimard, Paris, 1985

图书在版编目(CIP)数据

寻金者/(法)勒克莱齐奥著；王菲菲，许钧译.
—北京：人民文学出版社，2018
(勒克莱齐奥作品系列)
ISBN 978-7-02-013590-5

Ⅰ.①寻… Ⅱ.①勒… ②王… ③许… Ⅲ.①长篇小说-法国-现代　Ⅳ.①I565.45

中国版本图书馆 CIP 数据核字(2017)第 305593 号

责任编辑	黄凌霞
特约策划	何家炜
装帧设计	高静芳

出版发行	人民文学出版社
社　　址	北京市朝内大街 166 号
邮　　编	100705
网　　址	http://www.rw-cn.com

印　　刷	上海利丰雅高印刷有限公司
经　　销	全国新华书店等

字　　数	200 千字
开　　本	889×1194 毫米　1/32
印　　张	10.5
插　　页	5
版　　次	2013 年 2 月北京第 1 版
印　　次	2018 年 5 月第 1 次印刷
书　　号	978-7-02-013590-5
定　　价	58.00 元

如有印装质量问题，请与本社图书销售中心调换。电话:010 - 65233595

致我的祖父莱昂

布康深处，1892

在我记忆最遥远的地方，我听见了大海的声音。那声音混合在木麻黄针叶间的风中，在永不停息的风中，甚至当我远离海岸，穿过甘蔗田前行，正是这个声音安抚着我的童年。此时，我听见它，就在内心最深处，我把它带到所行之处。声音缓慢、不知疲倦，波涛在远处的堡礁上碎成浪花，在黑河岸边的沙滩上销声匿迹。没有一日我不去海边，没有一夜醒来时，我不是汗流浃背，坐在我的行军床上，撩开蚊帐，试图聆听潮汐，不安而又充满一股莫名的渴望。

我想念它如同想念一个人。黑暗中，我全身感官觉醒，为了更清楚地听见它到来，更好地迎接它。巨浪在礁石上跃起，又摔落在潟湖里，声响仿佛一只锅炉让大地和空气震颤。我听见它，涌动，喘息。

月盈时分，我不声不响地溜下床，小心翼翼，不让虫蛀的地板发出吱吱咯咯的声响。可是我知道洛尔没有睡，我知道她在黑暗中睁着双眼，屏住呼吸。我爬上窗台，推开木百叶窗，置身在屋外的夜色中。白色的月光照亮花园，我看见树木闪耀着光，树冠在风中沙沙作响，我猜测黑色的花丛是杜鹃和木槿。我的心怦怦地跳着，走在通往山岗的小路上，从那里开始便是荒地。靠近坍塌的围墙，有一棵高大的五桠果树，洛尔称之为"智慧树"，我爬上主干想越过一棵棵树木和大片甘蔗看海。月亮游走在云间，洒下皎洁的月光。于是，可能在突然之间我看见了它，在枝叶上方，在拉图雷尔－塔马兰山的左边，一大片黑暗的平地上有一块光斑闪闪发亮。我是否真的看见它，是否听见它？海在我的脑海中，只有当我闭上眼睛，才能看得更明了，听得更清晰，才能感受到波涛被礁石撞裂的每一次轰鸣，然后它们又聚集起来，在岸边汹涌。我久久地抱着五桠果树的树枝，直到双臂麻木。海风吹过树木和甘蔗田，吹得树叶在月光下闪耀。有时，我就在那里一直待到黎明，聆听，梦想。花园的另一边，大大的房子黑暗、紧锁，犹如一具残骸。风拍打支离破碎的盖屋板，让屋架吱嘎作响。同样，也是海的声音，树干的折断声，木麻黄针叶的呻吟声。我感到害怕，独自一人待在树上，然而我不想回到屋里。我抵抗着风的寒冷，抵抗着让我脑袋昏沉沉的疲倦。

并非真正害怕。这就如同站立在深渊或者深邃的山谷前方，紧张地观望，心脏剧烈地跳动，以至于颈部发出回响，疼痛，然而却知道应该留下，知道最终将会知晓什么。我不能回到屋里，直到海面升起。绝不可能。我应当抱着五桠果树等候，当月亮转到天空的另一边。破晓前，马纳纳瓦一侧的天空变灰的时候，我才回到屋里。我钻进蚊帐，听见洛尔叹气，因为在我出去的时间里，她也没有睡。对此她从未和我谈起。她只在白天，用她那双深色的眼睛看着我，询问我，于是我为出去听海而感到后悔。

每天我都要来到海岸边。那就必须穿过甘蔗田，甘蔗长得那么高，我要摸索前行，沿着砍伐的道路奔跑，有时迷失在锋利的叶子中。那里，我不再听到海的声音。冬末的太阳炙热，让各种声音窒息。靠近海岸的时候,我能感觉得到,因为空气变闷,静止,到处是苍蝇。头顶,天空一片蓝色,沉沉的,没有一只鸟,让人眩目。我双脚陷入积满尘土的红色大地,直到脚踝。为了不损坏皮鞋,我脱下鞋,用鞋带把鞋系在一起,挂在脖子上,腾出了双手。穿过甘蔗田的时候,也需要腾出双手。甘蔗长得很高,厨师库克说下个月就要砍伐了。它们的叶子像砍刀的刀刃一样锋利,前进时要用手掌拨开。库克的孙子德尼走在我前面。我已经看不见他。他总是光脚,走得比我快,带着他的钓竿。我们说好,要是招呼对方,就用一种草琴吱吱吹两声,或者像这样大喊两声:阿呜哈!印度人[①]就是这样,到了砍甘蔗的季节,他们在高高的甘蔗丛中,用长长的砍刀砍伐的时候,就是这样喊的。

我听见德尼在前面很远:阿呜哈!阿呜哈!我用琴声回复。不再有其他声音。今天早晨海面达到最低点,中午之前涨不起来。我们要尽快赶到水洼,水洼里藏着虾和章鱼。

我的前方,甘蔗丛中,有一个黑色熔岩石堆。我喜欢爬上去看广阔的绿野。现在我们的房子远远的在我身后,隐没在杂乱的树木和树丛之中,如同残骸一般,奇怪的屋顶是天空的颜色,还有库克领班的小茅草屋,更远一些,是也芒的烟囱和高耸天际的红色群山。我在金字塔形的石堆顶部转过身来,风景尽收眼底,糖厂的烟雾,蜿蜒在树木和山丘间的塔马兰河,最后还有大海,深暗而又耀眼,从礁石的另一边退下去。

[①] 故事发生地在毛里求斯,当地有许多印度劳工,从事甘蔗种植业。——本书皆为译注,后略。

这正是我所喜爱的。我觉得可以站在石堆上，一连几个小时，几天，一直望着，什么都不做。

阿呜哈！阿呜哈！德尼在田野另一边叫我。他也站在一个黑色石堆上，仿佛遇了难，落在海中央的小岛上。他离我很远，我几乎分辨不清，只能看见石堆顶部他细长的昆虫般的轮廓。我把双手聚成喇叭筒状，开始大喊：阿呜哈！阿呜哈！我们两个人一起下来，重新开始在甘蔗丛中摸索着向大海的方向走去。

早晨，大海黑色一片，呈封闭状。这是大黑河和塔马兰的沙子造成的，到处是熔岩的灰尘。向北走或者向南到勒莫尔纳，大海逐渐明亮起来。德尼躲在礁石后面，在潟湖里钓章鱼。我看见他越走越远，涉禽类般修长的双腿站在水里，手上拿着钓竿。他既不害怕海胆也不害怕石头鱼。他在深暗的水域中行走，身后拖着他的影子。他距离海岸越来越远，惊得一群群鸬丝鸟、鱼鹰和珍珠角鸟纷飞。我赤脚站在冰凉的水里，望着他。我经常求他答应带上我，可是他不愿意，说我太小了，说他是我灵魂的守护神。他说我父亲曾把我托付给他。事实并非如此，父亲从来没有跟他说过。但是我还是很喜欢像他说的那样："你灵魂的守护神"。最终只有我跟着他直到海边。尽管表哥费迪南比我稍大些，他也没有这个权利，洛尔也不可以，因为她是女孩。我喜欢德尼，他是我的朋友。表哥费迪南说，他不是朋友，因为他是黑人，是库克的孙子。但是我对此无所谓。费迪南这么说是因为嫉妒，他也想和德尼一起穿过甘蔗地，走到海边。

一大早，当海面像这样很低的时候，一块块黑色岩石就会露出来。一个个水洼，很大，有的深暗，有的却非常明亮，让人觉得能发光似的。水底，一个个海胆缩成紫色的圆球，海葵打开血腥的头冠，真蛇尾缓缓移动毛茸茸的长触手。远处，德尼在用钓鱼竿尖寻找章鱼，我则细细观察水洼的底部。

这里，大海的声音犹如一首乐曲般优美。风吹来层层波涛，波涛粉碎在珊瑚底，粉碎在遥远处，我倾听着岩石里的每一次震颤，听着震颤传向天际。在海平面上仿佛竖起一面墙，大海尽其力量，拍打撞击，时而激起一束束泡沫，又落回到礁石上。潮汐开始上涨。这是德尼钓章鱼的时刻，因为章鱼在触手之间感受到凉爽的海水，便会离开藏身之处。海水填满水洼，一个接一个。真蛇尾在水流中摇晃着触手，一群群小鱼向上游进激流，忽见一只箱鲀鱼游过，样子匆忙而又愚笨。很久以来，打从很小时，我就常来这里。我熟悉每个水洼，每块岩石，每个角落，我知道哪里是海胆聚集之地，哪里匍匐着胖乎乎的海参，哪里躲藏着鳗鱼、百爪鱼。我待在那里，一动不动，一声不响，好让它们把我忘了，不再看见我。大海是多么美丽而温柔。当太阳高挂在天空，挂在拉图雷尔-塔马兰山上方的时候，海水变得轻盈，一片浅蓝色，那是天空的颜色。浪涛撞击在礁石上，发出隆隆的声响。我被阳光照得目眩，眯着眼睛寻找德尼。此刻，海水顺着水道涌进来，海潮缓缓涨起，将岩石淹没。

当我来到两河相汇的河湾的沙滩上，我看见德尼坐在沙滩高处的沙地上，躲在白水木的树荫下。他的钓竿顶端挂着十来只章鱼，像挂着破布片一样。他静静地待在那里，在等着我。炎热的太阳炙烤我的肩膀和头发。我很快脱去衣服，光着身子，一头扎进沙滩边的水里，大海和两条河流在这里交汇。我逆着温和的水流游去，感觉到尖锐的小石子直碰我的肚子和膝盖。当我完全游到河里，我双手紧紧抓住一块大石头，任河水在身上流淌，洗去大海和太阳的灼热。

一切都不复存在，什么都没有流逝。我所感所见只有这些，如此蔚蓝的天空，抗衡礁石的海声，流淌在我皮肤周围凉爽的水。

我从水里走出来，尽管天气炎热，还是打了寒战，没等擦干身子就穿上衣服。沙粒在衬衣里、裤子里沙沙作响，在鞋子里直硌脚。头发仍然被盐粘在一块儿。德尼看着我，动也没动，光滑的脸庞阴沉下来，难以解读。他坐在白水木的树荫下，一动不动，双手搭在长长的钓竿上，上面挂的章鱼好像华丽而破旧的衣服。他从来不下海游泳，我甚至不知道他是否会游泳。他往往在夜幕降临之际才去游泳，在塔马兰河的上游，或者在巴森萨莱的小溪里。有时，他去很远的地方，去马纳纳瓦那边的群山，他在峡谷的溪流里用植物搓澡。他说这是祖父教他的，可以让人拥有力量，成为男人。

我喜欢德尼，关于树木，河流，海洋，他知道的可多了。他所知的一切都是从他祖父和祖母那里学到的，他的祖母是一位年迈的黑人妇女，居住在卡斯努瓦业勒。德尼知道所有鱼类、所有昆虫的名称，了解森林里所有可食用的植物和野果，他仅凭气味或者咀嚼一块树皮就能辨认出树木。他知道的东西那么多，和他在一起永远不会无聊。洛尔也很喜欢他，因为德尼总是给她带来一些小礼物，森林里的一粒果实,或者一朵花、一只贝壳、一块白燧石、一块黑曜岩。费迪南嘲笑我们,叫德尼"礼拜五"①,给我也起了个绰号叫猩猩,因为有一天卢多维克叔叔看见我从山里回来就这么叫我。

有一天,那是在很久以前,那时我和德尼刚刚成为朋友,德尼给洛尔带回一只灰色的小动物,它长着尖尖的长嘴巴,十分有趣,德尼说这是一只麝鼠,但是父亲说这是只鼩鼱。整个白天洛尔把它带在身边,用小纸盒装着,让它睡在自己的床上;可是晚上人们要睡觉了,它却醒了过来,开始到处乱跑,发出很大的声响,气得父亲穿着睡衣,手里举着蜡烛跑了过来,发了通脾气,把小动物赶了出去。之后,再也没有看见它回来。我想,这肯定让洛尔非常难受。

当太阳高高挂在天空,德尼站起身,走出白水木的树荫,喊道:"亚历—西!"这是他叫我名字发音的方式。于是我们快步穿过甘蔗田走到布康。德尼停下来,在他祖父的小屋里吃点东西,而我向天蓝色屋顶的大房子跑去。

天亮了,特鲁瓦马梅尔山后的天空也明亮起来,这时我和表哥费迪南就沿着土路出发,这条路一直通往也芒的甘蔗田。我们爬过高高的土墙,翻进"猎区",里面是沃尔玛尔、塔马兰、马真塔、贝尔福特、沃尔哈拉各大庄园的私人鹿场。费迪南知道要去哪里。他的父亲很有钱,各大庄园都带他去过。他甚至去过塔马兰埃斯塔

---

① "礼拜五"是法国作家米歇尔·图尼埃的小说《礼拜五——太平洋上的灵薄狱》中的人物。该小说改写自英国作家丹尼尔·笛福的《鲁滨逊漂流记》。

特的庄园，到过沃尔玛尔和梅丁，那是很北的地方。"猎区"禁止进入，如果父亲知道我们进了庄园，一定会大发雷霆。他说很危险，可能会碰到狩猎的人，可能会摔进壕沟，但是我觉得主要的原因，是他压根儿不喜欢那些拥有大庄园的主人。他说人人都应该待在自己家里，不应该在属于别人的地方游荡。

我们在走着，小心翼翼，仿佛身处敌区。远处，在灰色的荆棘中，我们瞥见几个迅捷的身形，转眼间消失在茂密的树丛中，那是几只鹿。

后来费迪南说他想一直走到塔马兰埃斯塔特。我们离开"猎区"，重新走上长长的土路。我从未去过那么远。只是有一天，我和德尼一起，登上了拉图雷尔－塔马兰山顶，山顶上可以看见所有的风景，看到特鲁瓦马梅尔山和勒莫尔纳。我看见一座座房子的屋顶，看见糖厂高高的烟囱冒着滚滚浓烟。

很快天气炎热起来，因为已经临近夏季。田里的甘蔗长得很高。几天前就开始砍收了。沿着公路，我们遇见牛拉的货车，车上的甘蔗很沉，压得车摇摇晃晃。赶车的都是印度小伙，一个个神情漠然，仿佛在打盹。空中飞满苍蝇、牛虻。费迪南走得很快，我很难跟上他。每当有牛车过来，我们就跳到路边的沟里，因为路上只够铁箍的四个大轮子通过。

田里到处是忙碌的男男女女。男人们拿着砍刀、镰刀，女人们带着锄头。她们身穿粗麻布衫，头裹旧麻布包。男人们赤裸上身，汗流浃背。可以听见一阵阵叫声、喊声，阿呜哈！在一块块方形的甘蔗田间，是一条条土路，路上腾起红色的尘土。空气中弥漫着呛人的味道，甘蔗汁的味道，尘土的味道，男人们汗水的味道。我们有些兴奋，一阵疾走，一阵奔跑，跑向塔马兰的厂房，一车车甘蔗就卸到那里。没有人注意到我们。路上的尘土那么大，我们从头到脚全身都红了，身上的衣服几乎跟麻布衫差不多。路上有一些孩子跟着我们一起跑，有印度人、卡菲尔人，他们啃着从地上捡起的甘蔗。所有人都涌向糖厂，想看看榨出的第一批糖。

我们终于来到厂房前。我有点害怕，因为第一次来这里。在石灰刷的高墙前面，停着一辆辆货车，男人们从车上卸下甘蔗，很快扔进轧辊下。锅炉吐着棕红色的浓烟，天空变得灰蒙蒙的，当风吹来烟雾的时候，我们都喘不过气。到处都是噪音和喷出的滚滚蒸汽。就在我们前面，我看见一群男人把轧碎的蔗渣投进火炉里。他们几乎赤身裸体，就像巨人，汗水流淌在黝黑的背上，流淌在饱受炉火煎熬紧绷的脸上。他们一声不吭，用双手抱起蔗渣，往火炉里扔，一边扔一边大喊一声：嗨！

我不知道费迪南跑到哪儿去了。我惊呆了，站在那里，望着生铁炉，望着铸钢的大桶像一只巨大的火锅在沸腾，望着齿轮带着轧辊在转动。厂房里，人们在忙碌，有的把新鲜的甘蔗往轧辊的钳夹中扔，有的把轧过的甘蔗取出，投进去再轧。如此的噪声、热气和蒸汽，让我头昏脑涨。浅色的汁液流淌在轧辊上，流向沸腾的钢桶。分离机脚下围着一群孩子。我瞧见费迪南站在缓缓转动的糖桶前，在候着，粘稠的糖浆刚刚冷却。糖桶里涌起巨浪，糖流淌到地上，凝结成黑色的小球，滚落在铺着树叶和稻草的地面上。孩子们叫喊着向前冲去，捡起糖块，跑到一旁，在太阳下舔着。我也守候在糖桶前，当糖块迸出，滚在地上的时候，我也冲上去，用手抓起滚烫的糖块，上面还沾着草和蔗渣。我拿到外面，舔了又舔，蹲在尘土中，望着棕红色的浓烟从烟囱里冒出来。噪声，孩子们的喊叫声，纷乱的人群，这一切都让我浑身发热，让我颤抖。让我发热颤抖的，是机器和蒸汽的声音，是包裹着我的棕红色呛人的烟雾，还是太阳的炙热，或者滚烫的糖块强烈的味道？我视觉混淆，感觉要吐。我大声喊叫，叫表哥来救我，然而声音沙哑，喉咙发痛。我也喊德尼、洛尔。但是我周围，没有任何人听见。一群群孩子不断地冲向旋转的糖桶，等着阀门打开的时刻，空气呼啸着钻进大蒸锅里，沸腾的糖浆如潮水般涌出，沿着糖槽流淌，仿佛一条金色的河流。突然，我感到如此虚弱，不能自己，不得不把脑袋顶在膝盖上，闭上了眼睛。

然后我感到一只手抚摸我的头发，听见一个声音用克里奥尔语温柔地对我说："为什么哭啊？"透过泪水，我看见一位印度妇女，高挑而美丽，裹着沾染红土污渍的粗麻布衫。她站在我面前，挺拔，安静，没有微笑，上半身保持不动，因为顶着锄头要保持平衡，锄头就放在头顶折叠起来的旧布上。她温和地对我说话，问我来自哪里。现在我和她一起走在拥挤的道路上，我紧紧挨着她的裙子，能感觉到她髋部缓慢地摇晃。她走到布康的入口前，在河流的另一边，一直陪我到库克领班的房子前。然后她立刻离开，并不求报酬，也不等感谢，便消失在大道中，在蒲桃树间。而我，望着她离开，身子挺拔，头上顶着锄头，保持着平衡。

我眼看着大木房子被下午的阳光照亮，蓝绿色的屋顶，颜色如此美丽,直到今天我还能回忆起来,它像黎明天空的颜色。我仍然能在脸上感觉到红土地和锅炉的炙热,我抖了抖沾在衣服上的尘土和干草。当我走近房子,便听见在游廊的阴凉下,母亲让洛尔背诵祈祷的声音。如此温和,如此清脆,眼泪又从我的眼里滚落下来,我的心开始剧烈地跳动。我走向房子,赤脚踩在因为干燥而龟裂的地面上。我一直走到餐具存储间后面的储水池,用珐琅水罐从深暗的水池里舀水,擦洗双手、脸部、脖子、腿和脚。清凉的水唤起伤口的灼痛,那是甘蔗的叶刃划出的一道道小口子。水池表面有蚊子和水黾在游,沿着墙壁有幼虫在跳动。我听见晚上鸟儿轻柔的啼叫,嗅到飘在花园里的烟味,它仿佛宣告夜晚在马纳纳瓦山谷开始了。然后,我来到花园尽头洛尔的树下,高大智慧的五桠果树。我似乎觉得所见所感的一切都是永恒。我并不知道这一切很快即将消失。

还有母亲的声音。这是我现在对她所知晓的一切,所保留的一切。我扔掉所有泛黄的照片、画像、信件以及她阅读的书籍,为了不打扰她的声音。我想永远听见它,就像那些深爱着,却不再记得面孔的人们。她的嗓音,温柔的嗓音里包含了一切:双手的温热,头发的香味,长裙,光线,下午要结束的时候,我们回来了,洛尔和我,在游廊下,我们因为刚刚一路奔跑,心脏还在突突地跳动,对我们来说学习开始了。母亲轻柔,缓慢地说着,我们一边听,一边自以为听明白了。洛尔比我聪明,母亲每天都这么说,她说洛尔懂得在需要的时候提问。我们站在母亲面前,轮流读书,母亲在黑檀木的摇椅上不停摇晃,然后提问。母亲首先问我们有关的语法,问动词变位,分词和形容词的配合,然后问我们两人刚刚读过的文字是什么意思,还问词汇和有关的表达方式。她问得很认真,我听着她的声音,既愉悦又担心,因为我害怕让她失望。我为不能像洛尔一样迅速理解而感到羞愧,似乎我不配享受这些幸福的时刻,不配享受她温柔的嗓音、她的香味和日天要结束时的光线,光线把房子和树木都染成金色,它来自母亲的眼神和话语。

一年多来,是母亲在教我们学习,因为我们不再有其他老师。从前,我勉强记得,有一位来自弗洛雷阿尔的老师,一周来三次。

但是父亲逐渐破产，不再允许这项奢侈的开支。父亲想把我们送进寄宿学校，可是母亲不愿意，她说洛尔和我太小。于是，由她来承担我们的教育。每一天，晚上的时候，有时也在早晨，她教我们学习必要的知识：书写，语法，一点算术，还有《圣经故事》。最初父亲怀疑如此教授的价值。然而有一天，皇家中学的高级教师约瑟夫·勒唐对我们的知识表示惊讶。他甚至对父亲说，相对我们年龄来说很超前。从此，父亲完全接受了这样的教法。

然而，今天我可能说不出这样的教法究竟是什么。父亲、母亲、洛尔和我封闭地生活在我们的世界，在布康深处，东到特鲁瓦马梅尔错落的山峰，北到广阔的种植园，南边是黑河荒芜的土地，西边濒临大海。晚上，水手们在花园的大树下饶舌，那时母亲温柔而年轻的声音正在为我们听写一首诗歌，或者背诵一篇祷文。她在说什么？我已经不知道了。她话语的意思已经消失，就像鸟儿的鸣叫，海风的喧闹。唯一留下的是音乐，温柔的，几乎难以把握的轻快，混合着树叶上的月光，游廊的阴影，夜晚的芬芳。

我不知疲倦地聆听。我听见她嗓音微颤，伴着鸟儿的歌声。有时，我用目光追随椋鸟飞翔，仿佛它们经过树林，飞向山脉深处，能够解释母亲的课。母亲时不时把我拉回地面，缓慢地叫我的名字，就像她知道该怎么做，如此缓慢，让我停止歇息。

"亚历克西？亚历克西？"

她是唯一和德尼一样叫我名字的人。其他人都叫我亚历，可能因为洛尔最先这么叫。父亲从来不叫别人的名字，或许除了母亲以外，就像我曾经听见过一两次。他温存地说：安娜，安娜。而我理解为:"宝贝①"。或许他可能确实在说:宝贝,用温柔而深沉的嗓音,只有对母亲说话才会那样。父亲的确十分爱她。

那时,母亲很美丽,我无法说出美到何等程度。我听见她说话的声音,立刻想到布康夜晚的光线,游廊下,竹影环绕,想到成群椋鸟,越过清朗的天空。我觉得此刻所有的美丽都源自于她,源于她浓密而卷曲的秀发,泛着浅黄的棕色映射出最微弱的光泽,源于她蓝色的眼睛,源于她仍然如此饱满、如此年轻的面庞,源于她钢琴家般修长而有力的双手。她如此安静,如此朴素,如此富有光彩。我偷偷观察姐姐洛尔,她笔直地坐在椅子上,手腕搭在桌边,在一本算术书前,用左手指尖打开空白的作业本。她专心地书写,脑袋稍微倾向左肩,浓密的黑发遮住她印度式面孔的一侧。她长得不像母亲,她们之间没有任何共同点,但是洛尔用她那双犹如宝石般闪亮的黑眼睛看着母亲,我知道她和我怀有同样的欣赏,同样的虔诚。晚上的时间很长,黄昏金色的光辉悄悄斜进花园,让鸟儿飞走,把田地里农工们的呐喊声,运甘蔗的路上套车的喧哗声带向远方。

每天晚上都有一节不同的课,一首新诗,一段新故事,一个新问题,然而今天,我觉得似乎是没完没了的同一堂课,被白天里热切的冒险,直至海岸的游荡,或夜晚的梦境所打断。这一切存在于何时?母亲探身到桌前,在我们面前放一堆豆子,向我们解释算术。"这里有三粒豆子,我拿走两粒,就是三分之二。有八粒豆子,我把五粒放到一边,这是八分之五……有十粒豆子,我拿了九粒,

---

① 法语中,安娜(Anne)和宝贝(Ame)发音略有相似。

这是多少？"我坐在她面前，看着她修长的双手，长着细长的手指，每一根指头我都熟悉。左手食指有力，然后是中指，无名指上圈着一只纤细的金环，被流水和时光磨旧。右手手指更大，更硬，不那么纤细，当其他手指在象牙键盘上飞驰时，小指会高高翘起，但是它又会突然敲在一个高音符上。"亚历克西，你没在听……你从来不听算术课。你会进不了皇家中学。"她是否这么说？不，我不这么认为，是洛尔编造的，她总是很专心，很认真地计算豆子，因为这是她向母亲表达爱意的方式。

我用听写来弥补。这是下午我最喜爱的时刻，我趴在作业本的白纸上，手里攥着笔，等待母亲的声音传来，她的声音创造出一个个词语，非常缓慢，似乎把词语传送给我们，似乎用音节的变化把词语描绘出来。也有一些复杂的词，是母亲仔细挑选的，因为她要编听写的文章："两轮货运马车"，"通风口"，"彩虹"，"骑马的队伍"，"马颈轭"，"可以涉水而过的河道"，"瞧见"。当然，有时候为了让我们发笑，也有"虱子"，"白菜"，"猫头鹰"，"珠宝"[①]。我不急不忙地写，尽可能写好，为了让时间持续，那时，母亲的声音回响在白纸的寂静中，我同样在等母亲向我点头示意的时刻，仿佛是她第一次夸奖：

"你的书写非常漂亮。"

然后她重读一遍，用她的节奏，在逗号之后轻微停顿，在句号

[①] 法语中，虱子（poux），白菜（choux），猫头鹰（hipoux），珠宝（bijoux），这几个词语均以 -ou 结尾，练习听写时会听到声音上押韵，书写时复数为特殊形式加 -x。

之后静止一会儿。这一切不能停止,她在讲一个很长的故事,一晚接着一晚,同样的词汇,同样的音乐会再次出现,不过已经打乱,用另一种方式出现。夜晚,我睡在行军床上,在蚊帐的帷幔下,入睡之前,听着家里的声音。父亲用低沉的嗓音读报纸上的一篇文章,或者跟母亲和阿黛拉伊德姑妈交谈,母亲轻轻的笑声,黑人们坐在树下远远的说话声,我等候着木麻黄针尖间的海风声,同样的故事,永无止境,一次又一次出现,充满单词,充满声音,慢悠悠地由母亲读出来听写。有时候她在一个音节上加闭口音符,或者长长的寂静用来强调一个词,目光里闪烁出光芒,落在这些难懂而又优美的句子上。我想,只有当我看见这闪烁的光芒,感受到它在闪耀,才可以入睡。一个词,我只带着一个词进入梦乡。

我也很喜欢母亲的道德课,经常是在星期天的一大早,在背诵弥撒之前。我喜欢道德课,因为每次母亲总是讲一个新故事,故事就发生在我们熟悉的地方。然后她会向洛尔和我提问。问题都不难,但是她仅仅只是提问,并且注视我们,我感受到她目光里柔和的蓝色,穿透我内心最深处。

"故事发生在一个修道院的寄宿学校,那里有十二个寄宿生,十二个没有父母的小女孩,就像我一样,和你们一般大的时候。晚上,吃晚饭的时候,你们知道餐桌上有什么吗?在一个大盘子里有沙丁鱼。她们都很喜欢沙丁鱼,她们很穷,所以你们要知道,对她们而言,有沙丁鱼就是过节!恰好,盘子里的沙丁鱼和孤儿一样多,有十二条。不,不对,多了一条,有十三条。大家都吃完了,修女指着盘子中间剩下的最后一条沙丁鱼,问道:谁还要吃?你们中间还有人想要吗？没有一只手举起来，没有一个小女孩回答。修女愉快地说，那么这样吧：吹灭蜡烛，漆黑一片的时候，想要这条沙丁鱼的人可以毫不害羞地把它吃掉。修女熄灭了蜡烛，发生了什么事情？黑暗中，每个小女孩都伸出手去抓沙丁鱼，她们每个人都碰到了别人的手。大盘子里有十二只小手！"

这是母亲讲述的故事，我从来没有听过更美好，更有趣的。

然而我也非常喜欢《圣经故事》。这是一本用深红色皮革精装的厚书，一本老书，封面上有一轮金色的太阳，射出十二道光芒。有时，母亲让洛尔和我自己看书。我们慢慢翻着书页，看图，读页面上部所写的词语，故事。有一些版画我超乎一切的喜欢，比如巴别塔，或者有一幅图说："先知约拿在鲸鱼腹中待了三天之后，活着出来。"远处，视平线附近，一艘巨大的帆船，和云朵混合在一起，当我问母亲谁在这艘船里，她不能回答。似乎将来有一天我会知道，是谁在大船里旅行，瞧见约拿离开鱼腹的时刻。我还喜欢上帝让"空中部队"出现在耶路撒冷上方的云际间。还有在以利亚撒对安条克的战争中，看见一只愤怒的大象突然出现在战士中。洛尔最喜欢的是开始部分，创造男人和女人，还有那幅图画，其中可以看见魔鬼化身为蛇形人首，盘曲在智慧树周围。她是这样知道在我们花园尽头长得是五桠果树，因为叶子和果实都一模一样。洛尔喜欢在晚上，一直走到大树前，爬上主枝，摘下厚皮的果实，这些果实禁止我们吃。只有和我她才谈论这些。

母亲给我们读《圣经》里的故事。巴别塔，这座城市的塔高耸进入天际。亚伯兰的祭献，或者雅各被他兄弟们出卖的故事。故事发生在公元前二八七六年,在以撒去世前十二年。这个日期我记得很清楚。我还很喜欢摩西水中获救的故事。洛尔和我经常让母亲给我们朗读这个故事。为了阻止法老的军队杀害自己的孩子,书里说,摩西的母亲把他放在"一个灯心草编织的小摇篮"里,"并且把它放在尼罗河边"。法老的女儿来到河边"洗澡,身边跟随着她所有女仆。当她看见灯心草篮子的时候,好奇心驱使她查明里面是什么,于是就派一个女仆拿过来。当她看见小孩在摇篮里叫喊时,对此产生了怜悯之心,孩子长得很漂亮,又增加了她的爱意,她决定救起婴儿。"我们能把故事背诵下来,我们也总是停在那一段:长老的女儿收养了孩子,并给他取名叫摩西,因为是从水中把他救起的。

我还有一个特别喜爱的故事,是示巴女王的故事。我不知道为什么喜欢,然而由于不断谈论,最终我也让洛尔喜欢上了它。母亲知道这一切,有时候,她面带微笑,把厚厚的红书打开到这一章节,然后开始朗读:"所罗门为上帝修建了一座如此雄伟的圣殿之后,他为自己也建造了一个宫殿,工程持续了十四年,那里四处闪耀着黄金,殿柱和雕刻之华丽吸引了所有人的目光……"于是示巴女王出现,"她来自最遥远的南方,想要确认大家对这位年轻王子的评价是否属实。她一行同样排场华丽,并且给所罗门带来丰厚的礼物,一百二十塔兰[①]黄金,折合约有八百万磅;还有珍贵的珠宝和人们从未见过的香料。"我感受到的并不是单词,而是母亲的声

[①] 塔兰,古希腊的重量单位。

音，它把我带进所罗门的宫殿，宝座高高地建在上方，美艳的示巴女王领来奴隶，他们在地上滚着财宝。洛尔和我都很喜欢所罗门王，即使我们不明白为什么他在生命的最后不再信仰天主而敬拜其他神。母亲说正是如此，甚至于最公正、最强大的人也可能犯下原罪。我们不理解怎么可能，但是我们喜欢他伸张正义，喜欢他让人建造的华丽的宫殿，示巴女王曾经光临过。然而我们喜爱的，可能是那本红色皮革封面的书，上面印有金色大太阳，是母亲温柔而又缓慢的声音，是她在每句话之间注视我们的目光，是花园里树木上洒下的金色阳光，因为我从未读过任何一本别的书，能给我带来如此深刻的印象。

下午，当母亲的课提早结束，洛尔和我就去探究家里的顶楼。一个木质的小楼梯直通屋顶，只需要推开一块活动的翻板。在屋顶的盖板下，光线昏暗，闷热让人窒息，但是我们很喜欢待在那里。阁楼两头，是狭窄的天窗，没有玻璃，是一对可以关闭的对开的百叶窗。微微推开百叶窗，就可以看见很远的风景，看见也芒和马真塔附近的甘蔗田，还有山脉，特鲁瓦马梅尔山，朗巴特山。

我喜欢待在这儿，在这个密室里，直到晚饭的时间，甚至更晚，到夜幕降临的时分。我的密室，是在屋顶尽头的阁楼部分，靠山的那边。里面有很多家具，落满灰尘，被白蚁啃蚀，剩下来的都是曾祖父从印度公司买来的东西。我坐在一把低低的缝纫椅上，通过天窗望向山上喧闹的地方，它显现在阴暗之上。阁楼中间，有一些放满旧纸的大箱子，还有用线扎成一捆捆的法国杂志。就在这里，父亲放置所有旧报纸。每半年，打一个包裹，放在箱子旁边的地上。就在这里，洛尔和我经常来读书看画。我们趴在尘土上，在成堆的旧报纸前，慢慢地翻着书报。《旅游报》的首页上总有一张表现奇特场景的画，在西印度猎虎，祖鲁人攻击英国人，或者印第安人在美洲攻击铁路。阁楼里，洛尔高声朗读《马赛罗宾逊》的片段，这是她喜欢的专栏。我们最喜爱的报纸是《伦敦画报》，因为我不大懂英文，我更加认真地看图片，猜测文章讲述的内容。洛尔已经开始跟父亲学英文，她向我解释单词的意思和发音。我们待的时间不会太长，因为灰尘很快让我们打喷嚏，刺激我们的眼睛。然而有时候，我们也会待上几个小时，每个星期天的下午，外面太热的时候，或者因为发烧，我们不得不待在家里的时候。

在没有图片的报纸里，我就看广告，有巴黎洗染店，弗勒里－图洛格药店，科林法烟草店，蓝黑漆树墨水，美国怀表，还有让我们梦想的漂亮自行车。我和洛尔玩购物的游戏，广告带给我们想法。洛尔想要一辆自行车，一辆真正的自行车，涂着黑釉，大大的装轮胎的车轮，还有镀铬的把手，就像我们去尚－德－马尔斯附近，在路易港看见的一样。对我而言，有很多东西让我羡慕，比如带画的大作业本，温普芬商店的图画和圆规，或者武器商店里十二刃的折叠小刀。但是没有什么比从日内瓦进口的菲福来柏怀表更让我向往。我总是在报纸的同一个地方看见它，就在倒数第二页，表针指向相同的时刻，秒针在十二点的位置。我总是怀着同样的兴致读广告里的句子，它们是这样描述的："不易碎，密水密气，不锈钢，珐琅表盘，绝妙无伦的精准，坚固，可以为您服务一生。"

我们就这样梦想，在我们的密室里，在被太阳晒得滚热的屋顶下。也能看见风景，就像我从天窗看到的，这是我唯一熟悉并且热爱的风景，以后我将无法亲眼看到：花园里，阴暗的大树那边，是广阔的甘蔗绿野，沃尔哈拉和也芒的芦荟灰色和蓝色的斑斑点点，还有糖厂冒烟的烟囱，远处，仿佛半圆形的城墙，那是红色火焰般的山脉，那里耸立着特鲁瓦马梅尔山峰。冲着天空，火山口既尖锐又轻盈，好像中了魔法的城堡里的塔楼。透过狭窄的天窗，我注视一切，不知疲倦，仿佛我是一艘静止的轮船上的瞭望水手，窥伺着信号，倾听着在我内心深处，在我身后，潮汐的风吹来海涛声。事实上，我就在一艘船里，船架的格栅和支索吱吱嘎嘎地响，永远航行在山脉前。在这里，我曾第一次听见海涛声，在这里，我能更好地感受，海潮来临之时，长浪强行涌入两河的河湾前的水道，在堡礁上激起高高的浪花。

布康的时光，我们不见任何人。洛尔和我成为真正的野人。只要可以，我们就从花园里溜出来，穿过甘蔗田，走向大海。炎热袭来，干燥的炎热造成"刺痛"，像库克领班说的那样。我们是否知道我们享受着如此自由？我们甚至都不了解这个词的含义。我们不会离开布康深处，这片幻想的地域，被包围在两条河流、群山和大海之中。

漫长的假期开始了，卢多维克叔叔去南方贝尔福特和也芒庄园的时候，表哥费迪南来得更勤了。费迪南不喜欢我。有一天，他叫我"猩猩"，和他父亲一样，由于德尼，他同样也谈到"星期五"。他说德尼是："焦油沥青做的"，从外黑到内，于是我生气了。尽管费迪南比我大两岁，我扑上去，试图一把掐住他的脖颈，但是他很快占据上风，用胳膊弯勒紧我的脖子，我直感到骨头劈劈啪啪地响，眼里满是泪水。从这天起，他再也没有回布康。我讨厌他，也讨厌他父亲，卢多维克叔叔，因为他高大强壮，说话声音很高，总是用他那双黑眼睛讥讽地看着我们，还有他的笑，像是肌肉在收缩。他最后一次来我们家的时候，父亲不在，母亲不想见他，就让人说她发烧了，很累。卢多维克叔叔仍然在饭厅里，坐在我们一把旧椅子上，椅子在他的重量下吱咯作响，他试图对洛尔和我说话。我记得，他向洛尔弯下腰，一直问她："你叫什么名字？"他的黑眼睛在看我的时候也闪着光。洛尔面色苍白，笔直地坐在椅子上，目光盯着前方不回答。她这么待了很久，一动不动，看着正前方，然而卢多维克叔叔为了逗她，说"怎么回事？你没有舌头吗？"我因为愤怒而心跳得厉害，最后我对他说："姐姐不想回答您的问题。"于是他站起身，什么也不再说，拿起手杖和帽子，回去了。我听着他的脚步响起在游廊的台阶上，然后响在结实的土路上，接下来是他汽车的声音，发动机的爆响和四个轮子的轰鸣，于是我们轻松多了。从这一天起，他再也没来我家。

那个时候，我们认为这是一种胜利。但是洛尔和我从未提起过，没有人知道那天下午发生了什么。接下来的几年里，我们不大看到费迪南。此外，可能就是那一年，刮飓风的那一年，他父亲把他安排在皇家中学作寄宿生。我们并不知道一切都将发生变化，我们正过着在布康深处最后的日子。

正是那个时候，洛尔和我觉察到父亲的生意不太顺利。他没有对任何人说，我想，甚至没有告诉母亲，为了不让她担心。然而正在发生的事情，我们能感觉的到，我们在猜测。有一天，我们与平时一样趴在顶楼的一堆堆旧报纸前，洛尔对我说：

"破产是什么意思，破产？"

她并不是向我提问，因为她料到我一无所知。这个字眼，她曾经听过，反复回响在脑海。随后，她又重复其他一些让人害怕的词语：抵押，扣押，汇票。在父亲的办公桌上，我匆忙间看到一大页纸，上面写满像蝇粪一样细小的数字，我读到两个神秘的英文单词：资产和负债。这是什么意思？洛尔也不理解这些词的意思，她不敢问父亲。它们充满不祥之兆，有某种我们不懂的危险，比如一连串数字加了下划线，被划去，有些还用红色书写。

很多次在深夜里，我被说话的声音吵醒。睡衣被汗水浸湿，贴在皮肤上，我沿着走廊溜到亮灯的饭厅门前。通过微微开启的门，我听见父亲低沉的声音，还有一些陌生的声音回答他。他们在谈论什么？虽然听着每一个词语，我还是不懂。然而我并不是在听词，只听见吵闹的说话声，杯子在桌上的碰撞声，脚在地板上的摩擦声，椅子吱吱咯咯的响声。母亲或许也在那里，坐在父亲旁边，像吃饭时一样？但是强烈的烟味告诉我，母亲不喜欢雪茄烟味，她应该待在房间里，躺在铜床上，也在看着微微开启的门下透过那道黄色的光线，听陌生人的说话吵闹声，和我一样，我正蜷缩身体，待在走廊暗处，那时父亲正在说话，说话，说那么久……然后我回到房间，钻进蚊帐。洛尔一动不动，我知道她没睡着，她在黑暗中睁大眼睛，也在听房子另一边的说话声。我躺在行军床上,屏住呼吸,一直等听到花园里的脚步声,远去的车轴吱嘎吱嘎地响。我还在等待,听见海涛声传来,夜里难以察觉的潮汐声,风呼啸在黄麻木针叶间,吹打百叶窗,屋架如同一艘旧船壳一般呻吟。于是,我可以入睡了。

德尼的课最美好。他教我了解天空、大海、山脚下的洞穴、荒废的田野,这个夏天,我们一起奔跑在荒野上,奔跑在克里奥尔围墙金字塔形的黑色石堆间。时常,我们从黎明开始出发,山峰还凝固在薄雾中,远处低低的海面露着礁石。我们穿过芦荟种植园,沿着安静的窄路。德尼走在前面,我看见他高大的身影,纤细、灵活,像跳舞一样前行。他在这里不像在甘蔗田里那样大喊大叫。他时不时停下,仿佛猎狗嗅到一只野生动物的踪迹,是一只兔子,或者一只马岛猬。他停下来的时候,微微抬起右手示意,我也停下来聆听,聆听芦荟间的风声和心跳声。第一缕光线闪耀在红土地上,照亮了暗暗的树叶。薄雾在山顶一缕缕散开,天空变得明亮无比。我想象大海在堡礁附近是天蓝色,在河口还是黑色。"注意!"德尼说道。他一动不动,站在小路上,向我指指黑河峡谷附近的山峰。我看见一只鸟儿高高地飞在天空,在气流中滑行而过,脑袋略微偏向一侧,长长的白尾巴拖在身后。"蒙鸟",德尼说。这是我第一次看见。它在峡谷上方缓缓盘旋,然后消失在马纳纳瓦附近。

德尼重新上路。我们沿着布康狭窄的山谷,向群山走去。我们穿过原来的甘蔗田,现在一片荒芜,只剩下短短的熔岩墙,隐没在荆棘丛间。我不再身处自己的地域,而是置身于一片陌生的土地,是在德尼和其他地方黑人的土地上，在夏玛尔、黑河和卡斯努瓦亚勒的黑人的土地上。德尼距离布康越来越远，他走向森林和群山，变得不那么警惕，话更多了，似乎更自由了。现在他走得很慢，动作更加自然，甚至连面孔也明亮起来。他在小道上等我，微笑着，用右手向我指周围的山："大路易山，红土峰。"寂静包围着我们，不再刮风，我不再嗅到海的味道。荆棘如此茂密，我们不得不沿着湍流的河床向上走。我脱下皮鞋，用鞋带把它们系在一起，挂在脖子周围，像我跟着德尼时那样。我们走在凉爽的细流里，尖尖的小石子上。在河湾处，德尼停住，仔细观察水里，寻找喀麦隆虾、螯虾。

当太阳高挂在天空，我们来到布康的水源，在高山附近。一月的炎热很闷。我站在树下，呼吸困难。花蚊子离开躲藏的地方，在我眼前舞动，我看见它们也飞舞在德尼羊毛般浓密的头发周围。在湍流陡峭的河岸，德尼脱去衬衫，开始采树叶。我凑上去，看深绿色的叶子上铺了一层薄薄的灰色茸毛，德尼采下叶子，放在衬衫打成的包裹里。"芋叶"，德尼说。他在一片叶子凹陷的地方洒上一点水，递给我。细细的茸毛上，水滴凝固不动，好似一颗晶莹剔透的钻石。他又在更远的地方采其他叶子："这是一种山菠菜"。他指给我看爬在树干上的一枝藤："七年的藤。"掌形的叶子打开成心形："是法姆藤。"我知道库克领班的姐姐萨拉是"巫医"，她配制药液，施展法术，然而这是第一次德尼为她找植物的时候带上我。萨拉是马达加斯加人，还存在奴隶的时候，她和德尼的祖父库克从格朗泰尔来到这里。有一天库克对洛尔和我讲起了往事，当初他和其他奴隶来到路易港，他害怕极了，待在总督辖区里的一棵大树上，不想下来，因为他以为人们会在岸上把他吃了。萨拉生活在黑河，从前常来看她弟弟，她很喜欢洛尔和我。现在她年纪太大了。

德尼继续沿着湍流走向水源。水流淌在玄武岩上，纤细，黑色，光滑。天气闷热，德尼把溪水洒向自己的脸部、上半身，他也让我这么做，好恢复体力。我直接喝几口溪水，清凉味淡。德尼一直走在我前面，沿着狭隘的峡谷。他在头上顶着叶子的包袱，时而停下来，指着茂密的森林里的一棵树，一株植物，一枝藤，说道："安息香"，"牛舌草"，"小鸟树"，"香脂树"，"少女树"，"李子树"，"羊角树"，"鼓木树"。

他摘下一株攀缘植物，叶子狭窄。他在拇指和食指间把叶子捻碎，闻了闻："马鞭草。"更远一些，他穿过矮树丛，走到一棵棕色树干的大树前，揭下一点树皮，用燧石割开，金色的汁液流淌出来。德尼说："红厚壳树。"我跟在他身后，穿过荆棘，屈着膝，避免被树枝划伤。德尼毫不费劲地穿梭在森林中，他一声不响，所有感官都在窥伺。我赤着双脚，脚下的地面潮湿温热。我感到害怕，然而想走得更远，深入到森林的心脏。在一棵笔直的树干前，德尼停住了，剥下一块树皮让我闻。这是一种让我头晕的味道。德尼大笑起来，只是说："松脂树。"

我们继续走，德尼走得更快了，好像他能认出隐蔽的道路。森林的炎热和潮湿让我气闷，让我很难喘过气。我看见德尼停在一株灌木前："棕色黄连木。"在他手里，一枝长长的荚果裂开了，掉下黑色的籽，很像昆虫。我尝了一粒：味道苦涩，油乎乎的，然而却让我有力气。德尼说:"这是逃亡者的食物,他们和萨卡拉武在一起。"这是他第一次跟我谈到萨卡拉武。父亲曾经有一次告诉我们:萨卡拉武死在这里,在山脚下,那时他被白人追上了,他宁愿从悬崖高处跳下去,也不愿被抓住。这让我产生一种奇特的感觉,尝到他吃过的东西,在这里,在森林里,和德尼在一起。现在我们离小溪很远,已经在红土峰脚下。土地干燥,阳光透过洋槐轻盈的树叶炙烤着。

"鸡爪树,"德尼说道,"金合欢。"

突然,他停下来。他发现了寻找的东西,径直走向灌木丛中唯一的一棵树。这是一棵漂亮的深色大树,树枝低低地舒展开,长着茂密的绿叶,反射出铜色的光。德尼跪在树下的地上,躲在树荫下。我走上前,他没有看我,把包裹放在地上。

"这是什么?"

德尼没有马上回答。他在口袋里翻找。

他说:"心叶榕。"

他左手握着某样东西,没有重新站起来,而是低声哼唱,像印第安人一样祈祷。他在树荫下前后摇晃身体,低声哼唱,我只能看见他的背部闪着汗水。他做完祈祷,用右手在树下挖土。他打开左拳,我看见手掌上有一个苏的硬币。硬币滑进洞底,德尼小心翼翼地用泥土和从树根上取下的苔藓盖上。然后,他站起身,也不管我,从矮树枝上摘下树叶,放在地上的包裹旁。他用尖锐的燧石,从光滑的树干上剥落一些小块的树皮。从树的伤口流出一种清澈的奶液。德尼把一块块树皮和心叶榕的叶子放进衬衫,然后说:"走吧。"也不等我，很快就穿过灌木丛走远，又从山丘上下来，走向布康山谷。太阳已经在西边。在树木上方，深暗的山丘间，我看见大海闪亮的斑点和升起云朵的海平线。在我身后，山脉围成红色的护墙，反射着热气，仿佛一只火炉。我沿着德尼的足迹快速行走，走到布康源头的小溪。我似乎觉得出发是在很久以前，可能有好几天，这让我一阵眩晕。

在这个夏天，刮飓风的那一年，父亲忙于实现在黑河建发电厂的老计划。从什么时候真正开始的？我没有留下确切的记忆，因为那时父亲有十几个不同的计划，他不声不响地思考，洛尔和我只听到一些微弱的传闻。我想，他在黑河河口有一个建造船厂的计划，还有一个在马斯克林群岛和非洲南部之间用汽艇运送人员的计划。但是这一切都是空想。我们只知道母亲对此怎么说，或者时常有人来拜访。发电厂的计划肯定最早，只是在这个夏天才开始实施，而父亲的负债已经无可挽回。这是有一天课后母亲告诉我们的。她说了很久，情绪激动，眼睛里闪着光。一个新的纪元即将开始，我们终于要兴旺发达了，不用再担心明天。父亲已经规划了艾格雷特流域，黑河的两条支流在此相汇。

这就是他选择安置电厂的地方，电厂将会为整个西部地区供电，从梅丁一直到贝尔翁布尔。父亲通过邮购在伦敦购买了发电机，它们恰好刚刚在路易港登陆，正在用牛车沿着岸边送到黑河。从此，油灯照明和蒸汽机器的时代结束了，多亏了父亲，电力将逐渐给整个岛屿带来进步。母亲也向我们解释什么是电，它的特性，它的用途。但是我们太年轻，无论什么都很难理解，除了知道纸片被母亲琥珀项链磁化的奥秘，那时我们每天都会验证。

有一天，母亲、父亲、洛尔和我一起乘坐马车，动身去艾格雷特流域。那是一大清早，因为天气炎热，母亲想在中午之前回来。在路上第二个转向黑河的弯口，我们沿着黑河向上。父亲让人把道路清理出来，好让运送发电机的牛车通过，我们的马车行驶在尘土飞扬中。

这是洛尔和我第一次沿黑河向上，我们好奇地看着周围。路上的尘土在我们周围扬起，把我们包围在一片赭石色的云雾里。母亲用披肩围着脸，像印度妇女。父亲很愉快，一边驾马车，一边说话。我看见他的样子，就像我不能忘记的：高大，苗条，优雅，穿着灰黑色的西服，黑色的头发整理向后。我看见他的侧面，精致的鹰钩鼻，整洁的胡子，优雅的双手，总是在拇指和食指间拿一根香烟，如同拿一枝铅笔。母亲也看着他，我看见母亲眼神里的闪光，那个早晨，在沿着黑河满是尘土的路上。

我们来到艾格雷特流域，父亲把马系在罗望子树的树枝上。水洼里的水很清澈，是天空的颜色。风吹起涟漪，让芦苇颤动。洛尔和我都说我们很想游泳，而父亲已经走向保护发电机的维护架。在一间木屋里，父亲指给我们看发电机，它通过电线和传送带连接在涡轮上。半明半暗中，齿轮闪着奇怪的光芒，让我们有点害怕。父亲还指给我们看流域的水通过一条水道流淌，汇入黑河。巨大的电缆线圈安置在发电机前的地上。父亲解释说，电缆沿着河流，直到糖厂，然后从那里穿过山丘，到达塔马兰和布康深处。之后，一旦装置经受检验，电可以通向更北部，到达梅丁，沃尔玛尔，甚至有可能到菲尼克斯。父亲在对我们和母亲说话,可是他的脸转向别处,转向另一个时间,另一个世界。

于是,我们不断地想起电。洛尔和我认为,每天晚上它都会到来,仿佛它会意想不到地突然照亮家里,照耀在外面的植物上、树上,犹如爱尔摩火①。"它什么时候会到?"我们问母亲,母亲微笑一下。我们急于了解一个秘密。"很快……"她解释说,需要组装涡轮,加固水坝,打木桩,挂电缆。这一切需要几个月,或者几年。不,不可能要等那么久。父亲更加焦急,电力也是忧虑的结束,新财富的开始。卢多维克叔叔会看到,会明白,他不愿相信。会有一天,在西部所有的糖厂里,电涡轮将代替蒸汽机器。父亲每天都去路易港,去朗巴特街。他去见一些重要的人,银行家,生意人。卢多维克叔叔再也不来布康。似乎他不相信电力,至少不相信这里的电力。有一天晚上,洛尔听见父亲是这么说的。可是如果卢多维克叔叔不相信,电怎么能通到这里?因为他拥有周围所有土地,所有河流。甚至连布康深处,也属于他。最后这个夏天,漫长的一月份,洛尔和我都趴在顶楼的地上读书。每当看到电力机器,发电机,或者只是使用灯丝的灯,我们都会停下来。

夜晚很闷,现在仿佛在等待,在微湿的被单里,在蚊帐下。某件事情可能降临。黑暗中,我仔细聆听海涛声,透过百叶窗,望着蓝月升起。我们如何知道可能降临的事情?或许每一晚,在母亲上课时的眼神里。她尽量不表露出来,然而她的声音不同了,她的词

---

① 爱尔摩火,指暴风雨等夜晚在桅顶等处常见的电光。

汇变化了。我们感到她的担心、焦急。有时,她会在听写中间停下,望着大树附近,仿佛某样东西会出现。

有一天,下午结束的时候,我和德尼在峡谷附近的树林里游荡了很久之后回来。那时,我发现父亲和母亲在游廊下。洛尔在他们旁边,稍微缩在后面。我的心很难受,因为我立刻猜到,在我去森林的时候,发生了严重的事情。我也担心父亲的谴责。他站在楼梯旁,神情阴郁,黑色的西服在他身体上晃动,他显得十分消瘦,右手的拇指和食指间总是夹着烟。

"你去哪里了?"

我迈上台阶,听见他向我发问,便停下了脚步。他没有等我回答,只是用我不熟悉的嗓音,奇怪的嗓音,有点沙哑地说:

"一些严重的事情很可能发生……"

他不知道如何继续。

母亲说话了。她面色苍白,神情迷茫。这尤其让我难受。我多么不想听见她对我说的话。

"亚历克西,我们必须离开这间房子。我们必须从这里搬走,永远。"

洛尔什么都没有说。她直挺挺地站在游廊上,眼睛紧盯前方,毫无表情,面孔僵硬,和卢多维克叔叔用讽刺的声音问她名字的时候一样。

已经是黄昏。温柔的夜晚从花园上开始。在我们前方,树上一下子闪耀出第一颗星星,释放神奇的光芒。洛尔和我看着它,母亲也转身望向天空,盯着星星,仿佛第一次在黑河上空看见它。

我们在星星的目光下待了许久,一动不动。阴影落在树下,我们听见夜晚的吱嘎声、沙沙声,蚊子尖锐的乐曲声。

母亲第一个打破安静。她叹息道:

"多美啊!"然后活泼地走下游廊的台阶:

"来吧,我们去找星星的名字。"

父亲也走下来。他步履缓慢,有点驼背,双手背在身后。我走在他身旁,洛尔缠住母亲。我们一起围着大房子绕了一圈,它仿佛一艘搁浅的船只。库克领班的茅屋里,有一丝摇曳的光线,我们听见压低的说话声。他和妻子是最后还待在庄园里的人。他们会去哪里?他们第一次来到布康,那是我祖父的年代,库克大约二十岁,刚刚获得解放。我听见小屋里回响起他的声音,他在自言自语,或者在唱歌。远处,在甘蔗田附近回响起其他声音,那是穿粗麻布衫的印度人,他们在拾捡收割后剩下的甘蔗,或者正由拉库普路走向塔马兰。还有峡谷里昆虫的窸窣声和蟾蜍的歌声,在花园的另一头。

在我们眼前天空明亮起来。应该忘记一切,只去想星星。母亲指着星光,叫父亲向我们提问。我听见黑暗中她清脆、年轻的声音,这让我好受一些,让我放心。

"看那里……在猎户座顶部,那不是参宿四吗?还有三王星!瞧,北边,你们会看见大熊座。恰好在大熊座顶端,在车辕上的那颗星叫什么?"

我用尽全力望去。并不肯定看见了。

"一颗很小的星,在大熊座上部,在第二颗星的上方?"父亲深沉地提问,仿佛在今晚具有特别的重要性。

"对，就是它。非常小，我看见了，它消失了。"

"这是辅星，"父亲说，"我们又把它叫做大熊座的马车夫，阿拉伯人叫它辅星的意思是测试，因为它如此微小，只有眼力极佳的人才能辨别出来。"父亲沉默了一会儿，用更愉快地声音对母亲说："你的眼力真好。我不再能看见它了。"

而我，也看见了辅星，或者更确切地说，我幻想看见了它，它那么微小，就像大熊座车辕上的一粒星火。看见辅星，抹去了所有不好的记忆，所有的不安。

是父亲教会我们热爱夜晚。有时候，晚上，当父亲不在书房工作，那时他牵着我们的手，洛尔在右，我在左，他领着我们沿着小路走，这条路穿过花园，一直向下到南边。他说：这是"星光小道"，因为它通到星空最稠密的区域。父亲一边走路，一边抽烟，我们闻到夜晚淡淡的烟草味，看见他唇边红色的微光，微光照亮他的脸庞。我喜爱夜晚的烟草味。

最美丽的夜晚在七月，那时天空寒冷，闪耀，在黑河的山脉上方，我们看见天空所有最美的光辉：织女星，天鹰座的牛郎星——洛尔说它们更像风筝的灯——还有第三颗星，我一直以来记不住名字，仿佛巨大的十字顶部的一颗宝石。这三颗星被父亲称为夜美人，它们在晴朗的天空形成一个三角形，熠熠生辉。还有木星和土星，它们在正南方，是山脉上方静止的星火。洛尔和我总是盯着土星看，因为阿黛拉伊德姑妈告诉我们，这是我们的星球，十二月，在我们出生的时候，它占据了天空。美丽，微微泛蓝，在树木上方闪烁。它的确有什么地方让人害怕，一道纯净而又锐利的光芒，如同有时闪烁在洛尔眼里的光。火星离土星不远。红色，鲜亮，它的光辉同样吸引我们。父亲不喜欢有关星宿的说法。他对我们说："过来，我们一起看南十字座。"他走在我们前面，到小路的尽头，五桠果树附近。为了看清楚南十字座，应该远离房子的光线。我们凝视天空，几乎屏住呼吸。很快，我就辨认出那些伴星，高挂在天空，在半人马座的一端。右边，十字形放着微弱的，淡淡的光芒，它有点倾斜地摇摆，犹如独木舟的船帆。洛尔和我同时辨认出来，我们无须说话，一起凝视着南十字座，沉默不语。母亲过来和我们会合，她对父亲什么都没有说。我们待在那儿，如同在聆听夜晚星辰的声音。如此美丽而不需要言语。然而，我感到心里难受极了，心情沉重，因为在这个夜晚，有些事情发生了变化，有些事情表明一切都要结束。这一切或许已经写在星象里，我就是这么认为。应该怎么做才能让一切不变，让我们获救，这或许也已经写在星象里了。

天空有如此多的征兆。我记得夏季所有这些夜晚，我们躺在花园的草地上，等候流星。一天晚上，我们看见一场流星雨，母亲立刻说："这是战争的征兆。"然而她沉默下来，因为父亲不喜欢我们这么说。我们注视了许久，白炽的尾巴从各个方向划过天空，有些尾巴很长，我们可以用目光追随，还有些太短，很快就燃烧殆尽。今天我仍然知道，洛尔和我一样，在夏夜里，设法看见这些划过的火光，它们划写着人们的命运，让秘密变为现实。我们专心致志地凝望天空，直到脑袋发晕，因为眩晕而摇摇晃晃地走路。我听见母亲低声对父亲说话，然而我不明白话语的意思。从东边到北边，是长长的黯淡的银河，它在天鹅座附近汇成一些小岛，又流向猎户座。再上面一些，在我们家附近，我瞥见昴星团模糊的微光，好似萤火虫。我了解天空的每一个地方，每一个星座。父亲教会我们夜晚的天空，每天晚上，或者几乎每晚，在夹在书房墙上的一幅大图上，他向我们指示位置。"熟悉天空的人不怕大海"，父亲说。他如此寡言，安静，而每当涉及星空，他开始说话，变得活跃，眼睛放出光彩。他讲述关于世界、大海、上帝那些美妙的事情。他谈论伟大的水手们的旅行，那些发现印度之路、大洋洲、美洲的人。在他飘散着烟草味的书房里，我看着地图。他谈论库克、德雷克，以及在维多利亚号上发现南部大海，后来逝世于巽他群岛的麦哲伦。他谈论塔斯曼，比斯科，以及抵达南极永恒冰川的威尔克斯，还有一些非同寻常的旅行者，在中国的马克·波罗，在美洲的德索托，沿亚马逊河溯流而上的奥雷亚纳，到达西伯利亚尽头的格梅林，还有芒戈·帕克，史坦利，利文斯通，普尔热瓦尔斯基。我倾听这些故事，国名，非洲，西藏，南部群岛：这是一些神奇的名字，对我而言他们犹如星星的名字，就像星座图。晚上，我躺在行军床上，聆听海潮来临的声音，木麻黄针叶间的风声。于是，我想到所有这些名字，似乎觉得夜晚的天空打开了，我在一艘扬起帆的船上，在无垠的大海上，一直漂到马鲁古群岛，星盘号湾，斐济，莫雷阿群岛。我在船甲板上，在入睡之前，看见仿佛从未见过的天空，如此辽阔，深蓝色，在磷光闪闪的海面上。我驶向海平线的另一边，漂向三王星，南十字座。

我还记得第一次海上旅行。我想，那是在一月份，因为黎明开始前天气已经酷热，布康深处没有一丝风。黎明的第一道曙光开始，我一声不响，溜出房间。外面还没有动静，大家都在家里睡觉。只有库克领班的茅草屋闪着一丝微光，然而在这个时间，他不管任何人。他望着灰蒙蒙的天空等待天亮。可能米饭正煮沸在火上黑色的大锅里。为了不发出任何声音，我赤脚走在小路干燥的泥土上，到花园尽头。德尼在高大的五桠果树下等我，等我到了，他一句话也不说，站起身来，开始向大海走去。他快速地穿过种植园，也不顾气喘吁吁的我。一些斑鸠跑在甘蔗间，胆怯，却不敢飞起来。白天的光线显现出来，那时我们已经踏上黑河的道路。脚下的土地已经开始发热，空气中能闻到尘土的味道。第一批牛车已经行驶在种植园的道路上，我看见远处糖厂的烟囱白色的烟雾。我等待风声。突然，德尼停下脚步。我们站在甘蔗中间一动不动。于是我听见浪涛撞击在礁石上的喧闹声。"海浪很大，"德尼说。潮汐的风向我们吹来。

我们来到黑河的时候，太阳在山后升起。我从来没有离布康这么远，我跟在德尼黑色的身影后奔跑，心跳得厉害。我们在河湾附近趟水过河，寒冷的水包围我们，直到腰部，然后我们沿着黑色的沙丘走。沙滩上是渔民的独木舟，它们整齐地排放在沙子上，有一些小船的艏柱已经浸在水里。人们把独木舟推进浪涛，抓住帆绳，潮汐的风已经吹鼓船帆，呼呼作响。德尼的独木舟在沙滩尽头。有两个男人正把它推向大海，一个年老的人满是皱纹，古铜色的脸，另一个高大的黑人，体格强健。和他们一起，有一位漂亮的年轻女人，站在沙滩上，头发紧紧包在一块红色头巾里。"这是我姐姐，"

德尼骄傲地说,"他,是姐姐的未婚夫。独木舟是他的。"年轻女人看见德尼,便叫他。我们一起把独木舟推进水里。波涛移动船尾的时候,德尼向我大喊:"上船!"他自己也跳上船,跑向前部,抓住船篙,驾着船,驶进大海。近处的海风吹鼓了船帆,像床单一样,独木舟穿过波浪,冲向前方。我们已经远离海岸。我被汹涌的波涛淋湿,打着哆嗦,望着远去的黑色土地。我等这一天已经那么久!有一天德尼向我谈起大海和这艘独木舟,我就问他:"什么时候带我和你一起坐船?"他看着我,一言不发,仿佛在思考。我没有告诉任何人,甚至洛尔,因为我害怕她告诉父亲。洛尔不喜欢海,可能因为她担心我溺水。今天早晨,我出发的时候,为了不发出动静,光着脚丫,洛尔在床上翻了个身,面对着墙,为了不看见我。

我回去的时候会发生什么?可是现在,我不愿意想,仿佛我将一去不返。独木舟潜入波谷,在阳光中激起束束海沫。老人和未婚夫把三角形的船帆系在船艏斜桅上,水道上吹来猛烈的风,摇晃着独木舟。德尼和我跪在船首,对着摇摆的船帆,被浪花打湿。德尼看着我,眼里闪着光。他没有说话,给我指深蓝色高涨的大海,或者指向我们身后,已经很远的地方,黑色的海滩线和山脉的轮廓对着晴朗的天空。

独木舟在高涨的海面上疾行。我听见深沉的浪涛,海风灌满双耳。我不再寒冷,也不再害怕。太阳照耀着,让浪尖闪烁。我看不见其他一切,也不去想其他一切:大海深邃,湛蓝,海平线在移动,海的味道,还有风。这是我第一次乘船,我从未有过如此美丽的经历。独木舟穿过水道,沿着礁石飞驰,在浪涛雷鸣中,溅起束束飞沫。

德尼探身在艏柱上，望着深暗的海水，好像窥伺着什么。然后他伸出手，指向正前方一块被晒干的大岩石。他说：

"勒莫尔纳。"

我从来没这么近地看见它。勒莫尔纳矗立在海上，像一块熔岩石，没有一棵树，没有一株植物。在它周围，延伸着浅色沙石的海滩，以及礁湖的水。我们仿佛走向世界的尽头。海鸟在周围一边飞翔一边鸣叫，海鸥、燕鸥、白色的海燕，还有巨大的军舰鸟。我的心跳得剧烈，由于担心而颤栗，因为我觉到走得太远，到了海的另一边。缓慢的波涛垂直地拍打船身，海水涌入船底。德尼溜到船帆下，在船底捡起两个葫芦瓢，然后叫我。我们一起舀水。后面，高个子黑人一只手臂绕过德尼的姐姐，抓住帆绳，印度面孔的老人靠在舵柄上。他们脸上流淌着海水，看到我们舀起不断涌入的海水，大笑起来。我跪在船底，把船上的海水倒进海里，风中，时而看见船帆下勒莫尔纳黑色的高墙，还有礁石上浪花泡沫的斑点。

后来我们改变航线，风在我们头顶横扫着巨大的船帆。德尼向我指指岸边：

"那边，水道。贝尼蒂尔斯岛。"

我们停下来不再舀水，走到船头，好看得更清楚。雪白的浪花线在我们面前展开。在波浪的推动下，独木舟径直向勒莫尔纳疾驶而去。堡礁上波涛的轰鸣声已很近。波浪倾斜地卷动，汹涌澎湃。德尼和我凝视着深邃的海水，让人目眩的蓝。渐渐地，艏柱前方，颜色明亮起来。我们看见反射出的绿色，金色的云彩。船底露出来，行驶得飞快，有珊瑚块，海胆的紫球，银色的鱼群。现在海水平静了，风也停了。收起的船帆在桅杆周围飘摆，像床单一样。我们在勒莫尔纳的潟湖里，人们到这里来钓鱼。

太阳很高。独木舟滑行在平静的水面上，安安静静，被德尼的船篙推向前方。船尾，未婚夫寸步不离德尼的姐姐，一只手用小桨划船。老人凝望着对着太阳的水面，他在珊瑚洞里找鱼。他手拿一根长线，把沉子在空中抛响。在深色而高涨的海面的汹涌澎湃之后，在狂风四起和浪花飞溅之后，我在这里仿佛进入温热的梦乡，梦里充满阳光。我感到太阳晒在脸上、背上的灼热。德尼脱掉衣服，晒干，我也模仿他。他光着身子，突然扎进透明的水中，几乎没发出声响。我看见他游在水下，然后消失了。他再次露出面孔的时候，手里抓着一条大大的红鱼。他把鱼扔进船底，立刻又潜下去。他黑黝黝的身体在两股水流间滑行，再露出来，又沉下去。最后他又带上来一条鱼，鱼鳞微蓝，他同样把鱼扔进船里。现在，独木舟就在堡礁附近。高个子黑人和印度面孔的老人抛下鱼线。好几次，他们钓上来各种鱼，有隆头鱼、贝里鱼、鞋帮鱼。

我们钓鱼过了很久，独木舟沿着礁石漂移。太阳在深色的天空中炙烤，然而光芒却从海面溅起，一道让人目眩的光芒，令人陶醉。我静止不动，探身在舷柱上，望着闪烁的海水，德尼碰碰我的肩，把我唤醒。他的目光犹如黑宝石般闪耀，他用克里奥尔语滑稽地哼唱：

"眼睛花了，花了。"

这是一阵来自大海的眩晕，仿佛阳光和反射施展魔法，让我混乱，无力。尽管天气酷热，我仍然觉得冷。德尼的姐姐和未婚夫让我躺在船底，在微风中飘扬的船帆的阴影下。德尼用手捧起海水，沾湿我的脸和身体，然后撑杆，驾着独木舟行驶到岸边。稍后，我们登上勒莫尔纳岬角附近白色的沙滩。那里有几株小灌木和白水木树。在德尼的帮助下，我走到白水木树荫下。德尼的姐姐给我喝一瓢酸味的液体，灼烧我的舌头和喉咙，于是我清醒过来。我已经想站起身走向独木舟，但是德尼的姐姐说，我还应该待在树荫下，等到太阳落向地平线。老人在船里，靠着船杆。现在他们远去在闪烁的海面上，他们继续去捕鱼。

德尼坐在我旁边。不说话。他和我在白水木的树荫下，他的腿上沾着白沙。他和其他孩子不同，那些孩子都生活在美好的环境里。他无须说话。他是我的朋友，在这里，在我旁边，他的缄默就是说话的方式。

这里，一切都美丽而安静。我望着无垠的绿色潟湖，沿着堡礁的海浪的流苏，还有海滩的白沙，座座沙丘，混合在带刺的灌木丛中的沙砾，木麻黄阴暗的树林，白水木、榄仁树的树荫，以及我们面前，勒莫尔纳晒焦的岩石，像栖满海鸟的城堡。仿佛我们在海上遇难，在这里，已经好几个月，远离一切人类聚居的地方，等候从地平线驶来一艘能把我们带走的船。我想到洛尔，她应该候在五桠果树，我想到母亲和父亲，我希望这一刻不要结束。

然而太阳落向海面，把海面变成金属，变成不透明的玻璃。渔民们往回赶。德尼最先看见他们。他走在白沙上，身影不太灵活，仿佛是他倒影的影子。他游在独木舟前，在波光粼粼的水中。我也跟在他后面下海。凉爽的海水洗去我的疲倦，我游在德尼激起的水波里，游到独木舟。未婚夫向我们伸手，毫不费劲地举起我们。船底装满各种各样的鱼，甚至还有一条蓝色的小鲨鱼。小鲨鱼凑过来想吃一条捕获的鱼，那时未婚夫一下用鱼叉刺死它。鲨鱼的身体中间被刺穿，一动不动，张开的鱼嘴露出三角形的牙。德尼说中国人吃鲨鱼，人们也用它的牙齿制作项链。

尽管太阳炽热，我仍然打着寒战。我脱去衣服，放在艉柱旁晒干。现在，独木舟滑向水道，已经能感到长浪从高涨的海面滚滚而来，崩塌在堡礁上。突然，大海变成紫色，变得刺眼。正当我们沿着贝尼蒂尔斯岛穿越水道，风起来了。巨大的船帆在我身旁展开，回响，泡沫飞溅在船首。德尼和我赶紧叠起我们的衣服，藏在桅杆旁。海鸟追随着独木舟，因为它们嗅到鱼的味道，甚至于时而试图抢走鱼，德尼一边叫喊，一边挥舞臂膀恐吓它们。这是目光敏锐的黑军舰鸟，滑翔在风中，在独木舟旁，咕咕鸣叫。我们后面，勒莫尔纳晒焦的巨岩远去在黄昏模糊的光线中，像被阴影占据的城堡。海平线附近，太阳被长长的灰云遮得模糊。

我永远都忘不了这一天，如此漫长，仿佛几个月，几年，那时我第一次认识大海。我希望它不要结束，仍然持续。我希望独木舟永不停止地疾驰在波浪上，飞沫里，一直到西印度，甚至大洋洲，从一个岛屿到另一个岛屿，照耀在永远不落的太阳下。

我们在黑河下船的时候，已经是夜晚。我和德尼快步走到布康，我们赤着脚走在尘土中。我的衣服和头发里全是盐，脸部和背部被阳光灼痛。我来到房子前，德尼一句话没说，离开了。我走在小路上，心怦怦直跳，看见父亲站在游廊上。他在防风灯的光线下，在黑西装里显得更高更瘦。因为焦急和生气，他面色苍白，面容疲倦。我站在他面前，他什么也没说，可是目光严厉而又冷淡，让我焦虑不安，不是因为等着我的惩罚，而是因为我知道不能再回到海上，这已成定局。这个夜晚，尽管疲惫，饥饿，口渴，我一动不动，躺在触痛我背部的床上，对蚊子毫不在意，听空气的每个波动，每次呼吸，每个空白，它们让我靠近大海。

洛尔和我,在这个夏天最后的日子里,在刮飓风的那年,愈加局促在自己的角落,孤零零地生活在布康深处,没有任何人来看望我们。可能正因为此,我们有一种奇怪的感觉,一种威胁,一场危险正在临近。或者是孤独让我们对布康最后的征兆变得敏感。或许也是因为几乎难以忍受的炎热笼罩在岸边,在塔马兰山谷里,日日夜夜。甚至海风也不能减轻种植园上,红土地上炎热的分量。在沃尔哈拉和塔马兰的芦荟园附近,土地如火炉一般滚烫,溪流干涸。晚上,我望着卡辛蒸馏厂的烟雾,混合在红色尘土的烟雾中。洛尔向我谈论上帝让流星雨降临在被诅咒的所多玛和蛾摩拉城市上空,以及七九年维苏威火山喷发,庞贝城被淹没在炽热的火山灰的雨下。然而在这里,我们即使观察也是徒然,朗巴特山和特鲁瓦马梅尔山上方的天空还很晴朗,刚刚被几片无害的云彩遮住。然而我们在内心深处不时感到危险。

已经好几个星期,母亲生病了,她停止了上课。父亲阴郁而疲惫,把自己禁闭在书房里读书写信,或者一边抽烟一边透过窗户以一副心不在焉的神情向外看。我想正是这个时期他真正跟我谈起不为人知的海盗科赛尔[①]的宝藏,以及他所保留的相关资料。我第一

[①] Corsaire,法语中是私掠船船长的意思,小说中该词为大写,故音译为海盗科赛尔。

次听说是很久以前,可能是母亲说的,她不太相信。但是这个时期父亲跟我谈论了很久,仿佛在谈论一个重要的秘密。他说了什么?我无法确切地回忆起来,因为和我记忆里后来所有听到读到的内容混在一起,可是我记得这个下午,父亲让我走进他的办公室,一副奇怪的表情。

这个房间我们从来不进,除非偷偷地,不是因为故意禁止,而是这间书房对我们而言藏有私密,甚至让我们有点害怕。那个时候,父亲的书房是一个狭长的房间,完全在房子尽头,在客厅和父母卧室中间,这是一个安静的房间,朝向北,地板和墙都是木质涂漆,家具仅有一张没有抽屉的大写字桌和一把扶手椅,还有几个装纸的金属箱子。桌子正对着墙,因此,百叶窗打开的时候,洛尔和我躲在花园的灌木丛后面,能看见父亲正在读书或者写字的身影,被香烟的云雾所包围。从书房,他可以看见特鲁瓦马梅尔山和黑河峡谷的山脉,可以注视云彩的游走。

我还记得走进他的书房,我几乎屏住呼吸,看着堆满在地上的书报,夹在墙上的地图。我最喜欢的地图是星座图,父亲曾经指着图,教我们天文。我们走进书房,激动地念天上星星和星座的名称:人马星座,由斗宿四星指引。豺狼座,天鹰座,猎户座。牧夫座,东边是贯索四星,西边是大角星。天蝎座是危险的图案,尾部有尾宿八星,犹如发光的蛰针,头部是红色的新宿二星。大熊座的每一颗星都在曲线上:摇光、开阳、玉衡、天权、天玑、天枢、天璇。御夫座的主星在我记忆里奇怪地回响,五车三。

我还记得大犬座,在它嘴部是漂亮的天狼星,仿佛一颗獠牙,下面有一个三角形闪烁着弧矢七星。我仍然能清楚地看见一个图案，那是我最喜欢的，我一夜又一夜在夏季的天空寻找，就在南边勒莫尔纳的方向：南船座，我时常在道路的尘土中描绘，就像这样：

父亲站立着，他在说话，而我听不懂他说话的内容。他不是真的在对我说，对这个孩子，留着长头发，脸蛋被太阳晒得黝黑，奔跑在荆棘和甘蔗田里，衣服被扯坏。他自言自语，眼睛闪着光彩，声音因为激动而有点沉闷哽噎。他谈论即将要发现的巨大宝藏，因为他终于知道了藏宝之处，他发现了不为人知的海盗科赛尔寄存宝藏的岛屿。他没有说私掠船船长的名字，只是说不为人知的海盗科赛尔，就像后来我从他的资料里读到的一样，今天，对我来说，这个名字似乎仍然比其他任何名字更加真实，更加充满神秘感。他第一次向我谈起罗德里格斯岛，它是毛里求斯的属地，乘船需要行驶好几天。在办公室的墙上，夹着一份岛屿的记录，父亲亲自用中国墨水抄写，用水彩描色，画满了符号和方位标。地图下部，我记得读到这些词语："罗德里格斯岛"，下面是"英国海军部地图，沃顿，

1876"。我听着父亲讲话却什么都没有听见，仿佛在一个梦境深处。宝藏的传奇，一百年来人们在昂布尔岛、弗利康弗拉克岛、塞舌尔群岛的寻觅。激动以及担心妨碍了我的理解，因为我猜想这是世界上最重要的事情，一个每一刻都能挽救我们或者让我们迷失的秘密。现在不再是关于电力，也不是其他任何项目。罗德里格斯岛宝藏的光芒让我目眩，让其他一切都变得苍白。这个下午，父亲说了很久，在狭窄的房间里走来走去，举起纸张看看，又放下来，甚至没有给我看，而我站在桌子旁，一动不动，偷偷瞄着罗德里格斯岛的地图，它夹在墙上，在天空图旁边。或许正因为此，后来我对下面所发生的一切保留这样的印象，这次冒险，这份寻找，是在天空的地域而不是在真实的地面，我登上"阿尔戈号"①就已经开始了我的旅程。

这是夏季最后的日子，我觉得特别漫长，白天黑夜的每一个时刻都负载如此多的事情：它们更像是几个月，好几年，深深地改变了我们周围的世界，让我们变老。伏天里，塔马兰山谷的空气稠密，沉闷，包含水汽，人们感觉成为喧闹的群山的俘虏。更远处，天空晴朗，多变，云朵在风中滑行，它们短暂的阴影投射在烤焦的丘陵上。最后的收获即将结束，田里的劳动者嘟哝着怒气，因为他们不再有吃的。有时候，在晚上，我看见甘蔗田的火焰冒起通红的烟雾，于是天空呈现出奇怪的颜色，凶险，映着红光，灼痛眼睛和

---

① 阿尔戈号（Argo），希腊神话中的一条船，由伊阿宋等希腊英雄在雅典娜帮助下建成。众英雄乘此船取得金羊毛。此后该船作为进献雅典娜的祭品被焚毁。南船星座由此而来。

嗓子。尽管危险，我几乎每天都穿过种植园去看火。我一直走到也芒，有时到塔马兰埃斯塔特，或者向上走到马真塔和贝尔里夫。从拉图雷尔山上，我看见还有其他烟雾升起，就在北边，克拉伦斯，马尔瑟内附近，在沃尔玛尔边界。现在，我独自一人。自从乘独木舟旅行以来，父亲禁止我再见到德尼。他不再来布康。洛尔说，这之后曾听见他祖父，库克领班对着他大喊，因为禁止德尼来看他。从此，德尼就消失了。这让我产生空白的感觉，强烈的孤独，在这里，父母，洛尔和我，仿佛我们是布康最后的居民。

于是我走得更远，越来越远。我爬上克里奥尔城墙顶，观察抗议的烽烟。我跑步穿过被砍伐破坏的田地。仍然有劳动者，在某些地方，一些贫穷年老穿粗麻布衣的妇女，拾捡落穗，用砍刀割芒稷。她们看见了我，我的脸晒得黝黑，衣服上沾满红土污渍，赤脚，把皮鞋系在脖子周围，她们大喊着把我驱走，因为她们害怕。从来没有白人到这里冒险。有时候队长也辱骂我，向我扔石头，我奔跑穿过甘蔗田直到上气不接下气。我憎恨队长，我鄙视他们胜过世界上一切，因为他们冷酷无情，凶狠恶毒，当一捆捆甘蔗不能迅速送到货车上的时候，他们用棍棒痛打穷人。然而晚上，他们会收到双份薪水，喝粕酒而酩酊大醉。对待"区域经理"，他们卑怯而阿谀奉承，说话时摘下帽子，装作喜欢之前曾粗暴对待过的人们。在田里，有一些男子几乎赤身裸体，身上只盖一块破布，他们在拔"残根"，老甘蔗的根部，用那些沉重的铁钳，被我们称作"死尸"钳。他们把玄武岩块扛在肩上，运到牛车，然后在田地尽头堆积起来，建造新的金字塔形的石堆。这些人被母亲称为"甘蔗的殉难者"。他们一边工作一边唱歌,我很喜欢听他们单调的嗓音响起在广阔孤独的种植园上,在黑色石堆的高处。我也很喜欢唱歌,为我自己,那是我们小时候,库克领班为洛尔和我唱的克里奥尔语老歌,他唱道:

> 过去我在塔尼埃河边,
> 遇见一位伟大的母亲,
> 我问她在这里做什么,
> 她说,我在钓加波鱼。

> 嗨,嗨,我的孩子,
> 必须工作才能赚得面包。
> 嗨,嗨,我的孩子,
> 必须工作才能赚得面包。

就在那里,在石岗上我看见也芒和沃尔哈拉附近火焰的浓烟。那个早晨,它们距离很近,就在塔马兰河的木板屋附近,我知道正在发生某件严重的事情,我的心怦怦直跳,跑步下来,穿过田地,直到土路。我们家浅蓝色的屋顶太远了,我无法通知洛尔正在发生的事情。我小到小康河道,已经听见骚乱的声音。吵闹声如同暴风雨,似乎同时来自各个方向,回响在山谷。喊叫声,嚎叫声,还有枪声。我虽然害怕,仍然奔跑在甘蔗田中间,也不顾划伤。一下子跑到糖厂前,我置身于吵闹声中,我看见了骚乱。穿着黄麻布衫的人群聚集在门前，所有人的嗓子同时叫喊起来。人群前方有三个骑马的人，他们让马扬起前蹄，我听见路上铁蹄的声音。事实上，我看见蔗渣炉张开的炉嘴口，火星飞旋。

　　人群前进，后退，像某种奇怪的舞蹈，而尖锐的叫声高低起伏。男人挥动砍刀，镰刀，女人舞动锄头，砍柴刀。我被恐惧占据，待着不动，而人群推挤我，包围我。我喘不过气来，眼睛因为灰尘而看不清东西。好不容易，我才给自己开辟了一条通道直到糖厂的墙壁。这个时刻，我还没明白发生了什么，我看见三个骑马的人向紧紧围住他们的人群冲过来。马的前胸挤向男男女女，骑马的人用枪托挥打。两匹马逃向种植园，紧随其后是人群愤怒的喊叫声。他们从我旁边经过的时候如此靠近，以至于我摔倒在地上的尘土中，让我担心被践踏。然后我瞧见第三个骑马的人。他从马上摔下来，男人女人抓住他的手臂，推挤他。尽管恐惧让他的脸部变形，我还是辨认出他的面孔。他是费迪南的一位亲戚，一个表姐的丈夫，是卢多维克叔叔种植园的区域经理，某个叫做迪蒙的人。父亲说他比队长更坏，他用甘蔗抽打工人，偷走那些对他抱怨的人的薪水。现在是种植园的人们粗暴地对待他，踢打他，辱骂他，让他摔倒在地上。片刻，在推挤他的人群中，他距离我那么近，我看见他茫然若失的眼神，听见他粗哑的呼吸声。我感到害怕，因为我明白他就要死了。我嗓子眼感到恶心，呼吸困难。我眼里满是泪水，用拳头敲打愤怒的人群，他们甚至都没有看见我。身穿粗麻布衣的男人女人们继续奇怪地舞蹈，继续喊叫。我终于离开人群，转过身，看见那个白人。衣服已经被撕破，他被半裸身体的黑人们拽着胳膊一直拖到蔗渣炉的炉口。他没有叫喊，也没有动弹。面孔是吓白的一张纸，黑人们抓起胳膊和腿部把他举起来，开始在通红的炉门前摇晃。我楞住了，独自站在路中间，听越来越响的叫喊声，这声音就如同一首缓慢而悲痛的歌曲，为火苗上身体的摇晃打着节拍。然后，人群只做了一个动作，于是残忍的一声大叫，那个人就消失在炉子里。一下子，喧闹安静下来，我重新听见火苗喑哑的呼呼声，甘蔗汁在发亮的大桶里的汩汩声。我无法让自己的目光从蔗渣炉发出红光的炉嘴移开，现在黑人们正在向炉口添加几铲干甘蔗，似乎什么都没有发生。然后缓缓地，人群散开了。穿粗麻布衫的妇女们走在尘埃中，面孔被包裹在头巾里。男人们在甘蔗田的道路上远去，手里拿着砍刀。不再有喧闹，不再有嘈杂。我走向河流，只有甘蔗叶上风的寂静。这是在我内心的寂静，它占据了我，让我眩晕，我知道我将不能向任何人谈论今天的所见。

有时候洛尔和我一起来到田地里。我们走在小路上，在砍下的甘蔗中间。土地太疏松，或者有大堆砍下的甘蔗，我就把她背在背上，不让她弄脏裙子和高帮皮鞋。洛尔比我大一岁，但她却那样轻那样柔弱，我感觉像背了一个孩子。她很喜欢我们这样走路，锋利的甘蔗叶在她面孔前分开，又在她身后重新合上。有一天，在顶楼，她翻找出了一期旧的《伦敦新闻画报》，有一幅图画表现纳奥米背在阿里的肩上，在大麦田里。纳奥米一边大笑一边拔去打在她脸上的麦穗。她对我说，正是因为这幅图画，她叫我阿里。洛尔也向我谈起保尔和维吉妮，但是这是一个我不喜欢的故事。因为维吉妮如此害怕脱去衣服下海。我觉得很可笑，我对洛尔说肯定不是真实的故事，然而这让她生气。她说我一点都不懂。

我们走向山丘，那里进入马真塔地域，以及有钱人的"猎区"。但是洛尔不想走进森林。于是我们一起下来走向布康的源泉。山丘里，空气潮湿，仿佛早晨的薄雾久久挂在灌木丛的叶子上。树木刚刚从夜晚的阴影中出来，洛尔和我喜欢坐在林中的一块空地上，我们窥伺海鸟飞过。有时，我们看见一对蒙鸟经过。漂亮的白鸟从黑河峡谷飞出，在马纳纳瓦附近，它们持久地滑翔在我们上方，翅膀张开，犹如十字形的浪花，长长的尾巴拖在身后。洛尔说它们有海上死去水手的灵魂，女人等待他们回去，可却永无归期。它们安静，轻盈，生活在马纳纳瓦，那里山脉深暗，天空阴沉。我们认为雨从那里诞生。

"有一天，我要去马纳纳瓦。"

洛尔说：

"库克说在马纳纳瓦总是有逃亡的奴隶。如果你去那边，他们会杀了你。"

"这不是真的。那边没有任何人。德尼去过很靠近的地方，他告诉我到达那里，一切都变黑了，人们说夜幕降临，于是应该向后返回。"

洛尔耸了耸肩。她不喜欢听见这样的事情。她站起身，看看天空，鸟儿已经消失。她不耐烦地说：

"走吧！"

穿过田地，我们回到布康。树叶中间，我们房子的屋顶像水洼一样闪耀。

自从母亲发烧生病以来，她就不再给我们上课，仅仅教一些诵读和宗教知识。她消瘦，苍白，不再从房间出来，除非出来坐在游廊的长椅上。医生乘坐马车从弗洛雷阿尔过来，他叫柯尼希。他一边和父亲说话一边离开，烧已经退下去，但愿她不再有其他危险，因为这恐怕"不可原谅"。他这样说，我不能忘记这个词，它每一刻都在我脑海里，日日夜夜。正因为此我不能待在原地。我总是需要动，像父亲说得那样翻山越岭，从一大早起就在被太阳烤焦的甘蔗田里，听穿粗麻黄布衫的妇女们吟唱她们单调的歌曲，或者到大海的岸边，希望在打渔归来时还能再遇见德尼。

危险正向我们袭来，我感到它笼罩在布康上。洛尔也是如此感觉。我们并不谈论，然而一切在她的面孔上，在她担心的眼神里。夜晚，她睡不着，我们两个人待着不动倾听大海的声音。我听见洛尔规律的呼吸声，过于规律，我知道她在黑暗中睁着双眼。我也是，一动不动躺在床上没睡，蚊帐因为炎热而打开，我听着蚊子跳舞。自从母亲生病，为了不让她担心，我夜里不再出去。但是一大早，黎明之前，我开始在田野里奔跑，或者我走向大海，直到黑河边界。我想，我仍然希望看见德尼出现在荆棘丛的拐弯处，或者坐在榄仁树下。有时，我甚至用我们两人约定好的信号呼叫他，让草琴发出尖锐刺耳的声音。但是他再也没有来。洛尔认为他出发去了岛屿的另一边，维勒努瓦尔附近。我现在孤身一人如同鲁滨逊[①]在他的岛屿上。甚至洛尔现在都更加安静了。

[①] 鲁滨逊，法国作家米歇尔·图尼埃《礼拜五——太平洋上的灵薄狱》的主人公，流落荒岛之后，最终抛弃文明重返自然。

于是我们阅读每周刊登在《伦敦新闻画报》上的小说片段，莱特·哈葛德的《百合娜达》①，它配有略微让人害怕也让人浮想翩翩的版画插图。每周一报纸都会送到，内容滞后三到四周，有时在英印蒸汽航海公司的轮船上，会有三期包裹。父亲漫不经心地浏览，然后遗弃在走廊的桌上，我们就在那儿等候它们到来。我们把报纸带到屋顶下的密室里，自由自在地阅读，趴在地板上，在炎热的半明半暗之中。我们高声朗读，大多数时候并不明白，然而抱着信念，这些词语都牢记于心了。兹威克巫师说"父亲，你让我告诉你乌姆斯洛波哥斯年轻的时候名叫布拉里奥·斯劳特勒，以及他对娜达的爱，她是最美丽的祖鲁女人。"每一个名字都深深记在我内心深处，仿佛他们是这个夏天，在我们即将离开的房子的阴暗中，我们所遇见的活生生的人的名字。"我是杀害国王查卡的摩波，"年老的男子说道。丁盖，是为娜达而死的国王。芭莱卡，是父母被查卡杀害的年轻女孩，她又被迫成为查卡的女人。库斯是摩波的狗，夜晚会靠近主人，而摩波一直注视着查卡的军队。死者在被查卡征服的大地上出没："我们不能睡着，因为我们听见伊托戈，死人的鬼魂，它们在周围游荡，互相喊叫。"我打着颤栗，听洛尔为我朗读翻译这些词语，那时查卡出现在战士们面前：

"哦，查卡，哦，大象！他的公正如同太阳般闪耀而又可怕！"我看着版画，黄昏里秃鹫翱翔在半藏在地平线下的日轮上。

还有娜达，百合娜达，一双大眼睛，卷曲的头发，古铜色皮

---

① 《Nada the Lily》，又译为《鬼山狼侠传》，英国作家莱特·哈葛德于一八九二年写的历史小说。

肤，是一位黑人公主和白人的后代。她是被查卡杀戮的克拉尔人中唯一的幸存者。她美丽，特别，穿着兽皮衣。查卡的儿子乌姆斯洛波哥斯被她认作哥哥，疯狂地爱恋她。我记得有一天娜达要求年轻人给她带来一只幼狮，乌姆斯洛波哥斯溜进了母狮的洞穴。然而这时，狮子们打猎回来，雄狮怒吼，"以至于大地震颤"。祖鲁人与狮子作战，但是母狮把乌姆斯洛波哥斯吞进嘴里，娜达为哥哥的死而哭泣。我们多么喜爱读这个故事！我们把它铭记于心。父亲教授我们的英文，对于我们是传奇的语言。我们想要表达某件特别或者秘密的事情，我们就用这种语言说，仿佛没有别人能够听懂。

我还记得打查卡脸的战士。他说："我感觉到周围的天空。"还有天空女皇，因科萨扎娜－伊－祖鲁的出现，她宣布查卡即将受到惩罚："她的美丽绝世罕见……"百合娜达走到聚集的人群，"娜达的光彩照耀在每个人身上……"我们不厌其烦地重复这些句子，在顶楼，在白天行将结束的模糊的光线中。今天我似乎觉得句子本身有一种特别的意味，是发生变化之前沉重的焦虑。

我们总是在报纸的图画前幻想，可是现在它们对于我们显得难以接近：朱诺自行车或者考文垂机械公司的自行车，利利普特戏剧镜，带上它们，我想象自己能够穿越马纳纳瓦深处，班森牌"不上发条"的手表，或者玻璃表盘的著名的沃特伯里镍表。洛尔和我庄严地朗读写在手表图画下面的句子，仿佛是莎士比亚的一句诗："补偿摆轮，复式擒纵机构，不上发条，防尘，防震，防磁。"我们也很喜欢布鲁克肥皂的广告，它表现一只猴子在新月上弹奏曼陀林，一起向我们夸大其词地说：

"月亮和我是名副其实的一对，

我擦亮了地球，她照亮了天空……"

我们大笑起来。圣诞节已经早就过去——那一年十分苦闷，经济的烦恼，母亲生病，还有布康的孤独——但是我们玩游戏，在一页页报纸中选择我们的礼物。因为只是一个游戏，我们毫不犹豫都挑选最昂贵的东西。洛尔挑了一架夏贝尔牌黑檀木的练习钢琴，一条东方珍珠项链，一枚金匠&银匠牌的珐琅钻石胸针，是小鸡出蛋的造型！价值九里弗尔①！我给洛尔挑选了一个银质雕刻玻璃的长颈瓶，给母亲选到一件理想的礼物：玛平牌皮质化妆包，配上小瓶、小盒、刷子以及修甲用具等等。洛尔很喜欢这个包，她说以后长大成一位年轻的小姐时，也要有一个。给自己，我选了一盏内格雷蒂&赞布尔牌的灯，一台配有唱盘和唱针的留声机，当然还有一辆朱诺自行车，这些都是最好的东西。洛尔知道我喜欢什么，给我挑了一盒汤姆·史密斯的鞭炮，让我们开怀大笑。

我们还阅读已经过时几个月，有时是几年的新闻，但是有什么关系呢？海难的故事，大阪地震，我们长时间盯着那些图片。同样也有茶叶和蒙古喇嘛，"以罗"果盐标签上的灯塔，以及神出鬼没的龙骑兵，一位孤身于狮群的仙女，在"中了魔法的森林"里，还有百合娜达片段里的图画让我们颤栗："山魔"，一块巨石，张开的大嘴是一个空穴，美丽的娜达即将死在这里。

---

① 法国古代的记账货币。

这就是我对那个时候所保留的画面，混合着木麻黄间的风声，在极度炎热的顶楼，沉闷的空气中，夜晚的阴影逐渐吞噬房子周围的花园，椋鸟开始它们的交谈。

我们在等待，却不知道应该等待什么。晚上，躺在蚊帐下，睡觉之前，我梦想自己乘坐一艘鼓足船帆的船，在黑暗的大海中航行，望着阳光闪烁。我听洛尔的呼吸声，缓慢而规律，知道她也睁着眼睛。她在梦想什么？我觉得我们都在一艘驶向北方的船上，驶向不为人知的海盗科赛尔的岛屿。然后很快，我就被带到黑河谷底，在马纳纳瓦附近，那里森林黑暗，难以穿过，我们时常能听见巨人萨卡拉武的叹息声，他为了逃脱种植园的白人曾经在这里自杀。森林里有很多隐秘的地方和毒物，回响着猴子的啼叫。在我上方，从太阳前方，掠过白色蒙鸟的阴影。马纳纳瓦，是梦想的国度。

引领我们进入四月二十九日星期五的日子很长。一日又一日连接起来，仿佛只是漫长的一天，因为夜晚和梦境而断断续续，远离现实。现实在我看见它的那一刹那就已经在回忆里，我不能理解这些日子本身所承担的东西，命运的负载。让我如何知道这一切，而我毫无标记？只有拉图雷尔山，我在树木之间远远地看见它，因为它是我看海的哨兵，还有另一边，特鲁瓦马梅尔山尖锐的岩石和朗巴特山，它们守卫着这个世界的边界。

从黎明开始，太阳就沿着沟壑炙烤，干涸红色的土地，雨水曾经冲出沟壑，沿着蓝色的屋顶缓缓流淌。刮起二月的暴风雨，东北－东风从山脉吹过，大雨在山丘和芦荟园里冲刷出浅沟，湍流在蓝色的潟湖上形成一大块水斑。

父亲从早晨起一直站着，在游廊的遮蔽下，望着雨帘在田地上前进，覆盖山峰，在马夏贝和布里斯-费尔附近，那里安放着发电机。被雨水和稀的土地在阳光下闪着光，我坐在游廊的台阶上，为母亲雕刻泥土小塑像：一只狗，一匹马，一些士兵，甚至一只船，细枝作桅杆，树叶作船帆。

父亲经常去路易港，他从那里乘坐弗洛雷阿尔的火车，去看望阿黛拉伊德姑妈。明年我进皇家中学的时候，她要接待我住宿。这一切都不大让我感兴趣。有一种危险笼罩在这里，在布康的世界，犹如一场不可理解的暴风雨。

我知道我就是生活在这里，而不是其他任何地方。是这片风景，让我毫不厌倦地仔细观察，很久以来，我熟悉这里的每一片凹地，每一块阴影，每一个隐秘的地方。在我身后，一直是黑河峡谷深暗的深渊和马纳纳瓦神秘的山谷。

晚上也有可以躲藏的地方，我和洛尔去智慧树。我们高高的坐在主枝上，悬着腿。我们待在那里不言不语，看月光在稠密的树叶下变得朦胧。雨水开始落下，大约是晚上，我们聆听水滴落在宽大的树叶上的声音，犹如一首乐曲。

我们还有另一个藏身之地。那是一个峡谷，谷底流淌着纤细的小溪，在更远处汇入布康河。妇女们时而来到这里，在稍低的地方游泳，或者一群小山羊，被一个小男孩驱赶而来。洛尔和我一直走到峡谷深处，那里有一片平台，一棵古老的罗望子树伸展在空地上方。我们骑在树干上，匍匐探向树枝，我们待在那里，头靠在木头上，一边梦想，一边看水流向谷底，流在熔岩石上。洛尔认为溪水里有金子，正因为此妇女们来这里洗衣，好在裙子的面料上缀上闪光片。于是我们无休止地盯着流淌的水，我们在黑色沙子上，在沙滩上寻找太阳的反光。我们待在那里，什么都不想，不再感到危险。我们不再想母亲的疾病，不再想缺钱，不再想卢多维克叔叔，他正在购买我们所有土地作他的种植园。正因为此，我们躲在这些隐蔽的地方。

黎明，父亲乘坐马车出发去路易港。我立刻出门去田里，我首先走向北边看喜欢的山脉，然后转身去马纳纳瓦，而现在则向大海走去。我独自一人。洛尔不能和我一起来，因为她身体不舒服。她第一次这么跟我说，她告诉我，每当月亮的时期来临，女性会流血。之后她就再也不说，似乎害羞了。我记得那一天的她，一个面色苍白的小女孩，长长的黑发，固执的表情，漂亮笔直的额头面对世界，什么东西已经发生变化，把她带向远处，让她变得陌生。洛尔站在游廊上，穿着浅蓝的棉布长裙，卷起的袖子露出瘦削的手臂，在我离开的时候，她微笑着，那副神情似乎在说，我是"猩猩"的姐姐。

我不停地奔跑，一直来到拉图雷尔山脚下，靠近大海的地方。我不想再去黑河海滩，也不想去塔马兰潟湖，因为那些渔民。自从乘独木舟冒险之后，自从我受惩罚以来，我和德尼分开了，我不想再去从前我们去过的地方。我走上拉图雷尔山高处，或者在雷图瓦勒山上，在荆棘丛的隐蔽之处，我望着大海和鸟儿。甚至洛尔也不知道我身在何处。

我独自一人,高声地自言自语。自己提问,自己回答,就像这样:"来,我们坐在那边。

哪儿?

那边,平坦的岩石上。

你在寻找某个人?

不,先生,我在看大海。

你想看珍珠角鸟吗?

瞧,一艘船经过。你看见它的名字吗?

我知道,这是阿尔戈号。这是我的船,它过来找我。

你要出发吗?

是的,我很快即将出发。明天或者今天下午,我就要出发……"

我站在雷图瓦勒山上,雨开始降临。

刚才天气很好,阳光透过衣服炙烤着我的皮肤。烟囱在远处冒烟,在甘蔗田里。我望着无垠的大海,深蓝色,猛烈,那边是礁石。

雨来了,清洗着路易港附近的大海,一片巨大的灰色帘幕呈半圆形全速向我袭来。如此突然,我甚至都没有想到找一个避雨的地方。我站在岩石的突出部分,心怦怦直跳。我喜欢看雨到来。

开始没有风。所有声音都中断了,仿佛山脉屏住呼吸。我的心为此而震颤,寂静让天空空无一物,让一切静止。

一下子,冷风向我吹来,摇晃着树叶。我看见甘蔗田上涌起的波浪。风打着旋儿,包围我,狂风让我不得不蹲在岩石上避免被吹倒。黑河附近,我看见同样的情景:巨大的深色帘幕向我疾驰而来,覆盖了大海和土地。我明白应该离开，马上。这不是简单的一场雨，而是一场暴风雨，一场飓风暴，就像二月发生的一样，那时持续了两天两夜。但是今天，这份寂静，仿佛我之前从未听见过。然而，我没有移动。我不能让目光从巨大的灰色雨帘移开，它正全速冲向山谷，大海，吞没山丘，田地，树木。雨帘已经覆盖岩礁。接下来，朗巴特山，特鲁瓦马梅尔山消失了。黑暗的云朵经过山脉，将它们拭去。现在云沿着山坡落向塔马兰和布康深处。我立刻想到母亲和洛尔，她们独自待在家中，担心把我从正在疾驰的雨景中拉出来。我跳下岩石，尽最快速度走下雷图瓦勒山坡，毫不犹豫地穿过灌木丛，它们割着我的脸和腿。我奔跑着，如同有一只疯狂的猎狗追逐我，仿佛我是一只从"猎区"逃跑出来的鹿。很难理解，我找到所有的捷径，顺着干涸的湍流直奔向东边，一瞬间，我已经在帕农。

风吹打我，雨墙在我身上崩塌。我从来没有这样的感受。水包围了我，流淌在脸上，流进嘴里，鼻孔里。我呼吸困难，什么也看不清，在风里摇摇晃晃。声音尤为可怕。一种深沉，沉闷的声音回响在大地，我觉得山脉正在坍塌。我背向暴风雨，在灌木丛间爬行。被拔起的树枝抽打空气，像箭一般疾驰。我跪在一棵大树下，脑袋藏在手臂里，等待。稍过一会狂风过去了。大雨如注，但是我能重新站起身，呼吸，看见自己在哪里。山谷边的灌木丛被踏平。不远处，有一棵和我淋雨一样的人倒下被掀翻，树根处带着红色的泥土。我重新开始走路，漫无目的，突然，在暴雨的短暂平息中，我看见圣·马丁山丘，从前糖厂的废墟。没有什么好犹豫的：我要去那里避雨。

我认识这些废墟。我和德尼穿过荒地的时候，经常看见它们。

德尼不愿意靠近,他说这是莫纳·莫纳的家,人们在那里敲"魔鬼之鼓"。老墙之中,我躲在一个隐蔽的角落,在一面拱顶墙下。湿透的衣服贴在皮肤上,我直打哆嗦,因为寒冷,也因为害怕。我听见狂风由山谷吹来。发出的声音仿佛一只巨兽横在树上,压倒灌木丛和树枝,折断树干就像折断细枝。倾盆大雨在地面前进,包围了废墟,犹如瀑布般倾泻在峡谷上。出现的溪流仿佛涌出大地的泉水。水流淌,分开,打结,形成旋涡。不再有天空、大地,只有巨大的水流,还有狂风,它带走树木和红色泥土。我径直看着前方,希望透过水墙能看见天空。我在哪里?帕农废墟可能是唯一遗留在大地上的,暴雨或许淹没了整个世界。我想要祈祷,但是牙齿互相碰撞,我甚至记不起话语。我只记得洪水的故事,母亲在大大的红皮书里给我们读过,那时雨水倾泻在大地上,一直淹没到山脉,落亚为了逃生制造了大船,他在里面把每一种动物都放了一对。但是我怎么能建造一艘船?如果德尼在,或许他会用树干建造一艘独木舟或者木筏。为什么上帝还要惩罚大地?因为人们都冷酷无情,像父亲所说的那样,他们在种植园里侵吞,让劳动者贫穷?然后我想到洛尔和母亲,在被遗弃的房子里,担心强烈地压迫着我,使我勉强呼吸。她们变成什么样子?狂怒的风和水墙可能将她们淹没,带走。我想象洛尔挣扎在泥浆里,试图抓住树枝,滑向峡谷。尽管狂风和距离,我站起身,大喊:"洛尔!……洛尔!"

但是我意识到毫无用处,风声和水声盖过我的呼唤。于是我重新对墙跪下,面孔藏在手臂里,水流淌在头上混合我的泪水,因为我感到巨大的绝望,黑暗的空白穿过满是水的大地,将我吞噬,而我无能为力，我摔倒，坐在脚跟上。

　　我待了很久没动，天空在我上方发生了变化，水墙如同波浪般向前移动。终于，雨小了，风弱了。我站起身，行走，耳朵被嘈杂声震聋，声音停止下来。天空在北边撕裂，我看见露出的朗巴特山和特鲁瓦马梅尔山的轮廓。它们从未显得如此美丽。我的心在跳，仿佛它们是我丢失了的朋友，我刚刚找回。它们不真实，在灰色的云中显现深蓝色。我看见它们线条的每一处细节，每一块岩石。周围的天空静止不动，一直向下到塔马兰凹地，那里缓慢地露出其他岩石，其他山丘。我转过身，在云海上看见邻近的山丘仿佛小岛：拉图雷尔山，红土峰，布里斯－费尔山，勒摩尔纳塞克山。远处，在不可思议的阳光的照耀下，是勒格朗莫尔纳山。

　　这一切美丽得让我静止。我停驻脚步凝视受伤的风景，那里悬挂着破碎的云朵。在特鲁瓦马梅尔山附近，可能靠近卡斯卡德，有一道壮丽的彩虹。我真希望洛尔能和我一起看见一切。她说彩虹是雨中之路。这道彩虹很坚固，西边架在山脚上，一直到另一边的山顶，靠近弗洛雷阿尔或者菲尼克斯的地方。大片云朵仍然在游走。但是突然，在一道裂缝间，我看见头顶一片纯蓝色的天空，十分耀眼。仿佛时间跳回过去，颠倒进程。在不一会儿前，还是夜晚，光线熄灭，然而这是一个无尽的夜晚，走向虚无。而现在，我发现刚好正午，太阳在天顶，我感到它的炙热，它的光芒照耀在我脸上，手上。

　　我跑步穿过湿漉漉的草地，又走下山丘，来到布康山谷。四处的土地都被淹没，溪流溢出红色和赭石色的水，路上有一些折断的树木。但是我对此并不关心。一切都结束了，这才是我想的，一切都结束了，因为彩虹的出现证实了上帝的和平。

我来到家门前，担忧让我力气顿失。花园和房屋完整无缺。只有一些树叶和断枝铺在小路上，四处都是泥坑。然而太阳的光芒闪烁在明亮的屋顶上，树叶上，一切似乎都显得更新，更年轻。

洛尔在游廊上，一看见我就大喊："亚历克西！……"她向我奔过来，抱紧我。母亲也在那里，站在门前，面色苍白，神情忧虑。"结束了，妈妈，一切都结束了，不会再有暴雨！"我这么对她说，可是没有用，我还是看不见她的笑容。我想到父亲去城里了，心里十分难过。"但是他现在回来吗？他会回来吗？"母亲紧拉着我的手臂，用沙哑的声音说："是的，当然，他就要回来……"然而她无法掩饰担忧，现在是我应该一边重复，一边使尽全力向她伸出手："结束了，现在没有什么好害怕的。"

我们待在一起，互相紧靠在一起，在游廊上，观察花园的尽头，还有天空中大片黑色的云朵重新聚集在一起。寂静仍然存在，奇怪，危险，压迫在山谷上，在我们周围，仿佛我们是世界的唯一。库克的茅房已经空出来。今天早晨，他和妻子出发去黑河了。田地里，听不见一声叫喊，甚至一辆车的声音。

是寂静进入我们身体最深处，危险的，死亡的寂静，我将无法忘记。树林里没有鸟，没有昆虫，甚至在木麻黄树的针叶间也没有风声。寂静比声音更强大，它吞噬声音，在我们周围，一切都变得空荡荡，化为乌有。我们静止在游廊上。我在潮湿的衣服里打哆嗦。我们说话的时候，声音奇怪的回响在远处，话语很快消失。

之后在山谷响起飓风的声音，如同一群牲畜奔跑穿过种植园和灌木丛，我还听见海涛声，非常贴近。我们凝滞在游廊上，我感到嗓子里恶心，因为我知道飓风并没有结束。刚才我们在风眼，那里一切悄然无声。现在我听见风声从大海吹来，从南边吹来，越来越强烈，仿佛一只愤怒的巨兽的身体，在所经之处粉碎一切。

这一次没有雨墙，只有风独自吹来。我看见远处树木摇晃，云朵如烟雾般前行，长长的煤烟色的云际，带着紫色的斑点。天空尤为让人害怕。它全速移动，打开，又关闭，我感觉滑向前方，摔倒。

"快点！快点，孩子们！"

母亲终于说话了。她的声音沙哑。然而她却把我们带回现实，我们恐惧地被慑服在正在塌毁的天空前。她拉上我们，把我们推进屋里，推到关闭百叶窗的餐厅。她用挂钩锁上门。房子里满是阴影。我们就像在一艘轮船内部，聆听飓风到来。尽管闷热，我仍然因为寒冷、担心而直打哆嗦。母亲看见一切。她去卧室寻找一条被单。她不在的时候，狂风敲打房屋如同雪崩一样。洛尔紧靠着我，我们听见木板在嘶叫。折断的树枝撞击着房屋的墙壁，小石子在百叶窗和门上滚动。

透过百叶窗缝，我们看见白天的光线一下子黯淡，我知道云层重新覆盖大地。之后雨水从天而降，抽打游廊内部的墙壁。水从门下、从窗户钻进来，蔓延到我们周围的地板上，深色，血一样颜色的水。洛尔着水向前流向我们，流在大桌子和椅子周围。母亲回来了，我如此惊恐地看见她的表情，拿起被单试图堵住门下的空间，但是水浸透被单，很快溢出来。外面狂风的呼啸声让我们头晕，我们还听见屋架凄惨的折断声，被掀起的盖板的轰鸣声。现在大雨如瀑布般倾泻进顶楼，我想到我们的旧报纸，我们的书，所有我们喜欢的东西即将被摧毁。风打碎天窗，怒号着穿过顶楼，击碎家具。在一声巨响之下，拔起一棵大树，砸碎房子南面的墙，将它撕裂。我们听见游廊坍塌的声音。就在一根巨枝穿过一扇窗户的瞬间，母亲把我们拖出餐厅。

风从裂缝吹进来，如同一只愤怒而看不见的动物，片刻间，我感觉天空落在房屋上要把它砸碎。我听见倒塌的家具互相撞击，窗户打碎。我不知道母亲怎样把我们从房子的另一边拖过来。我们躲在父亲的书房，待在那里，三个人靠墙缩成一团，墙上有罗德里格斯的地图和天空的大地图。百叶窗关闭，尽管如此，飓风仍然打碎了玻璃，暴风雨流在地板上，书桌上，父亲的书本上和纸张上。洛尔笨手笨脚地试图整理几页纸张，然后丧气地重新坐下。外面，透过百叶窗缝，天空如此黑暗，让人认以为是夜晚。风在房屋周围疾行，在山脉的屏障前旋转。树木在我们周围折断，不停地发出爆裂声。

"祈祷吧。"母亲说。她用手捂住脸。洛尔面色苍白。她一眨不眨地盯向窗户，而我努力想象天使长加百列。每当我害怕的时候，总是想到他。他身材高大，被光芒包围，佩戴一把宝剑。或许我们是被天空和大海的愤怒而惩罚，而抛弃？光线不断减弱。风声刺耳，尖锐，我感到房屋的墙壁在颤抖。木块从游廊上剥落，盖板从屋顶掀起。树枝撞击窗户如草一般打旋。母亲紧紧搂着我们。她没有祈祷，我们也没有。呼啸的风声让我们的心灵颤栗，她双眼一动不动地望去，让人害怕。我什么也不想，什么也说不出来。即使我想要说话，如此大的声响让母亲和洛尔也听不见。没完没了的撕裂声一直传到大地深处，缓慢而不可避免的波涛向我们汹涌而来。

这一切持续很久，我们仿佛穿过撕裂的天空，敞开的大地，摔倒下来。我听见大海，仿佛至今从未听见过。它越过堡礁，涌上河湾，把湍流推向前方漫溢出来。我听见风里的大海，我不再能动弹：我们一切都完了。洛尔用双手堵住耳朵，靠在母亲身上，一句话也不说。母亲用睁大的双眼盯着窗户阴暗的地方，仿佛要将周围的愤怒阻止在远处。我们可怜的房子自下而上都在摇晃。一部分屋顶已经被掀到南面。倾盆大雨和狂风洗劫了被撕开的房间。书房的木制墙板也在吱吱咯咯作响。刚才，透过被树撞出的窟窿，我看见库克领班的屋子被风吹在空中，好似一件玩具。我还看见高大的竹篱一直折到地面，仿佛一只看不见的手压在上面。我听见远处狂风撞击在山脉这道围墙上，发出雷鸣般的响声，混合着猛烈的海涛声，大海让江水上涨起来。

什么时候我意识到风在减弱？我不知道。在海涛声和树木的爆裂声停止之前，我肯定，在我内心某种东西得以解放。我呼吸，紧束在我太阳穴的环松开了。

接着，风一下子停止，周围重新恢复寂静。我们听见到处都有雨水流淌的声音，屋顶上，树木间，甚至在房屋里，无数条溪流在流淌。竹子劈啪作响。白天的光线逐渐亮起来，这是傍晚柔和而温暖的光线。母亲打开百叶窗。我们待在那里不敢动弹，紧紧地互相依靠，通过窗户望着山脉的轮廓从云间显露，仿佛是熟悉的人，让人安心。

这个时候，母亲开始哭泣，因为她精疲力竭，突然间，在平静之中，勇气已泄。洛尔和我也开始哭，我还记得，我觉得从来没有如此哭泣过。然后我们躺在地上，因为寒冷而互相拥抱着睡着了。

黎明时分，父亲的声音把我们叫醒。他是夜里回来的吗？我记得他消瘦的面孔，沾满泥斑的衣服。他正在讲述如何在飓风最强烈的时候从车上跳下，躺在路边的壕沟里。暴风雨从他身上经过，把车和马带到不知何处。一切都闻所未闻，船只被扔到土地中央，刮到总督辖区的树枝中。高涨的海水侵吞河湾，把人们淹没在茅草房里。尤其是风，吹倒一切，把屋顶从房屋上掀起，折断了糖厂的烟囱，摧毁了库房，毁坏了路易港的一半。当他可以从壕沟里出来后，就躲在黑人的小屋里过夜，在梅丁附近，因为道路被淹没了。天亮的时候，一个印度人用运货小车把他带到塔马兰埃斯塔特，为了来到布康，父亲不得不趟过齐胸的河水。他还说到气压计。那时父亲在朗巴特街的一个办公室，气压计开始下降。他说，这简直难以置信，让人害怕。他从未见过气压计降得如此低，如此快。水银下落怎么就会让人害怕呢？我不能理解，但是父亲谈论时的声音留在我的耳际，我将无法忘记。

不久，有一阵动荡，宣告我们短暂安宁的结束。我们现在住在房屋北侧，在唯一躲过飓风的几个房间里。南边，房子有一半塌陷，被雨水和风摧毁。屋顶裂开，游廊不再存在。我不能忘记的还有大树穿过房屋的墙壁，长长的黑色树枝穿过饭厅窗户的百叶窗，纹丝不动，如同一只用雷鸣般的力量敲打的传说中动物的爪子。

洛尔和我冒险经过支离破碎的楼梯爬上顶楼。雨水通过屋顶的洞口疯狂注入，摧毁了一切。成堆的书报只剩下几页被水泡开的纸张。我们甚至无法在顶楼行走，因为地板多处裂开，屋架断裂。来自大海的微风，每晚，都让虚弱的房屋结构吱咯作响。我们的房子仿佛一具残骸，事实上，像一只遇难船只的残骸。

我们在附近走一圈，以便估计受灾的情况。我们寻找昨天依然存在的美丽的树木，椰子种植园，番石榴树，芒果树，杜鹃、九重葛、木槿花丛。我们摇摇晃晃地游荡，如同一场久病之后。举目所见四处都是受创伤，被糟蹋的土地，还有伏倒的青草，折断的树枝，以及树根翻倒冲天的大树。我和洛尔一直走到种植园，也芒和塔马兰附近，四处，原始甘蔗仿佛被一把巨大的镰刀割断。

甚至连海也变了。从雷图瓦勒山上，我看着大片污泥铺在潟湖上。在黑河的河口，不再有村庄。我想到德尼。他是否逃脱？

洛尔和我几乎一整天停留在一个克里奥尔金字塔形的石堆高处，在毁坏的田地中间。空气中有一种奇怪的味道，一种淡淡的气味被风一阵阵送来。然而天空纯净，太阳照耀我们的脸和手，如同夏季最强烈的时候。布康周围，深绿的山脉，清晰，似乎比从前靠得更近。我们看着这一切，大海在礁石的另一边，明亮的天空，破损的大地，就像这样，什么也不想，眼睛被疲倦灼痛。没有一个人在田里，没有一个人走在路上。

家里同样安静。暴风雨以来，没有一个人来过。我们只吃一点米饭，伴着热茶。母亲躺在一张备用床上，在父亲的书房里，而我们睡在走廊里，因为这些是唯一躲过飓风的地方。一天早晨，我陪伴父亲来到艾格雷特流域。我们穿过被毁坏的大地安静地前行。我们已经知道将会发现什么，这让我们心情沉重。在某个地方，在路边，有一位年老的穿粗布黄麻衫的黑女人，坐在她房屋的废墟前。我们经过时，她仅仅稍微呜咽一下，父亲停下来给她一个硬币。我们来到流域附近，马上看见发电机的残物。好好的新机器翻倒了，一半浸在泥水中。仓库已经消失，只剩下涡轮，许多块金属板都已经扭曲，辨认不出来。父亲停下来，只是大声地，清楚地说道："完了。"他高大，苍白，阳光照在他头发上，黑胡子上。他走近发电机，也不顾齐膝的泥，做了个近乎幼稚的动作，试图重新竖起机器。随后，他绕了半圈，在小道上走远了。父亲经过我面前，把手放在我颈后，说："来吧，我们回家。"这一时刻十分悲惨，我似乎觉得一切都完了，永远。我的眼里嗓子里全是泪水。我沿着父亲的足印快速行走，看着他高大、瘦削、驼背的身影。

这些日子里，一切都行将结束，然而我们还不知道。洛尔和我更加清楚地感受到这种危险。随着外面最早传来的消息，它来临了。种植园的劳工们，也芒，沃尔哈拉身穿粗黄麻衣的妇女们四处传播消息。消息传来，被重复，被扩大，述说岛屿被飓风破坏。父亲说，路易港成为一个化为乌有的城市，仿佛轰炸之后。大多数木屋被毁，很多街道整条消失，马达姆街，埃米基伦街，普瓦夫尔街。从锡尼奥山到战神广场街只剩废墟。公共建筑，教堂都坍塌了，还有些人在爆炸中活活烧死。父亲说，下午四点的时候，气压计曾显示到最低，风以超过每小时百英里的速度吹过，据说达到每小时一百二十英里。大海的水位极度上涨，淹没海岸，船只被抛在地面中间一百来米的地方。在里维耶尔-迪朗帕，大海让上涨的河水泛滥,居民被淹没。被摧毁的村庄名称形成一条长长的清单,博巴森,罗斯希尔,卡特勒博尔纳,瓦科阿,菲尼克斯,帕尔马,梅丁,博松日。在巴森,特鲁瓦马梅尔山的另一边,一家糖厂的屋顶坍塌,掩埋了一百三十位躲避在那里的人。在菲尼克斯,六十人死亡,还有其他死亡人数在颁布,在贝尔奥,以及岛屿北部,在马普,蒙固,福尔巴克。遇难者的人数每天都在增加,人们被泥水冲走,被房屋树木压死。父亲说有几百人丧生,然而在接下来的日子里,数字是一千,一千五百。

洛尔和我整天待在外面,心不在焉,躲在房子周围受伤的树丛里,不敢走远。我们去看峡谷,湍流依然在那里怒号,夹带着泥土和折断的树枝。或者在五桠果树上,看摧毁的田地被太阳照亮。身穿粗麻布衣的妇女们捡起原始甘蔗,把它们拉到泥地上。饥饿的孩子们来我们房子周围偷取落下的果实和椰子树上的顶芽。

母亲在家里静静等待。她躺在书房的地上,尽管炎热裹着被单。她的脸烧得滚烫,眼睛红红的,闪现出痛苦的光芒。父亲待在变成废墟的游廊上,一边望着远处树木的线条,一边抽烟,不对任何人说话。

不久,库克和她的女儿又回来了。他稍微谈了谈黑河,遇难的船只,摧毁的房屋。库克已经很年老,他说从他还是奴隶时第一次到岛上以来,从来没有这样的经历。曾经有一次飓风吹坏了总督府邸的烟囱,差一点害死了巴克利总督,但是他说那次飓风没有这么强烈。我们认为,既然老库克没有死,他回来了,一切都将变回原来的样子。但是他看了看他所剩的茅屋,摇了摇头,用脚挪开几块地板，然后在大家还没明白之前，又离开了。"库克在哪里？"洛尔问。她的女儿耸了耸肩："走了，洛尔小姐。""他去哪里？""去他的破屋子，洛尔小姐。""但是他会回来吗？"洛尔的声音带着担心，"他什么时候会回来？"他女儿的回答让我们心里很难受："上帝知道，洛尔小姐。或许再也不。"她女儿过来是要寻找食物和一点钱。库克领班不会在这里生活了，他不会再回来，我们都清楚地知道。

布康始终保持着暴风雨以来的样子：一块孤独的，被世界遗弃的地方。种植园的一个黑人牵着他的牛过来，拿走劈开餐厅的那棵树干。我们和父亲一起清理出盖在房屋上的所有碎片：纸张，玻璃，碎成小块的餐具，混杂在树枝，树叶和泥巴里。带洞的墙壁，变成废墟的游廊，可以看见天空的屋顶，我们的房屋更像一艘船只的残骸。我们自己就是海上的遇难者，挂在残骸上，希望一切将会恢复到从前一样。

为了抗拒与日俱增的担忧，洛尔和我离开得越来越远，穿过种植园一直到森林边界。每天我们都被马纳纳瓦昏暗的山谷所吸引，那里生活着盘旋在高空的蒙鸟。可是它们也不见了。我想飓风可能把它们带走，击碎在山谷的峭壁，或者把它们扔在遥远的海洋上，再也不能回来。

每天我们都在空荡荡的天空寻找它们。森林里的寂静是可怕的，仿佛飓风还要回来。

去哪里呢？但是这里不再有人烟，不再能听见农场里的狗吠，或者小溪边孩子们的喊叫。天空不再冒着烟雾。我们爬上一个克里奥尔金字塔形的石堆，观察地平线，克拉伦斯，沃尔玛尔附近。烟雾停止了。南边，黑河附近，天空中没有痕迹。我们不说话。暴露在正午的阳光下，望着远处的大海，直到眼睛酸痛。

晚上，我们心情忧郁地回到布康。残骸依旧在那里，半塌陷在仍然潮湿的土地上，在毁坏的花园的废墟中。我们悄悄溜进房子，赤脚踩在地板上，地上已经有一层能发出摩擦声的尘土，但是父亲甚至没有觉察到我们不在。我们找到什么就吃什么，游荡这么久都饿坏了：庄园里拾到的散落的水果，鸡蛋，父亲每天早晨煮在大锅里的一种米皮。

有一天，我们在森林附近，弗洛雷阿尔的医生柯尼希来看母亲。回家的时候，洛尔在道路的污泥中看见他车轮的印记。我不敢走得更远，等待着，颤抖着，而洛尔一直跑到游廊，跳进家。我从北面进去，看见洛尔紧紧搂住母亲，靠在她身上，脑袋倚在母亲胸前。母亲尽管疲惫，仍然微笑着。她走向放置酒精炉的小屋。

她想加热米饭，给我们准备茶。

"吃吧，孩子们，吃吧。已经那么晚，你们去哪里了？"

她说得很快，有点气短，但是她的愉悦不是假装出来的。

"我们即将出发，我们要离开布康。"

"我们去哪里，妈妈？"

"啊，我还不应该跟你们说，还不确定，总之，还没有完全决定。我们要去福里斯特锡德。你们的父亲找到一个房子，离阿黛拉伊德姑妈不远。"

她搂住我们俩靠紧她，我们感受到的只有她的幸福，其余我们什么也不想。

父亲重新出发去城里了，可能是乘坐柯尼希的车。他应当准备出发，准备福里斯特锡德的新房子。后来，我知道他之前为了逃避命运所做的一切。我知道他和城里放高利贷的人签下文件，借据，抵押，抵押贷款。所有布康的土地，荒地，花园的面积，树林，直到房子本身，一切都作为抵押，卖出去了。他无法脱身。最后的希望，他放在这件疯狂的事情上，艾格雷特水塘的发电机，它应该给岛上整个西部带来进步，却变成一堆吞没在烂泥里的废铁。如果我们只是孩子，怎么能够明白这些？但是那个时候我们不需要明白事情。我们一点一点猜测不跟我们说的事情。当飓风来临的时候，我们已经清楚地知道一切都已经失去。如同洪水。

"我们离开以后，卢多维克叔叔会住在这里吗？"洛尔问道。她的声音里有那么大的怒火和忧伤，母亲无法回答。

她移开视线。"是他！这一切是他做的！"洛尔说道。我真希望她闭上嘴。她面色苍白，人在颤抖，声音也在颤抖。"我讨厌他！""闭嘴，"母亲说道，"你不知道在说什么。"但是洛尔不愿意就此罢休。第一次她在反抗，仿佛在维护我们所爱的一切，这间成为废墟的房子，这片花园，高大的树木，我们的峡谷，甚至更远，深暗的山脉，天空，带来海涛声的风。"为什么他不帮助我们？为什么他什么都不做？为什么他想要我们离开，占有我们的房子？"母亲坐在长椅上，在支离破碎的游廊的阴影下，就像从前准备给我们朗读《圣经》,或者开始听写时一样。但是今天,很多时光消逝在一天之中,我们明白所有一切都不再可能。正因为此洛尔叫喊起来,她的声音颤抖,眼睛里满是泪水,因为她想诉说她有多么难受:"为什么他让所有人都和我们对着干,而他只有一个词语可以形容,如此富有!为什么他要我们走开,为了占有我们的房子,为了占有我们的花园,在四处种上甘蔗?""闭嘴,闭嘴!"母亲喊道。她的面孔因为生气,因为悲痛而肌肉收缩。洛尔不再叫喊。她站在我们面前,满是羞愧,眼里闪着泪水,突然,她转过身,跳进黑暗中的花园,跑着消逝了。我听见她经过之处细枝折断的声音,然后夜晚的寂静袭来。我跑在她身后:"洛尔!洛尔!回来!"我急急忙忙地寻找她,却没有找到。然后我想了想,突然就知道她在哪里,仿佛穿过灌木丛看见了她。这是最后一次。她躲在我们隐蔽的地方,在被摧毁的椰子树的另一边,在罗望子树的主枝上,在峡谷上方,听着流淌的水声。峡谷里,月光是灰白色,夜晚已经开始。有一些已经回来的鸟儿,昆虫窸窸窣窣地鸣叫。

洛尔没有爬上树枝。她坐在一块大石头上,在罗望子树旁。她浅蓝色的长裙沾上泥土。她赤着双脚。

我到的时候,她没有动。她没有哭。脸上流露着我喜欢的固执的表情。我想她很高兴我来了。我坐在她身旁,用手臂抱住她,我们说话。我们没有谈论卢多维克叔叔,也没有谈起我们即将出发,关于这些事情什么都没有说。我们在说别的事情,说起德尼,仿佛他即将回来,像从前那样带来一些奇怪的东西,一个乌龟蛋,警察头上的一根羽毛,一粒蔬菜种子,或者是海里的东西,贝壳,石子，琥珀。我们也谈论《百合娜达》，应该多说一说，因为飓风毁坏了我们收集的报纸，或者把它们一直吹到山顶。夜晚真正降临，我们像过去一样沿着倾斜的树干爬上去，我们悬挂着待了一会，什么都不看，腿和手臂在空处摇晃。

这一夜很漫长，犹如重大旅行之前的夜晚。的确这是我们将要进行的第一次旅行，要离开布康山谷。我们躺在地板上，躲在被子里，看灯芯的光芒在走廊尽头摇晃，睡不着。只是不时地陷入一会睡眠。在夜晚的寂静中，我们听见母亲走在空荡荡的书房里，白色的长裙沙沙作响。我们听见她叹气，她回来，坐在窗边的扶手椅上，这时我们才能重新睡着。

黎明，父亲回来了。他带回一辆马车和一个路易港的印度人，我们不认识他，一个个子高高瘦削的男人，像一位水手。货车里，父亲和印度人装上逃过飓风的家具：几把椅子，扶手椅，桌子，一个曾经放在母亲卧室的衣橱，她的铜床和她的长椅。然后是箱子，装着有关宝藏的资料，以及衣服。对我们来说，这不是一次真正的出发，因为我们没有任何东西可以带走。我们所有书籍，所有玩具都在暴风雨中消失了，成堆的报纸也不复存在。我们除了身上穿的没有别的衣服，这些衣服因为长时间游荡在树丛中已经弄脏，撕坏。这样更好。我们本来有什么能够带走？我们本应该带走的，是生长着美丽树木的花园，房屋的墙壁，天空色的屋顶，库克领班的小茅屋，塔马兰和雷图瓦勒的山丘，山脉，还有生活着两只蒙鸟的马纳纳瓦昏暗的山谷。父亲把最后的东西装上货车，我们站在太阳下面。

  一点钟还差一点，没吃东西，我们出发了。父亲坐在前面，在马车夫旁边。母亲，洛尔和我在蓬布下面，在摇摇晃晃的椅子和一些箱子中间，箱子里幸免于难的餐具互相碰撞。我们甚至没有试图透过蓬布上的窟窿看远去的风景。就这样我们出发了，八月三十一日星期三，就这样我们离开了我们的世界，因为我们不曾了解其他的，我们失去了一切，我们出生的布康大房子，母亲为我们朗读《圣经》的游廊，雅各和天使的故事，摩西从水里获救，还有如伊甸园般茂密的花园，还有总督辖区的树木，番石榴树和芒果树，倾斜的罗望子树的峡谷，高大的五桠果智慧之树，星光小道，它一直通往天空星光最灿烂的地方。我们出发了，我们离开这一切，我们知道这一切都将不复存在，因为这就如同死亡，一次没有回程的旅途。

福里斯特锡德

于是我开始生活在不为人知的海盗科赛尔的陪伴下，父亲称之为"海盗普里瓦特"①。那些年，我思念他，梦想他。他分享我的生活，我的孤独。在福里斯特锡德寒冷而多雨的阴暗中，之后在居尔皮普市的皇家中学里，我正是和他一起生活。他是"普里瓦特"，这个没有面孔，没有名字的男子，曾经行遍大海，和全体海盗船员一起截获葡萄牙、英国、荷兰的船只，然后有一天消失了，留下的蛛丝马迹仅仅是这些旧纸，一个无名岛屿的地图和一封楔形符号书写的密码信件。

福里斯特锡德的生活，远离大海，没有什么意思。自从我们被驱赶出布康，就没有再回到海边。学校里的大多数同学，在假期的时候，都和家人乘坐火车，去弗利康弗拉克，或说岛的另一边马埃堡，或者一直到普德尔德奥尔，在他们的"临时居住地"过几天。有时，他们去塞尔夫群岛，然后长时间讲述他们的旅行，在棕榈树下的节日，午饭，下午茶，那时会来很多穿浅色长裙，打洋伞的年轻女孩。而我们贫穷，从来不出门。此外，母亲本来也不愿意。自从刮飓风那天以来，她憎恨大海，炎热，发热。在福里斯特

---

① Privateer，为英语，意思为私掠船船长，和法语 Corsaire（海盗科赛尔）的意思相同，故音译为海盗普里瓦特。

锡德，她已经恢复健康，尽管她一直保持无精打采、懒懒散散的状态。洛尔总是在她旁边而不见任何人。开始她和我一样去学校，因为她说，为了不需要结婚她想学着工作。但是由于母亲，她不得不放弃。母亲说需要她在家里。我们如此贫穷，谁能帮助她的家务劳动呢？需要陪母亲去市场，准备饭菜，打扫。洛尔什么也没有说。她放弃去上学，但是她变得阴郁，寡言少语，疑心重重。只有我从学校回来，在家里度过周六晚上和周日白天，她才会开颜悦色。周六，有的时候，她会在皇家路上迎接我。我从远处就能认出她，细长而苗条的身影紧裹在蓝色的长裙里。她不戴帽子，黑色的头发束成一个长辫子在背上对折或打结。下毛毛雨的时候，她过来时裹一条大披巾，围着脑袋和肩膀，像印度女人。

从能看到我的最远的地方，她就一边大喊，一边奔向我："阿里！……阿里！"她紧紧靠着我，开始说话，讲述很多微不足道的小事，她整整藏了一个星期。她唯一的朋友们是印度妇女，比她还贫穷，住在福里斯特锡德的山丘上，洛尔给她们带一点食物，旧衣服，或者是和她们聊上很久。或许因为这个原因，她最终和她们有一点相像，苗条的身影，黑色的长发还有她的大披肩。

对我而言，听她说话很勉强，因为这个时候我只想着大海，想着"普里瓦特"，他的旅行，他的巢穴，在安通吉勒湾，在洪戈苗瓦雷斯，在臭诺莫塔帕王国，他的探险旅行，如风一般快，直到印度的卡纳蒂克，为了切断荷兰、英国、法国公司骄傲而沉重的大型船只的去路。于是我阅读谈论海盗的书籍，他们的名字，他们的战绩在我想象中回响：埃夫里，绰号"小国王"，他俘获了莫卧儿大帝的女儿而狂喜，还有马特尔、蒂奇，施特德·博内少将因为"精神错乱"而成为海盗，英格兰船长，让·拉克姆，罗伯茨，肯尼迪，安斯蒂斯船长，泰勒，戴维斯，以及著名的奥里维埃·勒瓦瑟，外号叫拉比斯，他在泰勒的帮助下，曾经劫获了果阿总督和一艘大船，床上装有传说中的钻石赃物，来自戈尔康达①的宝藏。但是让我喜爱胜过这一切的是米松，一位海盗哲学家，他在还俗的教士卡拉奇奥利的帮助下，曾经在迭戈苏瓦雷斯建立起自由王国，在那里，所有人自由而平等的生活，不论其出生和种族。

我不大和洛尔谈论这些，因为她说这都是幻想，如同毁灭我们家的那些幻想一样。但是有时候我与父亲分享我的大海和不为人知的海盗科赛尔之梦，我可以长时间看有关宝藏的文件，父亲把它们保存在一个包着铅的小保险柜里，放在当作书桌的桌子下面。每一次在福里斯特锡德，晚上，我关在潮湿而寒冷的狭长房间里，在蜡烛的微光下，看父亲作上注释的信件、地图、文件，以及他根据"普里瓦特"留下的指示所做的计算。我仔细地誊抄文件和地图，把它们带在身上去学校，可以梦想。

就这样度过好几年，比起过去在布康，或许更加与世隔绝，因为在学校，在走廊的寒冷的生活，忧伤，令人感到耻辱。还要和其他学生混杂在一起，闻他们的气味，和他们身体接触，他们经常开猥亵的玩笑，对于下流词语的爱好，对于性的追求，到那时为止，我未曾经历过这一切，在我们被驱赶出布康的时候开始了。

---

① 戈尔康达，印度，距离海德拉巴城约八公里，十六世纪曾是库特卜·沙希王朝统治者的都城，有人类历史上最大的钻石矿藏。

有下雨的季节，不是来自海边暴风雨那样的猛烈，而是毛毛细雨，单调，降临在城市和山丘上，好多天，好几星期。在空闲的时间里，我冻僵了，经常去卡内基图书馆，阅读所有我能找到的法语或者英语书籍。弗朗索瓦·勒加的《两座荒岛上的旅行和历险》，达普雷·德·马内维埃特的《东方海国汇编》，拉贝·罗雄的《马达加斯加、摩洛哥、东印度之旅》，还有夏尔·阿洛姆，格雷尼埃，奥耶尔·德·格朗普雷。我浏览报纸寻找图片、名字，为了丰富我的大海之梦。

夜晚，在宿舍的寒冷中，我背诵航海者的名字，他们穿越海洋，躲开舰队，捕捉幻想、海市蜃楼和难以获得的金子的光芒。总是有埃夫里，马特尔船长，还有被称作"黑胡子"的蒂奇，人们问他把金子藏在哪里，他回答，"只有他和魔鬼知道，活到最后的可以带走一切。"查尔斯·詹森在《英国海盗史》中这样叙述道。温特船长和他领养的儿子英格兰。豪威尔·戴维斯有一天在路上遇见拉比斯的大船，他们各自升起黑旗，于是他们决定联合起来共同航行。科克林海盗，帮助他们夺取了塞拉利昂的要塞。乔装成男人的玛丽·里德，以及安妮·伯妮，她是让·拉克姆的妻子。图和米松结盟，支持"自由"王国，科尔内留斯，卡姆登，约翰·普朗坦是兰塔贝国王，约翰·法莱伯格，爱德华·约翰，达尼埃尔·达文，于连·阿杜安，弗朗索瓦·勒弗雷尔，纪拉姆·奥托夫，约翰·艾伦，威廉·马丁，本杰明·米勒，詹姆斯·巴特，纪尧姆·普朗迪埃，亚当·强森。

所有穿越无边的大海的旅行者们都创造出新的大陆。迪富格雷，戎谢尔·德·拉戈勒特里，夏尔·尼古拉·马里耶特，勒·梅耶尔船长可能在离他不远的地方看见泰勒的"卡桑德拉号"海盗船驶过，"五六百万他从中国洗劫来的宝藏，"夏尔·阿洛姆说。雅各布·德·比夸在泰勒没落之际帮助他，可能获得了绝密。格雷尼埃第一个发现查戈斯群岛，罗伯特·法夸尔总督，德朗格勒陪伴拉佩鲁兹伯爵去往阿拉斯加州，还有这位我记下名字的莱唐，他和"猎人号"船长纪拉姆·杜弗雷斯内共同签署了获得毛里求斯所有权的议定书，那是一七一五年九月二十日。我在夜间听见这些名字，睁大眼睛在宿舍的黑暗中。我也梦想着船名，它们是世上最美的名字，写在船尾，在深沉的大海上留下雪白的航迹，永远书写在大海，天空和风的记忆中。"黄道十二宫号"，"好运号"，"复仇号"，拉比斯指挥的"胜利号"，还有他曾经捕获的"加尔德兰得"号，泰勒的"保卫号"，叙尔库夫的"鬼魂号"，卡姆登的"飞龙号"，把普兰格雷带向罗德里格斯岛的"飞轮号"，"安菲特里特号"，还有私掠船长勒梅姆在"命运号"遇难之前，曾经指挥的"巨燕号"，"海中仙子号"，"水獭号"和"蓝宝石号"，一八〇九年九月，罗利的英国人曾经乘坐它们来到加勒茨角，从而占领了法兰西岛[①]。还有岛屿的名字，那些神奇的名字我熟记于心，平凡的小岛曾经停留过探险家和私掠船长，寻找水和鸟蛋，海湾的凹陷之处就是藏身之地，还有海盗的岛屿，他们在那里建立自己的城市、宫殿、国家：迭戈苏瓦雷斯湾、圣奥古斯丁湾、马达加斯加的安通吉勒湾，圣玛

[①] 1715年，毛里求斯被法国占领，取名法兰西岛。

利岛，富勒珀特，坦坦格湾。科摩罗群岛，包括昂儒昂岛、莫埃利岛、马约特岛。塞舌尔群岛和阿米兰特群岛，阿方索岛，奎蒂维岛，乔治岛，罗克皮兹岛，阿尔达不拉岛，阿松普申岛，柯斯莫莱多岛，阿斯托夫岛，圣皮埃尔岛，普罗维登斯岛，新胡安岛。查戈斯群岛包括：迪戈加西亚岛，艾格蒙特岛，丹杰岛，艾格勒，特鲁瓦弗雷尔，佩鲁斯巴纽斯岛，所罗门岛，勒古尔。卡加多斯卡拉若斯群岛，奇妙的圣布兰登岛上女性不可以登陆；拉斐尔岛，托洛姆林岛，塞布尔岛，撒雅德玛哈沙洲，纳札勒夫沙洲，阿加莱加群岛……我在夜晚的寂静中听见这些名字，它们如此遥远，然而又如此熟悉，现在我写下它们，我的心仍然跳得更快，我不知道自己是否去过。

这一瞬间，洛尔和我在分别一周之后重新见面。我们沿着通往福里斯特锡德的泥泞的小路，小路顺着火车道一直到奥布勒。我们交谈着，回忆布康的日子，还有我们穿过甘蔗林、花园、峡谷、木麻黄林风声的冒险，毫不关心那些撑在伞下的人们。我们说得很快，有时候这一切如同一场梦。"还有马纳纳瓦？"洛尔说。我无法回答她，因为我内心深处感到难受，我想到那些无眠的夜晚，在黑暗里睁着眼睛，倾听洛尔极为平静的呼吸声，窥伺大海的到来。马纳纳瓦，酝酿雨水的阴暗的山谷，我们从来不敢进入。我还想到海风缓缓推进，犹如传说的灵魂，有两只雪白的蒙鸟，我还能听见回响在山谷的回声中，它们沙哑的叫声犹如木铃。老库克的妻子告诉我们，马纳纳瓦居住着逃亡黑人的后代，他们杀死主人，烧毁甘蔗地。桑戈尔就在那里逃跑了，伟大的萨卡拉武也是在那儿从悬崖高处跳下,以躲避白人的追捕。她说在暴风雨来临的时候,听见呻吟声从马纳纳瓦响起,那是永恒的抱怨。

洛尔和我一边走,一边回忆,我们手牵着手如同恋人。我重复着很久以前曾经对洛尔许下的诺言:我们要去马纳纳瓦。

别人怎么能够成为我们的朋友,我们的同类?在福里斯特锡德没有人了解马纳纳瓦。

那些年,我们生活在贫困中,我们学会对此毫不在意。我们太贫困,没有新衣服,不去拜访任何人,不去参加任何下午茶,任何节日。洛尔和我甚至在这种孤独中体会到某种乐趣。父亲为了养活我们,在路易港朗巴特街卢多维克叔叔的一个办公室里做一份会计的工作。洛尔感到气愤,对我们破产和离开布康起到最大作用的人成为养活我们的人,如同一种施舍。

然而比起贫困,我们愈加饱受流放之苦。我记得那些在福里斯特锡德木房子里阴暗的下午,夜晚潮湿的寒冷,流淌在屋顶金属薄板上的水声。现在对我们来说,大海不再存在。我们只能有时候勉强看见它,那是我们乘坐火车陪伴父亲去路易港的时候,或者我们和母亲去战神广场街附近的时候。远处,无垠的一片,强烈的闪耀在阳光下,在码头仓库的屋顶和树冠之间。但是,我们无法靠近。洛尔和我移开视线,宁愿在锡尼奥山光秃秃的山坡上让我们的眼睛刺痛。

那段时间,母亲经常谈到欧洲,法国。尽管她在那里没有任何家人,然而她谈起巴黎仿佛一个避难所。我们可能会乘坐来自加尔各答的英印蒸汽航海公司的大型蒸汽客轮，一直抵达马赛。首先，穿过大洋到苏伊士，我们列举所能看见的城市，蒙巴萨，亚丁，亚历山大，雅典，热那业。然后，乘火车直到巴黎，那里生活着我们的一位叔叔，父亲的兄弟，父亲从未给他写过信，我们只知道一位名叫皮埃尔的叔叔，他是单身音乐家，据父亲说，性格很不好，但是为人慷慨。是他寄钱给我们学习，父亲去世之后曾经前来救济母亲。因此母亲做出决定，我们住在他家，至少最初的时间，在找到住所之前。对于这次旅行的热情甚至触动了父亲，他强烈地梦想这些计划。而我，我不能忘记不为人知的海盗科赛尔和它隐秘的黄金。在那里，在巴黎也有私掠船长的位置吗？

于是我们处在这个神秘的城市里，那里有如此多绚丽的事物，也有如此多的危险。洛尔曾经读过连载《巴黎的秘密》，一部冗长的小说，讲述强盗、儿童绑架犯、罪犯。然而对她而言，危险由于报纸上的版画而模糊不清，版画表现了战神广场（真正的广场），纪念柱，林荫大道，时尚。在周六漫长的晚上，我们一边谈论旅行，一边倾听雨水不断敲打在屋顶的金属薄板上，还有身穿粗麻布衣的人的运货大车行驶在道路的泥泞之中的声音。洛尔谈论那些我们即将参观的地方，尤其是马戏团，因为她曾经在父亲的报纸上看见一些图画，画着巨大的马戏团的帐篷，下面走动着老虎，狮子和大象，一些身穿彩色条纹衣服的女孩骑在它们身上。母亲把我们引向更严肃的事情：我们要学习，我学法律，洛尔学音乐，我们要去博物馆，可能去参观大城堡。我们安静了好一会，因为想象不到。

然而，对于洛尔和我来说，最美好的事情是谈论有朝一日——

当然，很遥远——重新回到我们的家，毛里求斯，像年迈的冒险家试图找回他们童年的土壤。有一天，我们有可能乘坐曾经把我们带走的同一艘大型客船，我们走在城市的街道上，什么都认不出来。我们去路易港某处的旅馆，可能是码头旅馆，新东方旅馆，或者花园旅馆，在喜剧大街上。也可能我们乘坐火车的头等车厢，去居尔皮普市的家庭旅馆，没有人猜到我们是谁。在登记簿上，我写下我们的名字：

莱唐先生和小姐
游客

然后我们骑马穿过甘蔗田，向西一直行到坎兹康通，更远一些，我们沿着小路下行，从特鲁瓦马梅尔山峰间经过，然后沿着马真塔路。我们到达布康，那时已经是晚上。那里一切都没有改变。我们的房子一直在，自从飓风经过以来有点倾斜，屋顶被刷成天空的颜色，藤草蔓延整个游廊。花园更加原始，在峡谷附近，总是有高大的五桠果善恶树，夜晚之前鸟儿在树上会合。我们甚至走到森林边界，在马纳纳瓦入口前方，黑夜总是从那里开始。天空中有两只白色的蒙鸟，如同泡沫一般在我们上方缓缓盘旋，同时发出如同木铃一般奇怪的叫声，然后消失在黑暗中。

还有大海，被风带来的大海的味道，大海的声音，我们一边颤抖，一边聆听那被遗忘的声音，它在对我们诉说：不再离开，不再离开……

然而欧洲的旅行从来没有实施，因为十一月的一个晚上，就在新世纪开始之前，父亲被雷击中，去世了。消息是在夜里，由一个印度邮差带来的。有人在中学的走廊里叫醒我，把我带到校长办公室，办公室在这个时间一反常态地亮着灯。大家委婉地告诉我发生的事情，然而我只感到巨大的空白。清晨六七点，便领我坐车，去福里斯特锡德。我到达的时候，不像我担心的那样，有很多人，我只看见洛尔和阿黛拉伊德姑妈，还有母亲，面色苍白，筋疲力尽，坐在床前的椅子上，床上躺着穿戴整齐的父亲。在我们出生的房子坍塌之后，这次突如其来的死亡对我，如同对洛尔一样，含有某种难以理解，命中注定的东西，让我们似乎觉得是上天的惩罚。母亲从此没有完全复原。

父亲去世的第一后果，是让贫穷更加严重，尤其对于母亲。现在欧洲与我们无关了。我们成为岛中的囚犯，没有希望离开。我开始讨厌这座寒冷而多雨的城市，挤满悲惨人群的道路，货运大车，无休止地把一捆捆甘蔗运送到装载甘蔗的火车上，甚至从前我如此喜爱的广袤的种植园，风吹到那里波涛汹涌。会不会有一天，我不得不像身穿粗麻布衣的人们一样劳动，把捆捆甘蔗装载到牛车上，再把它们放进碾碎机的入口？我生命的每一天，是否都毫无希望，毫无自由？或许不是这样，但是可能更糟。我在学校的奖学金已经结束，我必须工作，是父亲曾经在 W.W. 韦斯特公司办公室里做的职位，这个保险和出口公司操控在有权有势的卢多维克叔叔手中。

于是我感到与洛尔和母亲的联系中断了，尤其感到布康和马纳纳瓦永远消失了。

在朗巴特街，是另一个世界。每天早晨，我乘坐火车，与年轻的职员，来做生意的中国和印度商人的人群一起到来。一等车厢里走出一些重要人物，商人，律师，身着深色西服，执手杖，带帽子。这样的人流把我一直带到 W.W. 韦斯特办公室门前，在工作室的炎热和昏暗中，等待我的是登记簿和成叠的发票。我一直在里面待到晚上五点，中午十二点左右休息半个小时吃中饭。同事们一起去罗亚尔街的一家中餐馆吃饭，而我，因为节约，也因为喜欢独自一人，很满足地在中国店铺前咀嚼几块辣椒炸球，有的时候，如同一件奢侈品，我把开普敦橙子切成小块，坐在树荫下的矮墙上，看着印度农民从市场归来。

这是一种没有碰撞，没有惊喜的生活，我时常感觉一切似乎不真实，是一个我醒着的时候所做的梦，所有一切，火车，登记簿上的数字，办公室里灰尘的味道，W.W. 韦斯特公司里职员说英文的声音，还有印度妇女，从市场缓缓回来，脑袋上顶着空篮子，沿着宽阔的街道走在阳光下。

但是，还有船。为了它们，我时常去港口，每次只要我可以，在 W.W. 韦斯特办公室开门前我拥有一个小时，或者五点之后，朗巴特街上空荡荡的时候。假日里，年轻人挽着未婚妻的手臂沿着战神广场街的小路散步，我更喜爱在岸边闲逛，在缆绳和渔网中间，听渔民交谈，看船只在油污的水上摇晃，用目光追随帆缆索具交织在一起。我已经梦想出发，然而读到船尾上的名字我应当满足。经常，这只是一些普通的渔船，仅有一幅幼稚的图画，代表孔雀，公鸡，或者海豚。我悄悄观察水手们的面孔，年老的印度人，黑人，头裹缠巾的科摩罗人，他们坐在大树的树荫下，抽着雪茄，几乎不移动。

今天我仍然能回想起我在船尾读到的名字。它们在我心中打下烙印，仿佛一首歌曲的歌词：格拉迪斯，埃斯萨拉姆，印度海之星，友谊，玫瑰美人，库穆达，鲁帕尼卡，火把树，罗莎莉，金粉，南方之花。对我而言，这些是世界上最美丽的名字，因为它们在谈论大海，它们诉说着海面上长长的波浪，礁石，遥远的群岛，甚至暴风雨。我读到它们，远离陆地，远离城市的街道，尤其远离办公室里尘土的阴暗和写满数字的登记簿。

有一天，洛尔和我一起来到岸边。我们沿着船只散步许久，在树荫下坐着的水手们漠然的目光下。她首先和我谈起我隐秘的梦想，她问我："你是否很快会乘一艘船出发？"我笑了一下，吃惊于她的问题，仿佛是一个玩笑。可是她看着我没有笑，美丽的深色眼睛满是忧伤。"是的，是的，我想你可以登上这里任何一艘船，出发去任何地方，就像和德尼登上独木舟一样。"因为我什么也没有回答，她突然又几乎愉悦地说道："知道吗，我也很想这样，我，想出发去任何地方，在一艘船上，去印度，中国，澳大利亚，不管哪里。但是这是那么不可能！""你还记得去法国的旅行吗？""我现在不再想么。"洛尔继续说道。"去印度，去中国，不论哪里，但是再也不去法国。"她停下来不说话，我们继续看着船只，沿岸边停泊。而我，感到幸福，我知道，为何每当船只升起风帆，远远离去，驶向大海，那时我都感到幸福。

在这一年，我结识了布拉德梅尔船长和"泽塔号"。现在我很想回忆起那一天的每一个细节，重温这一切，因为这是我生命中最为重要的一天之一。

那是一个星期天的早晨，从黎明开始，我就离开福里斯特锡德的老房子，乘坐火车去路易港。按照习惯，我沿岸边漫步，在渔民中间。他们已经从海上回来，篓里填满鱼。船只因为高涨的海水仍然潮湿，疲惫，船帆顺着桅杆悬挂，以便在太阳下晾干。我喜欢打渔归来的时候待在那里，听见船体呻吟，嗅到船上仍然散发大海的味道。那时，在渔船，快帆船，以及成群的独木帆船之中，我看见了它：这是一艘已经有点老的船，纤细而瘦长的双桅纵帆船的轮廓，两根桅杆微微向后部倾斜，两张漂亮的纵帆在风中呼呼作响。长长的黑色船壳向船首抬高，上面我读到它奇怪的名字，用白色的字母书写："泽塔号"。

在其他渔船之中，它如同一匹准备好赛跑的纯血种马，雪白的大船帆，从桅杆到艏斜桅飞舞着缆索。我久久地停驻不动，欣赏它。它来自何方？它是否即将重新踏上旅途，如我想象那样一去不复返？一位水手站在甲板上，一个科摩罗黑人。我大胆地问他来自哪里，他回答我："阿加莱加群岛。"我问他这艘船属于谁，他告诉我一个名字，我理解错了："海臂[①] 船长。"可能这个名字让人想起私掠船时代，首先唤醒了我的想象，吸引我走向这艘船。谁是这位

[①] 布拉德梅尔一词（Bradmer），若拖长，发音可读成"Bras-de-Mer"，意为"海之臂"。

"海臂"船长？如何才能见到他？这些问题我本想向水手询问，但是科摩罗人转过身，坐在一张扶手椅上，在船尾，在船帆的阴影下。

那一天，我回来很多次看这艘停泊在岸边的纵帆船，想到它即将趁着晚上的潮汐离去，我感到不安。科摩罗水手总是坐在扶手椅上，在随风飘扬的船帆的阴影下。大约下午三点的时候，潮水开始涨起，水手把船帆收在桅桁上。然后用挂锁仔细地关上舱口，走下船，上了岸。他再次看见我在船前面，停下来，对我说："海臂船长现在就要来了。"

下午的等待对我似乎十分漫长。我坐在总督辖区的树下许久，躲避灼热的太阳。随着一天渐渐过去，海上人们的活动越来越慢，很快，一个人都没有，除了几个乞丐睡在树荫下，或者拾取市场的残渣。风伴着潮汐，从海上吹来，我看见远处，船桅之间，海平线在闪耀。

傍晚，我回到"泽塔号"前。它在系泊缆绳的末端，在起伏的波涛中勉强移动。一块简单的跳板放在甲板上当作舷门，伴随运动发出吱吱咯咯的声音。

在晚上金色的光线下，在被遗弃的港口，那里仅仅飞过几只海鸥，还有缆索间吹过的轻轻的风声。可能因为太阳下长时间的等待，就像从前我在田里奔跑那样，这艘船带有某种魔力，它高高的倾斜的桅杆，被网状的纯索俘虏的桅桁，船首斜桅尖锐的桅顶，仿佛动物的额角。在闪光的甲板上，空扶手椅放置在舵轮前，使人产生更加奇特的印象。这不是一把船上的扶手椅：这是办公室的椅子，木头车成，像我每天在 W.W. 韦斯特公司里看见的！它就放在那里，在船尾，由于水沫而褪色，打上越洋旅行的标记！

诱惑太强烈，我一下跳起，越过当作舷门的跳板，置身于"泽塔号"的甲板上。我走到扶手椅前，坐下来。在船舵巨大的木轮前等待。我被船的魔力如此吸引，在港口的寂寞中，在落日金色的光线下，根本没有听见船长到来。他一直走到我面前，好奇地看着我，并没有生气，于是他对我说话，用一种奇怪的神情，既嘲笑又严肃：

"好吧，先生，我们什么时候出发？"

我清楚地记得他对我提这个问题的方式，还有遍布我面孔的脸红，因为我不知道回答他什么。

我说了什么用来道歉？我尤其记得船长给我留下的印象。他厚实的身体，和船一样陈旧的衣服，上面布满擦不掉的星星点点，如同疤痕，英国人的面孔，皮肤很红，沉重，严肃，一双闪光的黑眼睛揭穿面部的谎言，目光里闪现出有活力的嘲笑的光芒。他首先和我说话，于是我知道"海臂"船长实际上就是布拉德梅尔船长，一位皇家海军的军官，在孤独的冒险之后来到这里。

我觉得自己立刻知道：我将在"泽塔号"上出发，这就是我的"阿尔戈号"，它会引领我穿过大海直到梦想的地方，罗德里格斯岛，寻觅无尽的宝藏。

驶向罗德里格斯岛，一九一〇

我睁开眼睛，便看见大海。这不是从前我在潟湖里所见的翡翠般的大海，也不是塔马兰河湾黑色的海水。这片海仿佛我从未见过，自由，原始，让人眩晕的蓝，大海托起船体，缓缓的，一浪推着一浪，泛着泡沫，遍是闪光。

时间应该不早，太阳已经高高的在天空上。我睡得那么沉甚至于没有听见在潮汐来临的时候船只起航穿过水道。

昨晚，我走在码头上，是深夜，同时嗅到油的味道，舵板的味道，飘在市场摊位上腐烂的水果的味道。我听见海上人们的说话声，船里玩骰子的人的欢呼声，我也闻到粕酒的味道，烟草的味道。我登上船，躺在甲板上，逃避底舱沉闷的空气，以及米袋的灰尘。我透过桅杆的绳索望着天空，脑袋靠在我的行李箱上。我抗拒着睡意直到午夜，望着没有星星的天空，听着说话声，码头上舷门吱吱咯咯的声音，远处一首吉他乐曲声。我不愿意想任何人。只有洛尔知道我出发，然而她对母亲什么都没有说。她没有流一滴眼泪，相反，眼里闪烁着一种不同寻常的光芒。我们很快就会见面，我自己说。那里，在罗德里格斯岛，我们将开始崭新的生活，我们将有一幢大房子，马匹，树木。她能相信我吗？

她不要我向她作保证。你出发，离开，或许是永远。你应该走到寻找的尽头,世界的尽头。她看着我,她那时想对我说的是这些,然而我不能理解。现在,我正在给她写信,告诉她这是怎样的一夜,睡在"泽塔号"的甲板之上,缆绳之间,听海上人们说话,还有不停弹奏同一首克里奥尔歌曲的吉他。某个时刻,说话声变得更加响亮,可能起风了,或者歌手转向我,在港口的黑暗中。

  把你的步枪借给我,

  然而鸟儿已经飞走,

  如果有幸打中鸟儿,

  我会有钱出发旅行,

  为了出发为了达到。

  我听着歌曲的歌词,睡着了。

  潮汐来临,"泽塔号"在寂静中升起风帆,它滑行在黑色的水面上,驶向水道深处。而我对此一无所知。我睡在甲板上,在布拉德梅尔船长旁边,脑袋靠在我的行李箱上。

  我醒了,环视四周,被太阳照得眩目,陆地不复存在。我走到后面,靠在舷墙上。尽情地看大海,长长的波涛滑行在船体下,航迹如同一条闪光的道路。我等待这一刻如此之久!我的心脏剧烈跳动,眼睛里充满泪水。

  "泽塔号"缓缓倾斜在经过的波涛下,然后重新竖直。我所见最远之处,只有大海,波涛之间的深谷,浪尖上的泡沫。我听着海水紧紧包围船体的声音,波浪被艏柱撕裂。尤其是风,它让船帆鼓起，让帆缆索具叫喊。我能辨认出这个声音，是布康大树树枝间的风声，是大海涨潮，蔓延到甘蔗田里的声音。然而，这是我第一次听见它如此，单独，没有阻挡，自由，从世界的一端到另一端。

船帆很漂亮，被风吹鼓。"泽塔号"顶着风，白色的帆布从上而下一边飘动一边发出声响。前面，有三只顶端渐尖的三角帆，像海鸟的翅膀，仿佛引领船只驶向海平线。有时，风向突然转成西风，船帆边缘猛烈地拉紧，如炮声般发出回响。所有大海的声音都让我头晕，光线也让我目眩。尤其是海的蓝色，深邃而又深暗的蓝色，强烈，充满光芒。风打着旋，让我陶醉，波涛覆盖了艏柱，我嗅到水沫的咸味。

所有人都在甲板上。印度的，科摩罗的水手，船上没有其他乘客。所有人，我们都感受到如同第一天在海上般的兴奋。甚至布拉德梅尔船长也应该感受到。他站在甲板上，在舵手旁边，双腿分开，抵挡船的侧摇。几个小时以来，他没有移动，眼睛没有离开大海。尽管我很想，但是没敢向他提问。我应该等待。除了望着海面，倾听风声，不可能做其他任何事情，我决不想走下舱底。太阳炙烤着甲板，炙烤着深色的海水。

我走去甲板上稍远的地方坐下，在震颤的桅杆尽头。波浪托起船尾，然后又让它重重落下。后面，是一条永不结束的道路，逐渐变宽直到天际。不论哪里都不再有陆地。只有深邃的海水布满光芒，还有天空，云朵仿佛凝固，像从天边升起的淡淡的烟雾。

我们要去哪里？这正是我想要问布拉德梅尔船长的。昨天，他什么也没说，保持沉默仿佛他正在思考，或者仿佛他不想说。去马埃，有可能，去阿加莱加群岛，这取决于风，舵手对我说。这个人上了年纪，晒成焙烧过的陶土的颜色，明亮的眼睛一眨不眨地看着你。现在持续刮着南－东南风，没有狂风，我们的船头向北。太阳在"泽塔号"的船尾，它的光芒似乎鼓起了船帆。

一天开始的兴奋并没有消失。黑人和印度水手们站在甲板上，前桅旁，抓着缆绳。现在布拉德梅尔船长坐在扶手椅上，在舵手身后，他继续看着前方，看向海平线，仿佛他的确在等待什么出现。只有波浪向我们奔腾而来，如同野兽，昂着头，冠部闪闪发光，然后撞击船体，又滑向船底。我转过身来，看见它们逃跑而去，仅仅被刀一般的龙骨留下印记，逃向世界的另一端。

我的思想在内心互相撞击，伴随波涛的节奏。我觉得自己不再是同一个人，我将永远不是同一个人。大海已经把我和母亲、洛尔、福里斯特锡德，以及我曾经的一切分开。

今天星期几？我似乎觉得一直生活在这里，在"泽塔号"船尾，从舷墙上望着广阔的大海，倾听它的呼吸。我似乎觉得自从我们被驱逐出布康，来到福里斯特锡德，皇家中学，然后在 W.W. 韦斯特的办公室里，这一切都只是一个梦，我只要在大海上睁开眼睛，就能让一切消失。

在涛声和风声中，我听见一个声音无休止地在我内心深处重复：大海！大海！这个声音覆盖了所有其他话语，所有思想。风把我们赶向海平线，时而打旋，吹得船摇摇晃晃。我听见船帆的轰鸣，帆缆索具的呼啸。这些也是话语，把我带走，带向远方。我一直以来生活的陆地，此刻在哪里？它变得十分渺小，如同一只迷失的木筏，而"泽塔号"在风和光的推动下前进。它漂向某个地方，在海平线的另一端。一条细细的泥线，迷失在无边的蓝色中。

我集中精力看着大海和天空，看着波浪间每一个凹陷的阴影，以及打开的航迹的边缘，我仔细地倾听艏柱上的水声，风声，以至于我没有发现船员们正在吃饭。布拉德梅尔向我走来。他看着我，在他小小的黑眼睛里总是带有这种嘲笑的光芒。

"先生？晕船打消了您的食欲？"他用英语问道。

我立刻站起来，为了向他显示我没有生病。

"不，先生。"

"那么，过来吃饭。"这几乎是一条命令。

我们通过梯子走下底舱。在船的底部，炎热让人感到气闷，空气中充满厨房和货物的味道。尽管舱口开着，仍然一片昏暗。船的内部只是一个巨大的底舱，中间部分被货物的箱子和包裹占据，船的后部，地上直接铺着床垫，有水手在上面睡觉。前面的舱口下方，中国厨师正忙于分发当天的食物，那是咖喱饭，饭是在一只旧酒精炉上煮熟的，他从一个大锡壶里倒出茶水。

布拉德梅尔用印度的方式蹲下，背部靠着一根桁架，我也像他一样做。这里，在船舱底部，轮船发出可怕的轰鸣。厨师递给我们盛满米饭的珐琅盘子，还有两杯滚烫的茶。

我们一声不吭地吃饭。在昏暗中我辨认出印度水手们也蹲着，正在喝茶。布拉德梅尔吃得很快，用凹凸不平的勺子如同一根筷子，把饭拨到嘴里。米饭里的油很多，泡着鱼酱，但是咖喱味太强了,只能勉强尝到原味。茶水烫着我的嘴唇,喉咙,但是在辛辣的米饭之后很解渴。

布拉德梅尔吃完,便站起身,把碟子和杯子放在地上,中国人的旁边。他从梯子重新爬上甲板的时候,翻了翻衣服口袋,从里面拿出两支奇怪的香烟,它是用一片仍然发绿的烟草叶自己卷起来的。我拿了一支烟,用船长的打火机点燃。我们一个接一个爬出梯子,重新来到甲板上,在猛烈的风里。

在底舱待了一会之后,光线让我眼花,眼里一下子充满泪水。我几乎摸索着,弯腰在张帆的桅杆下,重新回到我船尾的位置,坐在我的行李箱旁。布拉德梅尔也回去,坐在他的扶手椅上,椅子用螺钉固定在甲板上,他看着远方,没有和舵手说话,抽着香烟。

烟草的味道呛人而带有甜味,让我觉得恶心。对于我,这和大海、天空如此纯净的蓝,和风声不相协调。我在甲板上熄灭香烟,但是我不敢把它扔进海里。我不能允许这个污点,这个异物,漂在如此美丽,光滑,而又充满生命的水面。

"泽塔号"不是污点。它游遍这片大海,以及其他海洋,在马达加斯加的另一边,直到塞舌尔群岛,或者驶向南方,直到圣保罗岛。大海将它净化,让它像巨大的海鸟一样在风中翱翔。

太阳在天空缓缓落下,照亮船帆的另一侧。我看见海上的帆影小时一小时变大。在下午最后的时分,风上气不接下气。轻柔的微风仿佛依靠在巨大的船帆上,把波浪打磨光滑,形成圆形,让大海的表面像皮肤一样皱起。大多数水手都走下底舱,他们喝茶,聊天。一些人直接在地上的床垫上睡觉,准备夜晚的航行。

布拉德梅尔船长坐在扶手椅上，在舵手身后。他勉强说了几个含糊不清的词语。他不厌其烦地抽着绿色烟草的香烟，刮旋风的时候，烟味不时向我飘来。我感到眼睛刺痛，可能发烧了？我脸部的皮肤，脖子，手臂，背部都在刺痛。几个小时太阳的炎热在我身体上留下痕迹。一整天，太阳都晒在船帆上，甲板上，也在大海上，我并没有当心。它在浪尖上点燃火星，在浪花里描绘彩虹。

现在光线来自海上，从它颜色最深处。天空晴朗，几乎透明，我望着大海广阔的蓝色和天空的空白直到眩晕。

这就是我一直所梦想的。我似乎觉得我的生活在很久以前停止了，就在漂流于勒莫尔纳潟湖的独木舟前部，那时德尼仔细注视着水底，寻找可以捕捉的鱼。所有这一切，我以为消失了，遗忘了，因为充满旋涡而震慑人心的大海的声音，目光，这一切都转向我，回来了，在前进的"泽塔号"上。

太阳缓缓向海平线落下，照亮浪尖，开启阴暗的浪谷。因为光线西斜，镀上金色，大海的运动放缓速度。狂风不再吹过。船帆不再鼓起，悬挂在桅桁间。一下子，炎热变得沉闷，潮湿。所有人都在甲板上，在船的前部，或者坐在舱口周围。他们抽着烟，有的人裸露上身平躺在甲板上，半闭眼睛，正在梦想，也许是因为抽了康伽烟的缘故。空气现在很平静，大海勉强让缓慢的波浪和船体摩擦。海显现出紫色，光线从中再也透不出去。我清楚地听见在船的前部玩骰子的水手们的说话声，笑声，还有黑人舵手单调的叙述，他对布拉德梅尔船长说话，却没有看他。

这一切都很奇特，如同很久以前一场被打断的梦，产生于大海的闪烁，那时独木舟在勒莫尔纳附近滑行，在天空无色的空白之下。我想到要去的地方，心跳得更快。大海是一条光滑的道路，企图寻找神秘和未知。金子在光线里，在我周围，藏在大海的镜子里。我想到在旅行另一头等待我的，一块仿佛从前我早已踏上的陆地，然而却丢失了。船在记忆的镜子上滑行。等我到达的时候，是否能明白？这里，在黄昏无精打采的光线中缓缓前行的"泽塔号"甲板上，未来的想法让我眩晕。我闭上眼睛不再凝视天空的眩目，不再看毫无裂缝的海墙。

次日，船上

尽管反感，我仍然不得不在舱底过夜。布拉德梅尔船长不想让任何人夜里待在甲板上。我直接躺在地板上（水手们的床垫无法让我信任），脑袋靠在卷成圆柱形的被子上，抓着我旅行箱的把手，因为船不停地侧摇。布拉德梅尔船长睡在一个凹室里，建在船的架构中，在两个刚刚琢成方形支撑甲板的柚木大梁之间。他甚至还挂一块临时的帘子，可以让他单独一个人，但是大概也让他呼吸困难，因为一大早我看见他把帘子撩开在面孔前。

这是一个疲惫不堪的夜晚，首先因为船在侧摇，也因为人群混杂。人们打呼噜，咳嗽，交谈，为了呼吸一下新鲜空气，或者为了在风中从船上向海里撒尿，从船舱到舷门不停地有人来来去去。大多数都是外国人，科摩罗人，说某种刺耳语言的索马里人，或者深色皮肤、目光忧郁的马拉巴尔的印度人。也因为这些人，这一夜我一刻也没有睡着。在底舱让人喘不过气的黑暗中，在被通宵灯摇曳的微光勉强照出的斑驳光影中，在船体被海浪摇晃的呻吟中，我逐渐感到一种荒唐而又难以抑制的担忧。这些人中，难道没有叛逃的囚犯，没有闻名的东非海盗，那些在我和洛尔阅读的旅行报纸上经常提及的？或许他们打算杀死我们，布拉德梅尔船长，我，还有不和他们同流合污的船员，为了夺取船只？或许他们认为我带有钱和珍贵的东西，放在老行李箱里，而实际上这里面锁着父亲的资料？确实，我本应该在他们面前打开箱子，让他们看见里面只装有旧资料、地图、内衣和我的经纬仪。然而，难道他们不会认为还有一层箱底，塞满金币？船缓慢地行驶，而我能感觉到行李箱温热的金属，它靠在我裸露的一个肩膀上。我睁着眼睛监视底舱的黑暗，这与"泽塔号"甲板上度过的第一个夜晚有多么大的区别，那时船在我梦想里起航，然后在早晨突然醒来，为辽阔的大海而眩目。

我们去哪里？从出发以来船头一直保持向北，现在毫无疑问我们驶向阿加莱加群岛。布拉德梅尔船长正是给这座遥远的岛屿上的人们带来杂乱无章的大半船货物：布料包，铁丝卷，盛着油的桶，放着肥皂的箱子，装着米和面粉的袋子，四季豆，扁豆，然后还有各种各样的平底锅和珐琅盘子，包在网袋里。所有一切将卖给中国人，他们经营店铺，再卖给渔民和农场主。

这些货物的存在和商品的味道让我放心。这里一船货物是准备给海盗吗？"泽塔号"是一间漂浮的杂货店，逃犯的念头突然对我显得可笑。

然而我还是睡不着。人们安静下来，但是昆虫的动静开始了。我听见肥硕的蟑螂在快跑，一边震颤翅膀，一边穿过摇晃的底舱。在它们快跑和飞舞的声音中，我听见耳边蚊子刺耳的声音。我整夜不睡也是因为它们，拿衬衫盖住胳膊和脸。

　　因为无法睡觉，我走到梯子前，把脑袋探出打开的舱门。外面，夜晚很美丽。风又吹起来，拉紧大部分帆脚索。这是来自南边的冷风，驱赶着船行进。经过底舱令人窒息的闷热，风让我哆嗦，然而惬意。我打算违反布拉德梅尔船长的命令。披上马毯，它是布康时光的纪念。我跑到甲板上，走向船尾。在后面，有黑人舵手，还有两个水手，一边陪伴他，一边抽康伽。我坐在船尾，在三角帆翼下，望着天空和大海。没有月亮，然而睁大眼睛凝视，便能够看见每一个波浪，海水是夜晚的颜色，泛着泡沫的斑斑点点。是星星的光芒照亮大海。我从未见过这样的星光。甚至从前，在布康的花园，我们和父亲走在"星光小道"上，也没有这般美丽。陆地上，天空被树木、山丘吞噬，由于难以触及的薄雾而黯淡，如同一缕气息从溪水中，草地上，井口里吐出。天空遥远，我仿佛透过一扇窗户看见它。但是这里，在海的中央，夜无边无际。

　　在我和天空之间什么都没有。我躺在甲板上，脑袋靠着紧闭的舱门，用尽全力凝视星星，仿佛第一次看见它们。天空在双桅间摇晃，星座转动，停一会儿，又重新落下。我还没有辨认出它们。这里的星星如此闪亮，甚至于最微弱的也是，它们似乎对我是崭新的。猎户座在左舷，接近东边可能是天蝎座，其中闪烁着新宿二。我清晰可见的是组成南十字座的星星，我转过身，在船尾，与海平线如此接近，只有低下眼睛才能在缓慢的摇晃中跟随它们。我想起父亲的声音，那时他领着我们穿过黑暗的花园，让我们辨认南十字座，轻盈的，短暂的在山丘的线条上方。

我望着星星形成的十字形，它把我带得更远，因为它们真正属于布康的天空。我无法将视线移开，担心将它永远丢失。

就像这样，这一夜我入睡了，在黎明前少许十分，睁着眼睛盯在南十字座上。卷在被子里，面孔和头发被风吹乱，听风吹在三角帆上劈啪作响，以及大海击打艞柱发出吱吱咯咯的声音。

又一天，海上

我在黎明时分醒来，望着大海几乎不动，就待在船尾我的位置，黑人舵手身旁。舵手是科摩罗人，面部是阿比西尼亚人的黝黑，然而眼睛是明亮的绿色。他是唯一真正和布莱德梅尔船长说话的人，我作为付费乘客的身份让我荣幸的在他身旁，听他说话。他说话缓慢，字斟句酌，一口纯正的法语，几乎没有克里奥尔方言的印记。他说，过去曾在莫罗尼神甫学校就学，本该成为教士。有一天他离开一切，没有切合实际的缘由，而为了成为水手。现在他航行了三十年，了解每一个港口，从马达加斯加到非洲海岸，从桑给巴尔岛到查戈斯群岛。他谈论一些岛屿，塞舌尔群岛，罗德里格斯群岛，最远的还有，新胡安岛，法夸尔群岛，阿尔达不拉群岛。他尤为喜爱的是圣布兰登岛，这个岛只属于海龟和鸟类。昨天我舍弃不看的波涛景色，如今波涛前进，并无二致。我坐在甲板上舵手身旁，听他和布拉德梅尔船长说话。应该是在布拉德梅尔面前说话，因为船长是一位地道的英国人，可以几个小时保持不动。他坐在他那张书记官的扶手椅上，抽着绿色的小香烟，在舵手说话的时候，只是回答含混不清表示同意的几声，某种"嗯啊"之辞，表示他一直在场。舵手讲述有趣的海上故事，用缓慢，歌唱般的嗓音，绿色的目光盯着海平线。港口、暴风雨、捕鱼、女孩的故事，没有目的没有结束的故事仿佛他自己的生活。

我喜欢听他说圣布兰登岛，因为他谈论起来仿佛说到天堂。这是他最喜爱的地方，他不断地在思想里，在梦境中回来。他了解许多岛屿，许多港口，但是海上之路总是把他带回这里。"有一天，我要回到那里死去。那儿，海水如最纯净的泉水一般湛蓝，一般清澈。潟湖里，海水透明，如此透明，你虽然乘坐独木舟在水面滑行，却看不见水，又仿佛你正在海底飞驰。潟湖周围，有许多岛屿，我想有十个，但是我不知道它们的名字。我去圣布兰登岛的时候，十七岁，还是个孩子，刚从神学院里逃出来。那时，我以为来到了天堂，现在我仍然觉得那里是陆地的天堂，在不了解原罪的时候。我给岛屿取我想要的名字：有一个叫马蹄铁岛，另一个叫老虎钳岛，还有一个叫国王岛，我已经不知道原因。我乘坐莫罗尼渔船到来。人们来这里捕鱼，像猛禽一样捕鱼。潟湖里，有大自然所有鱼类，在我们独木舟周围缓缓游泳，毫不害怕。还有海龟，过来看我们，仿佛世界上没有死亡。不计其数的海鸟在我们周围飞翔。它们停留在船甲板上，桅桁上，看着我们，因为我想在我们之前，它们从未见过其他人……而就在那时，我们开始捕杀它们。"舵手说着话,绿色的眼睛充满光芒,面孔朝向大海,仿佛他还能看见这一切。我不禁跟随他的目光,在海平线的另一边,直到珊瑚岛,那里的一切如同世界最初的日子一样崭新。布拉德梅尔船长用力吸着香烟,他说:"嗯啊——嗯",好像某个不轻易上当的人。在我们身后有两个黑人水手,一个是罗德里格斯岛人,听着说话,却没有真正明白。舵手谈论他再也见不到的潟湖,也许只有死后天堂才有。他谈论在那些岛屿上,渔民趁着储海龟和鱼休养生息的时候,建造珊瑚小屋。他谈论每个夏季都来临的暴风雨,如此可怕,大海完全淹没岛屿,清除所有陆地生命的踪迹。每一次大海让一切消失,这正是为何岛屿总是崭新。然而潟湖的水保持美丽,清澈,那里生活着世界上最漂亮的鱼类和龟群。

舵手谈论圣布兰登岛的时候,嗓音柔和。我似乎觉得正是为了倾听他说话我才在船上,而此时船正驶向大海中央。

大海为我准备了这个秘密,这份宝藏。我迎接闪耀的光线,渴望深邃的颜色,天空,无边的海平线,永不结束的日日夜夜。我应该学习更多,接受更多。舵手还在说,说开普敦桌山,安通吉勒湾,说阿拉伯的两桅小帆船沿着非洲海岸游荡,还有索科特拉岛和亚丁湾的海盗。我所喜欢的是他歌唱般的嗓音,黑色的面孔上双眼闪着光,站在舵轮前的高大的身形,正是他驾驶我们的船驶向未知。这一切混合着船帆里的风声,每一次艏柱击碎浪花的时候,浪花闪耀彩虹的样子。

每个下午,光线倾斜而下,我待在船尾,看闪烁的航迹。这是我最喜爱的时刻,一切都很平静,甲板上除了舵手和一位监视大海的水手，空无一人。那时我想到陆地，母亲和洛尔，如此遥远，在福里斯特锡德的孤单中。我看见洛尔深色的目光，那时我对她谈起宝藏、珠宝、珍贵的宝石，它们被不为人知的海盗科赛尔隐藏起来。她的确在听我说吗？她的面孔平滑而又绷紧，眼睛深处闪耀着一团奇特的火焰，我不能理解。现在我想看见的正是这团火焰，在大海无尽的目光里。我需要洛尔，我要每天回忆起她，因为我知道，没有她，我将无法找到寻找的东西。我们互相离开的时候，她什么也没说，看上去既不忧伤，也不高兴。然而当她在居尔皮普火车站的月台上看我的时候，我在她眼里仍然看见这团火焰。然后她转过脸去，在火车开启之前离开了。我看见她走在人群中，在福里斯特锡德的道路上，母亲在那里等她，仍然一无所知。

正是为了洛尔，我想回忆起生命里的每一个时刻。正是为了她，我在这条船上，一直在海上向更远处前进。我应该战胜命运，它把我们从家里驱赶出来，毁灭了我们的一切，让父亲去世。我在"泽塔号"上出发，那时我似乎认为打破了某样东西，我打断了一个循环。那么我再回来的时候，一切都将改变，都是新的。

我想到的是正这些，于是内心洋溢起对光线的陶醉。太阳轻轻触及海平线，海面上，夜晚没有带来焦虑。相反，有一种甜蜜降临这个世界，在这个世界里我们是水面上唯一的生命，天空被金色染红。阴暗的大海在天顶的阳光下变得平滑而又轻盈，一缕紫色的烟雾混合在海平线的云朵里，遮住阳光。

我听到舵手如歌般的嗓音，或许是他站在舵轮前自言自语。在他旁边，布拉德梅尔船长的扶手椅空了，因为这是他回到凹室睡觉和写信的时间。在黄昏水平的光线中,舵手高大的轮廓清楚地显现在船帆的轰鸣中,似乎不真实,如同我听见他说话时歌唱般的声音,却不解其意。夜幕降临,我想到帕利努儒斯①的身影,仿佛埃涅阿斯②应该看见他,或者还想到提费斯③,在"阿尔戈号"上,我没有忘记他的话语,在夜晚降临时,他尽力让旅伴们放心:"提坦已经不留痕迹地钻进波涛,以确认吉兆来临。那么,夜晚时,风更猛烈地吹在帆上,海上,在这个寂静的时刻,船将会行驶得更快。我的视线不再跟随星星的移动,它们离开天空,落进大海,就像猎户座已经落下,或者英仙座回响起波涛的愤怒。然而指引我的是这条蛇,它用体节缠绕住七颗星,一直滑行,永不隐藏。"我高声背诵瓦勒里乌斯·弗拉库斯④的诗句,从前我曾在父亲的图书馆里读过。一瞬间里,我还以为自己身在"阿尔戈号"上。

过了一会儿,在黄昏的宁静中,船上的人走上甲板。他们在温和的微风中裸露着上身,吸烟,谈话,或者和我一样望着大海。

自从第一天以来,我急于抵达罗德里格斯岛,我旅行的目的地。然而现在,我希望这一时刻永不结束,希望"泽塔号"船如"阿尔戈号"一样,永远滑行在轻盈的大海上,如此接近天空,因为太阳而眩目的船帆如同夜晚海平线上已经燃起的火焰。

---

① 帕利努儒斯(Palinurus),埃涅阿斯的旅伴。
② 埃涅阿斯(Énée),特洛伊英雄,特洛伊城失陷后,他在天神护卫下逃出,辗转至意大利建立王都。
③ 提费斯(Typhis),"阿尔戈号"船上的舵手。
④ 瓦勒里乌斯·弗拉库斯(Valerius Flaccus),一世纪拉丁诗人,曾写下史诗《阿尔戈》(Argonautica)。

海上，又一夜

我睡在底舱里我的位置，靠着行李箱，因为让人窒息的炎热，以及蟑螂和老鼠猖狂的活动而醒来。昆虫在底舱闷热的空气里嗡嗡乱叫，黑暗让它们的飞舞更加令人担心。如果不想被这些恶魔咬，睡觉时脸上必须盖一块手帕或者衬衫的下摆。老鼠更加谨慎，但是更加危险。有一晚，有人阻挠其中一只老鼠觅食，手就被咬了。尽管布拉德梅尔船长用粕酒浸湿碎布给他治疗，伤口还是感染了。这会儿我还能听见那个人在床垫上发烧说胡话。跳蚤和虱子也几乎不让人休息片刻。每天早晨，都要挠搔无数个夜晚咬下的痕迹。我在底舱度过的第一夜，还不得不忍受成群臭虫的袭击，因为这个原因，我更喜欢放弃给我准备的床垫。我把它推到舱底，直接睡在地板上，裹在我的旧马毯里，它还能让我不那么热，并且逃过汗水的味道和简易床泛出的盐水的味道。

炎热笼罩在舱底，我不是唯一难耐的人。人们相继醒来，交谈，在刚才停止游戏的地方重新没完没了地掷起骰子。他们能赌什么？我问布拉德梅尔船长，他耸了耸肩，很高兴的回答道："他们的妻子。"尽管有船长的命令，水手们仍然在船舱前部点亮一盏小灯，一盏点亮拉光油的通宵灯。橘黄色的灯光在船体的侧摇中摇曳，魔术幻灯似的照亮闪着汗水的黝黑面孔。从远处，我看见他们眼睛的巩膜发光，还有他们雪白的牙齿。他们在灯旁做什么？没有掷骰子，没有唱歌。他们在说话，一个接着一个，压低嗓门，漫长的演讲，很多声音，被笑声一再打断。我再次感到对密谋、反叛的恐惧。他们是否真的决定夺取"泽塔号"，是否会把布拉德梅尔、舵手和我扔进大海？谁会知道？谁会在遥远的岛屿，在莫桑比克运河，在厄立特里亚王国海岸去寻找他们？我一动不动地等待，脑袋转向他们，从我睫毛间觑见摇曳的灯光，灯光里红色的蟑螂和蚊子不小心过来就烧死自己。

于是，和那一晚一样，我不发出声响，顺着梯子爬向舱门，那里刮着海风。我裹在毯子里，赤脚走在甲板上，感受夜晚的愉悦，浪花的凉爽。

海上夜色如此美丽，仿佛置身于世界的中心。船只近乎无声地滑行在浪脊上，给人以飞翔的感觉，仿佛有力的风压在船帆上，把船变成一只展翼的巨鸟。

这一夜我还是躺在甲板上，完全在船尾，靠着关闭的舷门，躲在舷墙下。我听见三角帆对着我脑袋发出振动声，以及展开的大海不间断的窸窣声。洛尔可能喜欢这段大海的音乐，混合尖锐的声音和波涛拍打艏柱深沉的回响。

我为了她而聆听，好将这一切寄往她的地方，寄到福里斯特锡德阴暗的房子里，她在那里也是醒着，我知道。

我还在想她的目光，在她把视线移开之前，在她大步走向沿着铁道伸展的道路之前。我不能忘记闪耀在她眼里的火焰，在我们相别的时刻，这团猛烈的、生气的火焰。那时我惊慌不知所措，然后登上车厢，不假思索。现在，在"泽塔号"的甲板上，我正在前往一个未知的命运，我回忆起这份目光，感受到离开的裂缝。

然而，我应该离开，在那里没有任何希望。我又想起布康，想起一切可能被挽救的，天空色屋顶的房子，树木，峡谷，还有海风，它打乱夜晚，在马纳纳瓦的阴暗中唤醒逃亡奴隶的呻吟，以及在黎明前飞翔的蒙鸟。我想看见的正是这一切，甚至在海的另一边，那里有不为人知的海盗科赛尔的洞穴向我打开宝藏。

在星光下，船在波涛上滑行，轻快，轻盈。哪里是提费斯对"阿尔戈号"水手们所说的七颗星光的蛇？从东边升起，在天狼星的光芒前，是波江座吗？或者是伸展在北面的天龙座，脑袋上有天棓四宝石？然而不是，我突然清楚地看见它，在北极星下，这是大熊座的身体，轻盈而精确，它永远在天空自己的位置上漂游。

我们也跟随征兆，迷失在星星的漩涡里。天空吹过无止境的风，扬起我们的船帆。

现在我终于明白要去哪里，这让我激动万分，不得不站起身平复心跳。我将走向空间，走向未知，我在天空中央滑行，走向一个我不了解的结局。

我还想到两只蒙鸟，一边盘旋，一边在阴暗的山谷上发出木铃的声音，躲避暴风雨。我闭上眼睛，看见的正是它们，似乎它们就在船桅上方。

快要黎明的时候，我睡着了，而"泽塔号"永不停止地驶向阿加莱加群岛。此刻所有人都睡着了。只有黑人舵手在监视，他一眨不眨的目光在夜晚一直盯向前方。他从不睡觉。有时，下午开始的时候，太阳晒在甲板上，他走下去，躺在底舱里，抽烟，却不说话，在昏暗中，睁开眼睛，看着上方发黑的木板。

驶向阿加莱加的一天

我们旅行了多久？五天，六天？我在底舱闷气的黑暗里，查看我行李箱里的东西，那时我再三向自己提这个问题，忧心忡忡。这又有什么关系？为什么我想知道？我努力让自己回忆出发的日期，试图计算在海上的日子。很长一段时间，不计其数的一日又一日，然而我似乎觉得一切又转瞬即逝。我登上"泽塔号"，只是开始了没有结束的一天，这一天和大海一样，海上天空时常变换，阴云密布，昏天黑地，星光取代了阳光，但是风不停地吹，波涛不停地前进，海平线不断地包围着船。

随着旅行的延长，布拉德梅尔船长变得对我更加友好。今天早晨，他教我借用六分仪测定位置，并且确定经纬的方法。今天我们在南纬12°38，东经54°30，计算我们所处的位置，可以回答了我关于时间的问题，因为这意味着我们距离岛屿还要航行两天，夜里的信风让我们偏离了，我们向东多行了几分钟。布拉德梅尔船长测定完，仔细地整理好六分仪，放在凹室里。我向他展示了我的经纬仪，他好奇地看了看。我想，他甚至说："这玩意儿对你有什么用？"我含糊其辞地回答。我不能告诉他父亲买下它的时候在准备寻找不为人知的海盗科赛尔的宝藏！船长再次登上甲板，重新坐在扶手椅上，在舵手身后。因为我在他旁边，他第二次递给我一支他那可怕的香烟，我不敢拒绝，我让香烟独自在风中熄灭。

他对我说："你知道岛中皇后吗？"他用英文问，我重复道：

"岛中皇后？""是的，先生，阿加莱加群岛。人们这么叫它，因为它是印度洋中最益于健康、最富饶的岛屿。"我以为他会谈得更多，但是他沉默了。他自鸣得意地坐在扶手椅上，神游云外般喃喃重复："岛中皇后……"舵手耸了耸肩。他用法语说："老鼠之岛。更应该这样称呼它。"于是他开始讲述英国人如何对老鼠宣战，因为流行病从一个岛屿向另一个岛屿蔓延。"从前的阿加莱加群岛上没有老鼠。它也有点像一个小天堂，和圣布兰登岛一样，因为老鼠是魔鬼的动物，天堂里没有。有一天一艘船来到岛上，来自格朗特尔岛，如今已没有人知道它的名字了，一艘无人知晓的老船。它在岛屿前方遇难了，人们救起装货的箱子，然而箱子里有老鼠。打开箱子的时候，老鼠就在岛上蔓延开来，它们生下小老鼠，变得如此众多，让一切都属于它们。它们吃掉阿加莱加所有的食物，玉米，鸡蛋，大米。它们数量太多，人们无法再睡觉。老鼠甚至在树上啃椰果，甚至还吃海鸟蛋。于是人们首先尝试用猫，但是老鼠聚集在一起，杀死了猫，竟然还把猫吃掉。然后人们试图用捕鼠器，可是老鼠很狡猾，没有被捉住。后来英国人有了一个办法。他们让人用船带来一些狗，狐梗，人们这么称呼，他们许诺要让每只老鼠流鼻涕。孩子们爬上椰树，摇晃棕榈叶，让老鼠落下来，然后狐梗把它们杀死。有人告诉我每年阿加莱加人杀死四万多只老鼠，仍然还有剩下的！尤其在岛屿北部比较多。老鼠十分喜欢阿加莱加的椰果，总是生活在树上。正因为此，您的'岛中皇后'被叫做老鼠之岛更好。"

可能舵手第一次讲述这个故事，布拉德梅尔大声笑出来。然后他又开始抽烟，坐在书记官的扶手椅上，由于中午的阳光太强而眯缝起眼睛。

黑人舵手去底舱睡垫上躺下的时候,布拉德梅尔向我指指舵轮。

"您来,先生?"

"先生"一词他说成"密西埃",用的是克里奥尔语的发音。我无须他重复。现在是我抓着巨大的舵轮,双手紧紧放在旧把手上。我感觉到沉重的波涛击打在舵上,风推动巨大的船帆。这是我第一次驾船。

有一刻,阵风让"泽塔号"倾斜,船帆拉紧欲裂,我紧张地听着船体的轰鸣,海平线在艏斜桅前摇晃。船很长时间都如此,在浪脊上保持平衡,我不能呼吸。然后突然,我本能地把舵柄打向左舷避让风。缓缓地,船在浪花的云雾中重新扶正。甲板上,水手们大喊:

"哎唷!"

但是布莱德梅尔船长一直坐着,什么也不说,眯缝着眼,永远的绿色香烟叼在唇角。这个人可以和他的船一起沉没,也不离开扶手椅。

现在,我严阵以待。我监视着风和浪,它们看起来压得太猛的时候,我转动舵轮避让。我想,我从来没有感觉如此强大,如此自由。站在滚烫的甲板上,分开脚趾以便站稳,我感到海水有力的运动拍打在船体上,船舵上。我感到波浪的振动敲打船桅,风在船帆中呼啸。我从未有过如此经历。它让一切消失,陆地,时间,我处在纯粹的未来,它包围着我。未来就是海、风、天、光。

很长时间,可能有好几个小时,我站在舵轮前,在风和水的漩涡中央。太阳炙烤着我的背,我的颈后,沿着我身体左侧落下去。

它几乎已经触到海平线，把火星抛向大海。我与船的滑行如此协调，我猜想空气中的每一处空白，波涛的每一个波谷。

舵手在我旁边。他也望着大海，不说话。我明白他想重新掌握舵轮。我还要稍微持续一会儿我的乐趣，感受船在波浪的曲线上滑行，迟疑，然后被吹在船帆上的风推动而重新出发。波谷的时候，我向旁边迈一步，抓紧舵轮不松，是舵手深色的手再次合在把手上，用力抓住它。他在不掌舵的时候，比船长还要寡言少语。但是他的手一碰上舵轮的把手，就发生奇特的变化。他仿佛变成另外一个人，更高大，更强壮。他消瘦的面庞，被太阳晒黑，如同玄武岩的雕刻，显示出敏锐而有活力的表情。绿色的眼睛闪着光，变得灵活，整个面部流露出一种幸福，现在我能够理解这种幸福。

于是他开始说话，用歌唱般的嗓音，没完没了的独白消逝在风中。他谈论什么？现在我坐在甲板上，舵手的左边，而布拉德梅尔船长继续在扶手椅上抽烟。舵手既不是对他，也不是对我说话。是对他自己，仿佛别人在唱歌或者吹哨。

他又谈起圣布兰登岛，女人没有权利去那里。他说："有一天，一位年轻的姑娘想要去圣布兰登岛，年轻的马埃黑女孩，高挑，美丽，我想，她还不到十六岁。因为她知道不可以，便向未婚夫提出请求，一个在渔船上工作的年轻人，女孩对他说：请带我去吧。他开始不愿意，但是女孩对他说：你害怕什么？没有人会知道，我乔装成男孩。你就说我是你的弟弟，那样就可以。他最终接受了请求，女孩装扮成男子，穿一条破旧的裤子和一件大衬衫，剪短了头发，因为她个子高瘦，其他渔民把她误当作男孩。于是她就和渔民们一起乘船出发驶向圣布兰登岛。在整个航行中什么都没有发生，风如同呼吸一般温和，天空湛蓝，船行驶一个星期到达圣布兰登岛。当然，除了未婚夫，没有一个人知道船上有女人。但是有时候晚上他低声对她说话，他说：如果船长知道了，他会发怒，会赶走我。她回答说：他怎么会知道呢？

"船驶入潟湖，那里仿佛天堂，人们开始钓大海龟，它们如此温和，任凭人们钓上来而不逃跑。直到那时什么也没发生，可是渔民走下船，去其中一个岛屿过夜，那个时候，起风了，大海变得狂怒。波涛从礁石上没过，涌入潟湖。整个夜晚都下着可怕的暴风雨，大海重新淹没岛屿的岩石。人们离开陋屋躲在树下。所有人都祈祷圣母玛利亚和诸位圣人，希望能够保护他们，船长看见他的船在海岸搁浅而哀叹，海浪涌来将它变为碎片。那时，一个更高的波浪出现，向岛屿奔来如同一只野兽，波浪到达的时候，拔起躲着人的一块岩石。然后，突然，重新恢复平静，太阳开始照耀，仿佛从未有过暴风雨。人们听见一个声音在哭泣，说道：哎唷，哎唷，弟弟啊！是年轻的渔民看见波浪卷走了他的未婚妻，但是因为他违反命令在岛上带来女人，害怕被船长惩罚，才一边哭一边说：哎唷，弟弟啊！"

舵手说完了，光线在海上变成金色，海平线附近的天空苍白，空荡荡的。夜晚已经来临，又是一个夜晚。不过，黄昏在海上持续的时间很久，我看着白天缓缓熄灭。这里和我曾经了解的是同一个世界吗？我似乎觉得穿过海平线进入另一个世界。这个世界和我童年布康的世界相像，那里充斥大海的声音，仿佛"泽塔号"向相反的方向行驶，驶在磨灭时间的道路上。

白天逐渐消退了，我又一次任由自己进入幻想。我感到太阳的炎热，晒在我颈后、肩上。我也感到晚上温和的风比我们的船更快。大家都保持寂静。每一晚，如同神秘的仪式，每个人都在观察。没有人说话。我们倾听波涛击打艏柱的声音，船帆和绳索低沉的震颤。如同每一天晚上，科摩罗水手们跪在甲板上，在船只前部，向北方祈祷。他们的声音向我传来，如同低语，混合在风和大海中。在船体迅速地滑行和缓慢地摇晃中，在透明的，如同天空的大海上，我从未像今晚这般，感受到祈祷如此之美，逐渐消逝在广阔无垠中。我想，我多么希望你也在这里，洛尔，在我身旁，你如此喜欢回响在福里斯特锡德山丘间穆安津教徒的歌唱，你在这里能听见祈祷，微颤，船在摇晃，以一只展开眩目翅膀的巨大海鸟的方式。我本想把你带走，和我一起，如同圣布兰登岛的渔民，我本来也能够说你是我的"弟弟"！

我知道洛尔听见夕阳下科摩罗水手的祈祷，也会和我有同样的感受。我们不需要谈论。但是在我想念她，并且感到心里刺痛的时候，我明白，我反而是正在靠近她。洛尔重新回到布康，在满是藤草和花朵的大花园里，在房子旁边，或者她走在甘蔗地狭窄的小道上。她从未离开喜爱的地方。在我旅行的尽头，是汹涌在塔马兰黑色沙滩上的大海，是河流入口处的激浪。正是为了回到那里我才出发。但是回来的时候我将不是同一个人。回来的时候我如同陌生人，装着父亲留下的资料的旅行箱里，将填满海盗科赛尔的金子和珠宝，戈尔康达的宝藏或者奥朗·泽比的赎金。回来的时候我浸透着大海的味道，被太阳晒黑，为了重新征服我们失去的领土，如战士般强壮而又历经锻炼。我梦想的正是这些，在静止的黄昏中。

船体被太阳晒了一整天，水手们相继走下底舱睡觉，在愈发蒸腾的炎热中。我和他们一起下去，躺在地板上，脑袋靠着我的行李箱。我听见没完没了的掷骰子的声音在那里重新响起，天亮的时候才中断。

周日

航行了五天之后，我们到达阿加莱加群岛。

两座孪生岛屿的海岸应该今天一早，黎明时分就能看见。我睡得很沉，独自在舱底，脑袋在地板上摇晃，对甲板上的骚动毫无反应。是锚地平静的海水把我叫醒，因为我习惯了船不停地摇晃，以至于这份静止让我担忧。

我立刻登上甲板，赤脚，毫不费劲地穿上衬衫。我们前方，横着一条纤细的灰绿色带子，镶着海水撞击礁石的泡沫。对于我们，很多日以来，只看见广阔的蓝色大海连接无垠的蓝色天空，这块陆地，即便它平淡而又荒芜的外表，也是一道迷人的风景。所有船员都从船尾的舷墙上探出头去，贪婪地盯着两座小岛。

布拉德梅尔船长下令降帆，船漂到距离海岸好几链[①]远的地方，并没有靠近。我向舵手询问原因，他只是回答："要等待时

[①] 链是旧时距离计量单位，约合 200 米，等于十分之一海里。

机。"布拉德梅尔船长站在扶手椅边,向我解释:应该等待退潮,避开被水流冲走撞上堡礁的危险,等距离水道足够近的时候,就可以抛锚,把独木舟放进海里,一直到海岸。潮汐只会在午后来临,在太阳下去的时候。在此期间,需要保持耐心,满足于观望如此接近而又如此难以抵达的海岸。

水手们的热情减退了。现在他们坐在甲板上,在微风中飘扬的船帆的阴影下,游戏,抽烟。尽管距离海岸很近,海水仍然是深蓝色。我探身在船尾的舷墙上,看角鲨绿色的阴影游过。

海鸟伴着退潮一起到来。海鸥、海燕在盘旋,叫声让我们震耳欲聋。它们饿着肚子,误以为我们是岛上的渔船,大声叫喊讨债。当鸟儿们发现错误,就远去了,栖身躲回堡礁。只有两三只海鸥继续在我们上方盘旋,然后俯冲向大海,贴着波涛飞翔。在过去的这些天里,在没完没了地注视荒芜的大海之后,海鸥飞翔的景象让我充满愉悦。

下午将尽,布兰德梅尔船长从扶手椅站起身,向舵手下令,舵手重复命令,人们升起巨大的船帆。舵手站在舵柄前,踮起脚尖好看得更清楚。我们即将靠岸。缓慢地,在涨潮柔和的海风的推动下,"泽塔号"靠近浅滩。现在我们清晰地看见长长的浪潮在堡礁上撞碎,听见持续的轰鸣。

船距离礁石只有几英寻[①],船首径直转向水道,船长下令抛锚。主锚首先落入海里,落在其沉重的锁链的一端。然后水手们抛下三

---

① 英寻,水深单位,约合 1.83 米。

只更小的战舰锚,在左舷、右舷和船尾。我询问为何如此谨慎,船长简单向我讲述一艘五十吨的三桅纵帆船"卡林达号",于一九〇一年遇难:船甚至也在这里抛下锚,面对水道。随后,大家都下船登陆,包括船长,船上留下两位没有经验的泰米尔小水手。几个小时以后,涨潮了,然而这一天,有一种不同寻常的力量,水流急匆匆地涌向唯一的水道,来得如此猛烈,以至于船锚的锁链断裂。海岸上,人们看见船只靠近,在浪涛滚滚的沙滩上方,仿佛即将飞起来。然后一下子摔在礁石上,后退的时候,一个波浪把它吞没到大海深处。第二天人们发现船桅的碎片,几块木板,还有几个货物箱,但是人们再也没有找到两个泰米尔小水手。

船上船长命令降下所有船帆,把独木舟放入海中。我看着深色的海水——有十多英寻深——我想到角鲨绿色的阴影从这里游过,而另一次海难有可能正在降临,就开始颤栗。

独木舟一下水,船长沿着一条绳索滑行而下,身手让人毋庸置疑的敏捷,还有四个水手和他一起。为了安全,我们行驶两趟,我将在第二趟。我和其他水手一起扒在舷墙上,看着独木舟疾驰驶向水道入口。在高高的浪脊上,独木舟进入黑色礁石间狭窄的航道。一瞬间,它消失在浪谷,然后又重新出现在堡礁的另一边,潟湖那光滑的水里。它在那里奔向堤岸,岛上的人就在堤岸上等待。

"泽塔号"的甲板上,我们焦急难耐。独木舟回来的时候,太阳已经很低,水手们都高兴地叫喊,打招呼。这一次,轮到我。我跟随舵手,沿着绳索滑到独木舟,另外四名水手登上船。我们只是划桨,根本看不见水道。舵手在掌舵,为了更好地驾驶,他独自站立着。波涛的轰鸣警告着我们距离浅滩已很近。的确,突然间,我感到小舟被一个急浪托起,我们在浪峰上穿过礁石间狭窄的通道。我们已经在另一边的潟湖里,距离珊瑚堤仅仅几英寻。在波涛消散的地方,靠近沙滩附近,舵手让我们靠岸,停泊独木舟。水手们一边叫喊,一边跳上珊瑚堤,消失在居民的人群里。

轮到我了,我走下船。海岸上有很多女人、孩子、黑人渔民,也有印度人。所有人都好奇地看着我。这些人应该不经常看见白人,除了布拉德梅尔船长,因为他凑够一船货物的时候就会过来。还有,我留着长发,胡子拉碴,脸和手臂被太阳晒黑,脏兮兮的衣服,赤着双脚,我可能是一个奇特的白人!孩子们尤其端详着我,毫不掩饰地笑起来。海滩上,有一些狗,几只又黑又瘦的猪,几只小山羊碎步小跑。

太阳就要落山。天空在椰子树上方,岛屿后面被照成黄色。我去哪里睡觉?正当我准备在沙滩上的独木舟之间找一个角落,布拉德梅尔船长向我提议跟他去旅馆。我对"旅馆"这个词的惊讶让他笑起来。说是旅馆,其实是一幢木制的老房子,房主是一个有活力的女人,是黑人和印度人的混血,她把房间出租给前来阿加莱加冒险的为数不多的旅客。据说她甚至接待过毛里求斯的法官长,在他唯一一次旅行的时候,一九〇一或者一九〇二年!作为晚餐,女仆们给我们准备咖喱蟹,非常美味,尤其在经过"泽塔号"中国人的日常饭菜之后。布拉德梅尔船长正在兴头上,他向我们的旅馆主人打听岛上居民的事儿。他对我谈起胡安·德·诺瓦,第一个发现阿加莱加群岛的探险家,以及一位法国殖民者,某一个叫做奥古斯特·勒迪克的人,他组织干椰肉的生产,如今已成为这岛屿唯一的资源。现在其他姐妹岛屿也生产稀有木材,桃花心木、檀香木、黑檀木。他谈论殖民行政官吉凯尔,他建立了医院,在本世纪初恢复了岛上经济。我打算利用中途靠港的时间——布拉德梅尔刚刚向我宣布他应该装载一百多桶椰子油——用来参观森林,它们看起来是印度洋上最为美丽的风景。

晚餐结束了,我躺在床上,就在房子尽头的一个小房间里。尽管疲劳,但我却我很难有睡意。经过了那些在底舱沉闷的空气中的夜晚之后,房间的安静让我不安,仿佛仍然感到波涛的起伏将我托起。我打开百叶窗呼吸夜晚的空气。外面,大地阒寂,蟾蜍的歌唱为夜晚打着节拍。

我已经多么急切,想再找回大海的荒芜,拍打在艌柱上的波涛的声音,船帆间呼啸的风,我急于感受空气和水相隔开,空茫的力量,急于听见空无一物的乐曲。我坐在压陷的椅子上,打开的窗户前,呼吸花园的味道。我听见布莱德梅尔的声音,他的笑声,旅馆老板的笑声。他们似乎玩得很好……无关紧要!我想我就是这样睡着的,额头靠在窗户上。

周一早晨

我穿过南边的岛屿,那里坐落着村庄。姐妹岛互相连接,组成阿加莱加群岛,应该不超过黑河区的大小。然而,经过"泽塔号"的这些日子之后,这地方显得很广阔,那里唯一的活动就是从底舱走到甲板，从船尾走到船头。我步行穿过，排列整齐，一望无际的椰子和油棕的种植园。我赤脚，缓慢地行走在混着沙子的土地上，土地被地蟹的地洞破坏。同样也是寂静，却让我感觉身处异地。这里不再听见海涛声，只有风低语在棕榈叶间。尽管是早晨（我离开旅馆的时候，大家还在睡觉），天气已经闷热。笔直的小路上空无一人。要不是这整齐划一的人类印迹，我会认为自己置身于荒岛。

但是我说这里没有生命可就错了。自从我走进种植园，就被一双双担忧的眼睛所追随。是地蟹沿着道路观察我，有时它们竖起并挥舞威胁的钳子。某一刻，它们甚至好几只聚集在一起，阻止我通过，我不得不绕道而行。

最终，我来到种植园的另一边，北边。潟湖里平静的水把我和姐妹岛分开，那个岛没有这里富饶。海岸上，有一间小木屋，一位年老的渔民在岸上的独木舟旁修补渔网。他抬起头看我，然后又重新开始工作。黑色的皮肤在阳光下闪耀。

我决定沿海岸回到村庄，途经白色的沙滩，它们几乎包围整个岛屿。这里，我感到海的气息，但是不再能享受椰树的树荫。阳光灼热，我不得不脱下衬衣，包裹头部和肩膀。我来到岛屿尽头，等不及地脱光衣服，跳进潟湖清澈的水中。我愉悦地游向堡礁，直到感受到凉爽的水层，直到波涛的轰鸣非常贴近。于是我慢慢返回岸边，几乎不动地漂流过去。我在水里睁开眼睛，看各种颜色的鱼在我面前逃跑，严密注视鲨鱼的影子。我感到来自水道寒冷的水流，驱走鱼类和海藻的碎片。

我走上沙滩，没等吹干就穿上衣服，光着脚走在滚烫的沙子上。稍远处,遇见一群黑人孩子去钓章鱼。他们与德尼和我,在黑河附近游荡的时候年纪相仿。他们吃惊地看着这位"小资产阶级",衣服被海水弄脏,头发和胡子里满是盐。他们或许误以为我是遇难者?我走近过去,他们逃走了,隐藏在椰林的阴影中。

在走进村庄之前,为了不给人留下糟糕的印象,我抖了抖衣服,梳理头发。在礁石另一边,我看见布拉德梅尔那纵帆船的两根桅杆。在长长的珊瑚堤上,油桶排放整齐,等待被运上船。水手们乘独木舟来来回回。还有五十来个桶需要运载。

回到旅馆,我和布拉德梅尔船长一起吃午饭。今天早晨他心情很好。他向我宣布油将在下午装载完毕,我们第二天黎明就要重新出发。为了无需等候潮汐,我们将在船上睡觉。然后,让我大为吃惊的是,他谈起我的家庭,我的父亲,他从前在路易港认识了我父亲。

"我听说了让他受到打击的灾难,他所有的烦心事,还有债务。这一切真不幸。你们那个时候在黑河,是吧?"

"在布康。"

"对,正是这样,塔马兰埃斯塔特后面。我很久以前去过你们家,早在你出生之前。那是你祖父的年代,一幢漂亮的白房子,还有一个美丽的花园。你父亲刚刚结婚,我记得你母亲,一位年轻的女性,黑色的秀发,美丽的眼睛。你父亲热恋着她,举行了一场浪漫的婚礼。"沉寂了一会,他又补充道:"多么遗憾,一切就这样结束,幸福不能持久。"他看向游廊另一端的小花园,里面养着一只黑色的小猪,周围是觅食的家禽。"是的,真遗憾……"

然而他没有再说什么,仿佛后悔倾吐一切。船长站起身,带上帽子，离开房子。我听见他在外面和旅馆主人说话，然后他再次出现：

"今晚，先生，独木舟最后一次运送在五点，潮汐之前。这个时间请在堤岸等候。"这不是建议，更像一条命令。

从露营地到东边的海角，从医院到墓地，在南岛漫步了一天之后，我在说定的时间来到堤岸。我迫不及待地再次登上"泽塔号"，驶向罗德里格斯岛。

在远去的独木舟上，我似乎觉得所有人都和我一样，渴望高涨的大海。这一次，是船长亲自掌舵独木舟，而我待在船首。我看见潮水涌来，滚滚而来的波涛崩溃下来，竖起一堵泡沫的墙壁。独木舟的前部抬起，抵抗汹涌的浪涛，我的心剧烈地跳动。激浪的声响，盘旋的鸟叫震耳欲聋。"嗨哟！"波浪退下的时候，船长大喊道，在八只船桨的推动下，独木舟疾行，驶进礁石间狭窄的海湾入口，冲向涌来的波涛。没有一滴水落在船上！这会儿，我们滑向深邃的蓝色，"泽塔号"黑色的轮廓已近。

稍后，上了船，大家待在船舱里娱乐或者睡觉，而我眺望夜晚。岛上，火焰闪烁，那是营地所在。然后大地熄灭了，消失了。只剩下夜晚的空无，波涛拍打在岩礁上的声音。

像旅途开始以来几乎每晚一样，我躺在船甲板上，裹在我的旧马毯里，望着星星。海风在帆缆索具间呼啸，宣告潮汐涨落。我感觉到最先滚滚而来的波涛滑在船体下，让船的支架劈啪作响。锚链吱吱咯咯呻吟。天空上，星星闪耀着持续的光芒。今晚，我仔细观看，寻找所有星星，仿佛通过图形它们将要告诉我命运的秘密。天蝎座，猎户座，还有小熊座轻微的轮廓。海平线附近，是南船座，狭窄的船帆，长长的船尾，还有小犬座，麒麟座。尤其今晚，昴星团的七颗星星，让我再次回忆起布康美丽的夜晚，父亲让我们记住名字，我们和洛尔一起背诵，犹如富有魔力的警句里的单词：亚克安娜，伊莱克特拉，迈亚，阿特拉斯，泰莱塔，梅罗佩……最后一颗，我们在犹豫之后才命名，它那么微小以至于不能肯定看见：普勒俄涅。今天我仍然喜欢低吟它们的名字，在孤独的夜晚，因为这就如同我知道它们出现在那里，在布康的天空，在云朵的裂缝中。

海上，驶向马埃

风在夜里调转方向。现在，它重新向北吹，让返回的航行无法进行。比起阿加莱加群岛顺从的等待，船长宁愿选择避开风，舵手不带感情地告诉我这些。我们是否终能到达罗德里格斯岛？这取决于暴风雨持续的时间。幸亏有它，我们五天之内到达了阿加莱加岛，但是现在我们不得不等待它让我们返回。

我是唯一担心航线的人。水手们继续生活，继续玩骰子，仿佛什么都无关紧要。是对历险的爱好吗？不，并非如此。他们不属于任何人，任何土地，这就是原因。他们的世界，是"泽塔号"的甲板，令人窒息的底舱，夜晚他们在里面睡觉。我看着这些深色的面孔，被风吹日晒变黑，犹如被大海打磨光滑的石子。和出发的那晚一样，我又感到隐隐约约，莫名其妙的担心。这些人属于另一个存在，另一段时光。甚至布拉德梅尔船长，甚至舵手，都和他们一起，是他们的一员。他们同样对地点、愿望，让我担心的一切漠不关心。他们的面庞同样光滑,眼睛里有大海金属般的坚硬。

风把我们向北驱赶,现在所有船帆鼓起,艏柱劈开深暗的大海。一小时又一小时,我们前行,一天又一天。我应该习惯,接受船上的规矩。每一天,太阳挂在天顶,舵手走下舱底休息,也不合上眼睛,那时由我来掌舵。

可能从此我将学会不再提问。向大海提问?向海平线责问?唯一真实的是驱逐我们的风,滑行的波涛,还有夜晚来临时分,静止的,指引我们的星星。

然而今天,船长对我说话。他告诉我,他打算把一船油卖到塞舌尔群岛,他在那里认识莫里先生,由莫里先生负责让人把油运到货轮出发去英国。布拉德梅尔船长以一副漠然的表情和我谈论,抽着绿色烟草的香烟,坐在固定在甲板的扶手椅上。然后,在我全无预料的时候,再次谈起我的父亲。他曾听说父亲的经历和在岛上电气化的计划。他同样了解父亲从前和兄弟的纠纷,这导致他的破产。他向我谈起这些,既不含情绪,也没有评论。关于卢多维克叔叔,他只是说:"一个冷酷无情的人"。就这么多。这里,在如此湛蓝的大海上,这些事情被船长用单调的嗓音叙述,让我觉得遥远,几乎陌生。而我正是为此我登上"泽塔号",仿佛凭空悬在天空和大海之间:并非为了遗忘——我们能遗忘什么?不过是为了伸记忆九淅了事,无关紧要,为了这一切滑走,像反射的光线一样经过。

谈论几句父亲和布康之后,船长保持沉默。他交叉双臂,闭着眼睛吸烟,我以为他已半睡半醒。但是突然,他转向我,用勉强超过风声和海涛声,压低的嗓音说:

"您是独生子吗?"

"先生?"

他重复问题,并没有提高嗓门:

"我问您是不是独子:您没有兄弟?"

"我有一个姐姐,先生。"

"她叫什么?"

"洛尔。"

他似乎在思考,然后又问:

"她美丽吗?"

他没有等我回答,继续对自己说:

"她应该和您的母亲一样美丽,不止如此,勇敢,聪慧。"

我有点晕乎,在这里,在这艘船的甲板上,距离路易港和居尔皮普的世界如此遥远,如此遥远!我很长时间都曾认为,我和洛尔生活在另一个世界,不为罗亚尔和战神广场街的富人们所知,犹如在福里斯特锡德的老房子里,在布康的原始山谷里,我们不为人所见。突然,这让我的心跳得更快。因为愤怒,或者因为羞愧,我感觉脸变红了。

但是我在哪里?在"泽塔号"的甲板上,一艘装载油桶,满是老鼠和害虫的旧纵帆船,迷失在阿加莱加和马埃之间的大海上。谁会关心我,关心我的脸红?谁会看见我沾满船舱油污的衣服,被太阳晒黑的脸,被盐弄乱的头发,谁会看见我这些日子以来赤着双脚?我看着布拉德梅尔船长老海盗一般的脑袋,紫红色的面颊,因为难闻的香烟烟雾而闭上的小眼睛,在他前面的黑人舵手,还有印度和科摩罗水手们的身影,有些人蹲在甲板上抽康伽,另一些人玩骰子或者做白日梦,我不再感到羞愧。

船长已经忘记这一切。他对我说:

"您想和我一起旅行吗,先生?我老了,需要一个副手。"

我吃惊地看着他:

"您有舵手了?"

"他?他也老了。每一次中途靠岸的时候,我都寻思他是否会回来。"

布拉德梅尔船长的提议在我心中回响了一会儿。我想象我的生活将会如何,在"泽塔号"的甲板上,布拉德梅尔扶手椅旁。阿加莱加群岛,塞舌尔群岛,阿米兰特群岛,或者罗德里格斯岛,迪戈加西亚岛,佩鲁斯巴纽斯。有时候一直到法夸尔群岛,或者科摩罗群岛,可能在南边托洛姆林岛附近。大海,没有止境,比要走的路更长,比生命更长。我是否要为此而离开洛尔,断绝与布康最后的联系?布拉德梅尔的建议让我觉得滑稽可笑。为了不让他难受,我说:

"我不能这么做,先生。我应该去罗德里格斯岛。"

他睁开眼睛:

"我知道,我也曾经听说,这个幻想。"

"什么幻想,先生?"

"就是这个幻想。这份宝藏。据说您父亲为此做了许多工作。"

是他出于嘲讽说"工作",或者是我自己恼羞成怒了?

"谁这么说?"

"一切都会明了,先生。但是我们对此不要再争论,不值得。"

"您想说不相信宝藏的存在？"

他摇头。

"我不相信在世界上——他画一个圆形的手势指向海平线——除了人们以同类生命为代价，从土地和大海夺取的财富之外，还有其他财富。"

片刻间，我想要和他谈论私掠船的地图，谈论父亲搜集来，我重新抄写并随身携带，放在行李箱里的资料，这一切曾经在福里斯特锡德的不幸和孤独中帮助我，安慰我。但是又有什么用？他不会明白。他已经忘记和我说过的话，任由自己在船的晃动中，闭上眼睛。

我也同样，为了不再想这一切，眺望波光粼粼的海面。我全身心地感到船只缓慢的运动，它穿过波涛，如同一匹马越过障碍。

我还是说：

"感谢您的提议，先生。我会考虑。"

他微微睁眼。可能不再知道我说什么，低声嘟囔道：

"嗯，肯定……当然。"

结束了。我们彼此不再说话。

接下来的日子，布拉德梅尔船长似乎对我改变了态度。黑人舵手走下舱底，船长不再邀请我掌舵。他自己站在舵轮前，就在扶手椅前。椅子的模样奇怪，仿佛被合法的所有人遗弃了。他掌舵疲劳了，就随意叫一个水手，把位子让给他。

这对我无所谓。这里，大海如此美丽，没有人会长时间考虑别人。人可能会变得与海水和天空一样，平滑，没有想法。可能不再有理性、时间、地点。每天都和另一天相似,每个夜晚重新开始。在光秃秃的天空上,炙烤的太阳,星座不变的图案。风没有转向:它向北吹,驱赶着船。

友谊在人们之间缔结,又解开。没有人需要任何人。甲板上——因为装载油桶以来,我不再能忍受关在底舱——我结识了一位罗德里格斯水手,一个强健而又孩子气的黑人,名字叫卡奇米尔。他只会说克里奥尔语,以及在马来西亚学到的不纯正的英语。幸亏这两种语言,他告诉我曾经多次航行到达欧洲,他了解法国,英国。但是他并不炫耀。我向他打听罗德里格斯岛,问他水道、小岛、海湾的名字。他是否知道一座叫做"科芒德尔"的山?他向我列举主要山脉的名称,帕塔特山,利蒙山,卡特勒旺山,勒皮通山。他向我谈起"马纳弗人",山里的黑人,一些原始的从未到过海边的人。

因为炎热,一些别的水手夜晚也待在甲板上,尽管有船长的禁止。他们不睡觉。躺着,睁着眼,低声说话。他们抽烟,玩骰子。

有一晚,就在到达马埃之前,发生了一场争执。一位科摩罗穆斯林被一位吸康伽而大醉的印度人责备,为了某个令人费解的原因。他们互相抓住衣服,在甲板上打滚。其他人散开,围成圆圈,仿佛一场斗鸡。科摩罗人瘦小,很快被压在下面,但是印度人醉得厉害,以至于滚到他旁边,再也站不起来。人们一声不响地观望打架,什么也不说。我听见打斗者沙哑的呼吸声,笨拙的打斗声,嚎叫声。之后,船长从底舱出来,他看了一会打斗,发号命令。是巨人卡奇米尔把他们分开。他同时抓住两个人的腰带,把他们举起来,仿佛只是内衣包袱,然后把他们各自放在船的一头。就这样一切都恢复秩序。

次日晚上,我们看见了岛屿。水手们看见陆地,一条勉强可见的直线,仿佛天空下一片深暗的云朵,他们发出尖叫。稍过一会,出现高大的山脉。"这就是马埃。"卡奇米尔说。他愉快地笑起来。"那里是普拉特岛,那儿,弗雷格特岛。"随着船逐渐靠近,其他岛屿显现出来,有时如此遥远,以至于一个波涛经过就把它们从视线中遮住。主岛在我们前面变大。很快飞来第一批海鸥,一边盘旋,一边尖叫。也有军舰鸟,我所见过最漂亮的鸟,闪耀的黑色,伸展的巨翼,还有分叉的长尾巴在身后摆动。它们滑行在风中,在我们上方,如影子一般活泼,鸟喙底部的红色喉囊发出劈啪的响声。

每当我们接近一块新的陆地都是如此。鸟儿飞来仔细打量陌生人。这些人带来什么?何种死亡的威胁?或者,可能有食物,鱼,鱿鱼,或者甚至在船侧挂着鲸鱼?

马埃岛在我们面前,刚刚两海里的距离。我在黄昏炎热的昏暗中辨别出海岸的白色岩石,小海湾,沙滩,树木。我们沿着东海岸向上,以便在风中抵达最北部的海角,途中从两个小岛旁经过,卡奇米尔告诉我它们的名字:康塞普申,泰雷斯,并且他笑起来,因为这是女性的名字。两座圆形小山丘在我们前方,山峰还在阳光里。

经过小岛之后,风减弱了,变成轻柔的微风,大海是翡翠般绿色。我们就在堡礁旁边,礁石四周镶着海沫的边。村庄里的茅屋显现出来,如同玩具,立在椰子之间。卡奇米尔向我列举村庄:贝尔翁布尔,博瓦隆,格拉西。夜幕降临,天气闷热,尽管刮着风。我们来到水道前方，岛屿的另一侧，维多利亚港的灯光已经闪耀。锚地里，在岛屿的庇护下，布拉德梅尔船长才下令收帆，抛锚。水手们已经准备把小舟放入大海。他们急于登陆。我决定睡在甲板上，裹在我的旧毯子里，在我喜欢的地方，从那里我可以看见天空的星星。

我独自在船上，和黑人舵手，还有一个安静的科摩罗人。我喜爱这份孤独，这份安静。夜晚平静，深沉。陆地临近而不可见，它置身其中犹如一片云，一场梦。我倾听波涛击打在船体上啪啪作响，以及船锚的铁链有节奏的嘎吱声，船围绕铁链向一个方向旋转，然后又转向另一个方向。

我想念洛尔，母亲，现在如此遥远，在海的另一边。是否是同样的夜晚包围她们，同样无声的夜晚？我走下底舱，尝试写一封信，明天可以从维多利亚港寄出。在灯芯的微光下，我尝试写信。然而炎热让人喘不过气来，有一股油的味道，还有虫子窸窸窣窣的声音。我的身上、脸上流满汗水。一个字都写不出来。我能写什么？在我出发的时候，洛尔已经预先告诉我——你只要写一封信，说：我要回来。否则都是无用。这就是她：全部拥有或者一无所有。因为害怕不能全部拥有，她选择一无所有，这是她的骄傲。

既然我不能给她写信，从远处告诉她一切多么美妙，那么在夜晚的天空下，漂荡在锚地平滑的水面上，在被遗弃的轮船上，还需要写什么？我把墨水瓶和纸张放回箱子，用钥匙锁上，重新登上甲板呼吸。黑人舵手和科摩罗人坐在舱口旁边，他们抽烟，缓缓交谈。过了一会儿，舵手躺在甲板上，裹在一条被单里，像一块裹尸布，他睁着眼睛。多少年他都未曾睡觉？

维多利亚港

我寻找一艘船带我去弗雷格特岛。与其说真正有兴趣，倒不如说是好奇心驱使我去岛上，我父亲在与海盗科赛尔宝藏相关的资料里看到了一张地图，他自以为，岛上的地形与地图吻合。事实上，是弗雷格特岛的地图让他明白，海盗科赛尔的地图被错误地标记为东西向，应翻转45°，才能获得真正的定位。

一位黑人渔民答应带我去，根据风力，离岛有三四小时的距离。我在中国人的商店里买了一些饼干和几个解渴的椰子，然后我们立刻出发了。渔民没有问我任何问题，他只用一只旧瓶子灌了一瓶水带上。他把桅桁上倾斜的船帆升起来，固定在长长的舵柄上，像印度渔民那样。

我们一穿过水道就重新进入风区，独木舟疾行，倾斜在深色的大海上。三小时后我们将抵达弗雷格特岛。太阳高高的挂在天空，标志着中午时分。我在独木舟前部，坐在一张凳子上，望着大海和深暗的山体远去。

我们向东行驶。绷紧如线的海平线上，我看见其他岛屿，山脉，蓝色，不真实。没有一只鸟陪伴我们。渔民站在后面，靠在长长的舵柄上。

大约在下午三点钟，我们果然来到了弗雷格特岛的堡礁前。岛屿很小，也不高。被沙子包围，上面长着椰树，还有几间渔民的茅屋。我们穿过水道，在一条珊瑚堤靠岸，那里坐着三四位渔民。孩子们游泳，裸着身体在沙滩上奔跑。有一幢带游廊的木房子，退在后面，隐藏在种植园里，房子状况不怎么好，还有一片香子兰种植园。渔民告诉我，这是萨利先生的房子。事实上，父亲曾经誊抄过的一些地图为这个姓氏的家族所有，岛屿属于他们。但是他们生活在马埃。

我走在沙滩上，被黑人孩子们包围，他们笑着，向我打招呼，很吃惊看见一个外国人。我沿着小径，顺着萨利的花园洋房，横穿过整个岛屿。另一边，既没有沙滩，也没有锚地。只有岩岸。岛屿如此狭窄，在暴风雨的日子里，浪花应该能够穿过岛屿。

我回到堤岸，刚刚过去一个小时。这里无处睡觉，我也不大想停留。渔民看见我回来，便解开系泊的缆绳，沿着桅杆升起倾斜的桅桁。独木舟滑向大海。高涨的潮汐的浪花淹没了堤岸，流经喊叫着的孩子们的腿间。他们摆好姿势，跳进透明的水中。

在笔记里，父亲说他排除了海盗科赛尔的宝藏在弗雷格特岛的可能性，因为岛屿过小，水木资源不足。根据我所见到的，他说得有道理。这里没有任何持久的坐标点，没有任何东西可以用来建立地图。一七三〇年穿过印度洋的海盗们本不应该来到这里。他们无法找到想要的某种自然的机巧，这种机巧能够配合他们的计划，在那时构成一种挑战。

然而，独木舟远离弗雷格特岛，向西疾行，被风吹得倾斜，我感到某种遗憾。潟湖清澈的水，裸着身体奔跑在沙滩上的孩子们，还有香子兰中被遗弃的旧木房子，让我想起布康的时光。这是一个没有奥秘的世界，正因为此我感到遗憾。

我在罗德里格斯岛将会找到什么？如果也是如此，如果那里除了沙子，树木什么都没有？现在大海闪烁在落日倾斜的余晖里。船尾，渔民一直站着，靠在舵柄上。他深色的面孔没有任何表情，既没有不耐烦，也没有厌倦。他只是看着两座圆形小山的轮廓，在我们面前变大，它们是已经淹没在夜色里的维多利亚港的守护者。

还是维多利亚港。从"泽塔号"的甲板上我望着卸油的独木舟来来往往。空气炎热沉闷，没有一丝风。灯光反射在大海的镜面上，这让我出神，使我沉浸在冥想中。我听着港口遥远的声音，时而一只鸟在天空飞过，叫声吓我一跳。我开始给洛尔写信，但是我是否有一天会将信寄出？我更希望她此刻来到这里，从我肩上读信。我盘腿坐在甲板上，敞开的衬衫，凌乱的头发，长长的胡子因为盐而发白，如同被流放的人：这就是我正在对她写的内容。我同样对她谈起布拉德梅尔，从不睡觉的舵手，卡奇米尔。

几个小时悄悄溜走，不留痕迹。我躺在甲板上，躲在前桅的阴影下。我把墨水瓶和纸张放回箱子，纸上我只能写下几行字。不久，是太阳的热度照在我眼皮上把我叫醒。天空总是那么蓝，同一只鸟儿一边盘旋一边尖叫。我重新拿出纸，不自觉地写下睡觉时出现在记忆里的诗句：

"白天和海风已经召唤他们，他们重新出海，

在博斯普鲁斯海峡激流澎湃的时刻"[1]

---

[1] 诗句源自拉丁诗人瓦勒里乌斯·弗拉库斯（Valerius Flaccus）的史诗《阿尔戈》（*Argonautica*）。

我从停止的地方重新开始写信。然而我的确是写给洛尔吗？在锚地炎热的寂静中，在闪烁和反射的光线中，加上我面前灰色的海岸和蓝色的高高的山影，其他词语涌上我心头：为什么我抛弃一切，为了什么颠倒梦想？这么多年来我在梦境中追寻的宝藏是否真正存在？宝藏是否在地下室里，那些金银珠宝正等待反射白天的光芒？它是否存在隐藏的力量，能让时间倒转，消除不幸和毁灭，还有福里斯特锡德毁坏的房子里父亲的去世？然而我可能是唯一拥有秘密的钥匙的人，并且我正在接近。那里，在我路途尽头，有罗德里格斯岛，一切终会井井有条。父亲长久以来的梦想，指引他的寻找，萦绕我整个童年，我终于能够将它实现！我是唯一能够实现的人。是父亲的意愿，而不是我的，因为他不再能离开福里斯特锡德的土地。现在我想要写的是这些，然而不是为了寄给洛尔。我离开的时候，是为了停止幻想，为了开始生活。我将走到旅途尽头，我知道应该找到某样东西。

我和洛尔离别的时候，我想对她说的是这些。但是她在我的眼神里明白，她转过身，任由我自由的出发。

我等待这次旅程如此之久！我似乎觉得从来没有停止想到它。在海水涨到小港湾时的风声中，在奔腾的甘蔗无垠的绿色波涛里，在穿过木麻黄针叶似水的风声里。我回忆起黄昏平静的天空，在斑围的小山上方，令人眩晕的山坡延伸到地平线。晚上，大海变得暴烈，闪着反射的斑斑点点。现在，夜晚吞噬维多利亚港的锚地，我觉得自己靠近海天交汇之处。这难道不是"阿尔戈号"驶向永恒，所追随的征兆？

因为夜晚到来，值班的海员走出底舱，他在里面睡了整整一下午，炎热令人窒息，他裸着身子，只系一条缠腰布，身体闪耀着汗水。他蹲在船首，面对舷墙的舷孔，向海里小便很久。然后，过来坐在我身旁，背部靠在桅杆上，抽烟。昏暗中，他晒黑的面孔被眼睛的巩膜奇怪地照亮。我们肩并肩待了许久，互相什么也没有说。

是周五，我想

布拉德梅尔船长没有试图抵抗南风是正确的。黎明货物一运下船，"泽塔号"就穿过水道，来到岛屿前，它遇上西风，能送我们返回。"泽塔号"减轻了重量，鼓起所有船帆，飞一般疾驶，它略微倾斜，像一只真正的快速帆船。深色的大海被延绵的浪潮摇晃，波浪自东而来，可能来自远处的暴风雨，在马拉巴尔海岸。波浪涌上艏柱，流淌在甲板上。船长让人锁上前舱口，不参与操控的人都走下舱底。我能够待在船尾的甲板上，可能仅仅因为我为旅途付费。布拉德梅尔船长似乎并不担心波浪涌上甲板，直冲到扶手椅脚下。舵手，分开双腿，抓住舵轮，他说话的声音遗失在风和大海的呼啸中。

船如此行驶了半天，倾斜在风里，流淌着泡沫。我的耳朵里充斥各种声音，填满我的身体，颤振我的内心。我不再能想到其他任何一切。我看着船长握住扶手椅臂，面孔因为风吹日晒而变红，我觉得在他表情里有某种未知、激烈、固执的东西，如疯狂一般让人担心。"泽塔号"难道不是处于抵抗的极限？沉重的波浪敲打左舷，让船只危险地倾斜，尽管有海涛声，我仍然听见船只所有构架劈啪作响。人们在后面躲避大片海浪。他们也望着自己前方,看向船首,同样紧盯不放的眼神。所有人都在等待什么,不知何物,仿佛视线移开片刻可能就会致命。

我们这样待了许久,几个小时,紧紧抓住绳索和舷墙,看艏柱浸入深暗的大海,听波浪和风声呼啸。大海猛烈地击打船舵,舵手艰难地把握舵轮。他胳膊上的静脉突起,脸部紧绷,几乎痛苦。船帆上方,云雾升起,烟雾缭绕,被彩虹照亮。很多次我想站起身问船长,我们为何满帆前进。然而他脸上僵硬的表情阻止了我,同时我也担心摔倒。

突然,布拉德梅尔船长毫无理由地命令降下三角帆和支索帆,并且收帆。为了操控,舵手把舵柄打向左舷,船只重新扶正。船帆飘扬,像军旗一样劈啪作响。一切恢复正常。"泽塔号"重归航向,它缓缓行驶,不再倾斜。船帆响亮的声音跟随帆缆索具的呼啸声。

然而,布拉德梅尔船长并没有动。他的脸一直通红,紧绷,目不斜视。舵手此时去舱底躺下休息了,睁开的眼睛一眨不眨盯视黑色的天花板。罗德里格斯人卡奇米尔站在舵柄前,他对船长说话,我能听见他悦耳的嗓音。在潮湿的甲板上,船员们重新开始赌骰子和闲谈,仿佛什么都没有发生。然而是否确实发生过什么?仅仅只是蓝天,让人目眩的大海,以及灌满耳朵的风,疯狂,孤独,猛烈。

"泽塔号"毫不费力地前行,因为波涛而略微减速。在正午炙烤的太阳下,甲板已经晒干,覆盖着闪亮的盐。海平线静止,锋利,而大海凶猛。我的思绪和回忆重新回来,我发现自己正自言自语。然而谁会在意?难道我们所有人不都如此,因为大海而疯狂,布拉德梅尔,黑人舵手,卡奇米尔,还有其他所有人?谁听我们说话?

我的回忆重新回来,宝藏的秘密在道路的终点。然而大海消磨了时间。这些波涛来自何时?难道不是两百年前的波涛,那时埃夫里离开印度海岸,带着让人难以置信的战利品,那时这片大海上漂浮着米松的白色国旗,上面用金色字母写着:

Pro Deo et Libertate[①]

风不会老,海没有年龄。太阳,天空永恒。

我望着远处每一个浪尖。我似乎觉得现在才知道前来寻找何物。我似乎觉得我看见自己,仿佛某个人收到一个梦境。

圣布兰登岛

这些日子,这几个星期,除了海和天的蓝色,除了云朵让阴影掠过波涛之外,没有任何东西可见。在船首观察的海员隐约看见,更确切地说猜想看见一块陆地灰色的线,于是一个名字在甲板上来来回回地回响,"圣布兰登岛!……圣布兰登岛!"仿佛我们在生命中从未听过其他同样重要的事情。大家探身在舷墙上,试图看见。舵轮后面,舵手眯缝起眼睛,面部紧绷,焦虑,"我们将在夜

[①] 拉丁文,意思为:为了主和自由。

晚之前到达。"布拉德梅尔说。他的嗓音里充满孩子般的焦急。

"真的是圣布兰登岛？"

我的问题让他吃惊。他生硬地回答：

"你认为是什么？四百海里以内没有其他陆地，除了托洛姆林岛在我们身后，还有拿撒勒，溅着水花的一堆岩石，在西北部。"他马上补充道："是的，的确是圣布兰登岛。"舵手尤其盯着这些岛屿，我回想起他所讲述的，海水是天空的颜色，那里有世界上最美丽的鱼，乌龟，成群的海鸟。不能上岛的女人，还有被暴风雨卷走的女人的传说。

然而舵手没有说话。他驾驶船驶向依旧昏暗的那条线，它出现在东南方。他要在夜晚之前到达那里，穿过水道。我们所有人都焦急地看向同一个方向。

我们进入群岛的水域，太阳触到海平线。突然水底变得清澈。风减弱了。太阳的光线更加柔和，更加扩散。岛屿在船首前方散开，和鲸群一样多。事实上，这只是一个巨大的圆形岛屿，一个圆环，从中冒出几个没有植被的珊瑚小岛。这里就是科摩罗人谈到的天堂？然而随着走进环礁，我们感受到这里的异常。一种安静，一份迟缓，我在别处未曾感受到，它来自水的清透，来自天的纯净，来自寂静。

舵手引导"泽塔号"径直驶向最初的暗礁线。水很浅，尽管夜晚的昏暗，仍然清晰可见珊瑚和海藻，绿松石的颜色。我们滑行在黑色礁石间，高涨的海水不时在那里喷起水雾。寥寥几个岛屿仍然遥远，如同沉睡的海洋动物，然而在突然间，我发觉我们置身于群岛中。没等我们注意，我们身在环礁中央。

布拉德梅尔船长也探身在舷墙上。他看着如此浅的水底，能够辨认出每一块贝壳，每一根珊瑚枝。太阳的光辉熄灭在岛屿另一边，并没有掩去大海的清澈。为了不打断这份魅力，我们所有人都很安静。我听见布拉德梅尔自言自语。他用英文说："海中之岛。"

远处，我们隐约听见大海撞击在岩礁上的轰鸣。应该永远不会停止，如同从前塔马兰附近，永恒的劳动声。

夜晚落在环礁上。这是我所经历过最温柔的夜晚。在太阳炙烤和刮风之后，这里的夜晚是一种奖赏，布满星星，星星划破淡紫色的天空。水手们脱去衣服，接连跳进水里，在轻盈的水中无声地游泳。

我和他们一样，在如此温柔的水里游了很久，我隐约能感觉到被海水包围的轻微寒战。潟湖的水洗涤我，净化我，让我摆脱一切欲望，一切焦虑。许久，我浮游在镜子般光滑的水面，直到水手们震耳欲聋的声音传来，其间混合着鸟叫。离我很近的地方，我看见岛屿深暗的形状，舵手称它为佩尔勒岛，稍远处，在鸟儿的包围下仿佛鲸鱼，是弗雷格特岛。明天，我将登上它们的沙滩，水还会更加美丽。闪耀的灯光透过"泽塔号"的舱口，在我游泳的时候，指引着我。我沿着系在艏斜桅上的绳索爬上来，微风让我哆嗦。

这一夜，没有人真正睡觉。甲板上，人们整夜说话，抽烟，舵手坐在船尾，望着环礁水面星星的倒影。甚至船长也整夜没有合眼，坐在他的扶手椅上。从我的位置，前桅旁边，我看见他香烟的余灰时而闪光。海风带走水手们的话语，混合在波涛拍打岩礁的嘈杂声中。这里天空无垠，纯净，仿佛世上不存在其他陆地，一切即将开始。

我睡了一会，脑袋枕在胳膊上，醒来的时候，是黎明时分。光线透明，像潟湖的水，蔚蓝色，珍珠色，自从布康以来，我未曾见过如此美丽的早晨。大海的吵闹声越来越响，似乎白天光线也发出了声音。我环视周围，看见大多数水手还在睡觉，仿佛被睡意控制，他们躺在甲板上，或者靠着舷墙而坐。布拉德梅尔不再坐在扶手椅上，他可能正在他的凹室里写信。只有黑人舵手站在船尾同一个位置。他看着天亮。我走近他想跟他说话，然而是他说道：

"世上还有更美的地方吗？"

他的嗓音有点沙哑，这是因为激动而不安的声音。

"第一次来到这里的时候，我还是孩子。现在变成老人，然而这里什么都没有改变。我觉得就像是昨天。"

"船长为何来到这里？"

他看着我，好像我的问题没有意义。

"是为了您！他想让您看见圣布兰登岛，是对您的优待。"

他耸了耸肩，不再说什么。他可能知道我没有答应待在"泽塔号"上，因为这个原因，对我不再有兴趣。他重新陷入凝视，看太阳从宽阔的环礁上升起，光线仿佛从水中迸发，升向无云的天空。鸟儿们在天空飞来飞去，鸬鹚掠过，在水面上滑过它们的影子。海燕高高的在风中，银色的小点在盘旋。它们旋转，交汇，鸣叫，如此响亮，叫醒甲板上的人们，他们开始说话。

不久，我明白布拉德梅尔为何在圣布兰登岛中途靠岸。独木舟放入海中，载着六名船员。船长掌握舵柄，舵手站在船首，手里拿一根鱼叉。独木舟无声地滑行在潟湖水面，驶向佩尔勒岛。我从船首往外看，就在舵手身旁，很快看见沙滩附近的海龟深色的斑斑点点。我们安静地靠近。独木舟来到海龟旁边，它们看见了，但是太晚了。一个敏捷的姿势，舵手掷出鱼叉，吱嘎一声穿透龟甲，鲜血溅出。一声野蛮的叫喊，人们立刻使足劲，独木舟向岛屿岸边疾驰，拖着海龟。独木舟来到沙滩附近时，两位水手跳进水里，取下海龟，把它翻转过来放在沙滩上。

我们再次出发去潟湖，那里其他海龟毫不畏惧地等待。很多次，舵手的鱼叉刺穿龟甲。在白色的沙滩上，血流成河，搅浑大海。行动应该迅速，要在血腥味引来鲨鱼之前，不然鲨鱼会把乌龟驱赶进深远的海底。在白色的沙滩上，海龟们最终死去。有十只。水手们用屠宰刀切成碎块，把肉块排列在沙子上。一块块肉被装上独木舟，以便在大船上熏制，因为岛上没有木材。这里陆地贫瘠，是海里生物的死亡之地。

屠杀结束了，大家都登上独木舟，手上流着鲜血。我听见鸟儿的尖叫，它们正在争夺龟壳。光线耀眼，我感到一阵眩晕。我急于逃离这座小岛，这片被血污染的潟湖。那天剩下的时间里，在"泽塔号"的甲板上，人们在烤着肉块的火盆周围忙碌。然而我不能忘记发生的事情，晚上，我拒绝吃饭。第二天早晨，黎明时分，"泽塔号"即将离开环礁，在我们所经之处，不会留下任何痕迹，除了这些碎裂的，已经被海鸟清理的龟壳。

周日，海上

已经出发那么久了！一个月，可能更多？我从来没有这么久不见洛尔，离开母亲。我向洛尔道永别的时候，我第一次向她谈起去罗德里格斯岛旅行的时候，她从自己的积蓄里拿出钱，帮我付路费。然而从她的眼睛里我读到忧郁的闪光，怒气的光芒，它们在说：我们或许永不相见。她对我说永别，而不是再见，她不愿意一直陪我到港口。需要所有那些海上的日子、光线、风吹日晒、夜晚，我才能明了。现在我知道"泽塔号"把我带向没有归途的冒险，谁能知道它的命运？等待我的秘密已经写在这里，除我以外其他人不会发现。它在大海里，在波浪的泡沫上，在白日的天空中，在星座永恒不变的星象里留下印记。如何明白？我依然想起"阿尔戈号"，仿佛它在星星组成的蛇的指引下，驶向未知的大海。是它实现自己的命运，而不是登上船的人。宝藏，陆地有何重要？难道他们应当承认的不是命运吗，有些人身负战斗，或者爱情的荣誉，而另一些人则在死亡中？我想到"阿尔戈号"，而"泽塔号"的甲板则是另一个，改变了形象。这些深色肤色的科摩罗和印度水手，一直站在舵轮前的舵手，他熔岩般的脸庞，眼睛一眨不眨，甚至还有巾拉德梅尔，眯缝着眼睛，酒鬼的面孔，难道他们不是永远流浪，从一个岛到另一个岛，追寻他们的命运？

是否阳光让波浪犹如移动的镜子，反射出光芒让我的理性混乱？我似乎觉得自己正在时间之外，在另一个世界。和我曾经经历过的如此不同，也如此遥远，我再也找不回丢失的东西。我为此感到眩晕，恶心：我害怕抛弃曾经的我，没有希望回头。度过的每一小时，每一天都如同奔向艏柱的海浪，迅速抬起船体，然后消失在航迹里。每一个海浪都让我远离喜爱的时光，母亲的声音，洛尔的存在。

布拉德梅尔船长今天早晨来到我面前，在船尾：

"明天或者后天，我们将抵达罗德里格斯岛。"

我重复道：

"明天或者后天？"

"如果风能保持不变，就是明天。"

旅途这样结束了。可能因为此，我似乎觉得一切都不同了。

人们不再用肉做食物。对我而言，我喜欢辣米饭，这些肉让我恐惧。每个晚上，好几天以来，我感觉发烧。尽管天气酷热，我仍然裹在毯子里，在舱底直打哆嗦。如果身体抛弃我，怎么办？箱子里，我找到出发前买的金鸡纳霜的瓶子，咽着口水吞下一片。

夜晚降临，我并没有觉察到。

深夜，我还醒着，全身大汗。在我旁边，盘腿而坐，背靠在船体上，是黑色面孔的人，灯芯的光芒将他脸部照得奇怪。我坐起身，撑在一只胳膊肘上，我认出是舵手，他的眼睛一眨不眨。他用悦耳的嗓音，对我说话，但是我不太明白话语的意思。我听见他问我将要在罗德里格斯岛寻找的宝藏。他怎么知道？可能是布拉德梅尔船长告诉他。他向我提问，而我并有回答，然而这并没有让他窘迫。他等待，然后提另一个问题，还有另一个。最终，他对此失去兴趣，开始谈论圣布兰登岛,按他的说法,将在那里终老。我想象他的身体伸展在海龟壳中间。在他说话声音的安抚下,我重新睡着。

眼前的罗德里格斯岛

岛屿显现在海平线上。它突然从海上出现,在晚间黄色的天空中,高耸的蓝色山脉倒映在深暗的海面。可能是海鸟在我们上方鸣叫,首先提醒了我。

为了看得更清楚我走向船首,被西风鼓起的船帆让艏柱跟在波涛后奔跑。船落进浪谷,又重新升起。海平线清晰,紧绷。岛屿在波涛后升起,落下,山峰似乎诞生于海洋深处。

从未有任何一块陆地让我产生这般印象:仿佛特鲁瓦马梅尔山峰,还要更高,形成一道无法逾越的峭壁。卡奇米尔在船首我身旁。他幸福地向我宣告,说出山脉的名字。

太阳现在隐藏在岛屿后面。高耸的山脉强烈地凸显在苍白的天空下。

船长下令减帆。人们爬上桅桁缩帆。我们跟随波涛的速度,驶向深暗的岛屿,三角帆闪耀在黄昏的光线中,如同海鸟的翅膀。船靠近海岸,我的内心越来越激动。某件事情结束了,自由,海的幸福。现在应该寻找庇身之处,交谈,询问,了解陆地。

夜幕缓缓降临。此刻我们置身于山脉高大的阴影中。大约七点钟,我们穿过水道,驶向堤岸尽头点亮的红色信号灯。船沿着礁石行驶。我听见在右舷探查的水手喊着数字:"17,17,16,15,

15……"

航道尽头，开始有石堤。

我听见船锚落进水中，放下铁索。"泽塔号"沿着码头静止，没有等到舷门打开，人们跳上陆地，对着等候的人群吵吵嚷嚷地说话。我站在甲板上，这些日子以来，可能这些月以来，第一次，我穿上衣服，系上鞋子。我的旅行箱已经准备好，就在我脚边。商品交换结束，"泽塔号"在明天，在中午之后即将出发。

我对布拉德梅尔船长说永别。他握紧我的手，显然不知道说什么。是我祝愿他好运。黑人舵手已经在舱底，他应该躺着，眼睛盯着烟熏的天花板。

码头上，由于肩上旅行箱的重量，风让我走路摇摇晃晃。我转过身，看到"泽塔号"的轮廓依旧对着苍白的天空，桅杆倾斜，还有网状的缆绳。可能我应该折回，重新上船。四天之后，我会抵达路易港，我将乘坐火车，在毛毛细雨下走向福里斯特锡德的房子，我会听见母亲的声音，看见洛尔。

一个人在码头上等我。在信号灯的微光下，我认出卡奇米尔强健的身影。他拿起我的旅行箱，和我走在一起。他将指给我岛上唯一的旅馆，总督府附近，一个中国人经营的旅馆，听说也可以在那里吃饭。我走在他身后，在夜色中，穿过马蒂兰港的小街小巷。我身在罗德里格斯岛了。

罗德里格斯岛，英国湾
一九一一

就这样，一九一一年冬天的一个早晨（我想是八月，或者九月初），我来到俯瞰英国湾①的山丘上，在那里开始我整个搜寻工作。

几个星期，几个月以来，我跑遍罗德里格斯岛，从南边贡布拉尼岛前方展开的另一条水道，一直到北边马尔加施湾的黑色熔岩石区，途中经过岛屿中央高耸的山脉，曼盖山，帕塔特山，邦迪埃山。从普兰格雷书里誊抄的笔记指引着我。一七六一年他写道："在大港东部，找不到能够承载我们独木舟的水，或者这片与大海相连的水域太汹涌，无法承载如此脆弱的船只。于是普兰格雷先生把独木舟打发回去，沿着他们来时的道路，下令第二天和我们在石灰巨石深处碰面……"此外："卡特勒帕斯山脉十分陡峭，因为那里几乎没有礁石，海岸直接暴露在风中，大海猛烈地拍打海岸，冒险穿过这条通道太不谨慎。"在颤抖的烛光下，在马蒂兰港旅馆的房间里，读到普兰格雷的叙述，让我想起那封著名的信，那是一个关在巴士底狱监狱里的老水手写的，是这封信把父亲领上寻宝的道路："岛屿西部，某个地方，大海拍打海岸，有一条河流。跟随这条河流，您会找到水源，对着水源有一棵罗望子树。距离罗望子树

---

① 英国湾是罗德里格斯岛北部沿海的村庄。一八〇九年拿破仑战争中，英国军队曾登陆该海滩，故得名英国湾。

十八英尺，便出现一个砖石建筑，隐藏着巨大的宝藏。"

这天一大早，我沿着海岸步行，怀着某种急切的兴奋。我穿过詹纳桥，它是马蒂兰港边界的标志。更远一些，趟水穿过班布河，来到小公墓前。从那里开始，不再有房屋，沿着海岸的道路变得狭窄。右边，我借着上行的道路，走向英国电报公司——电缆＆无线电公司的厂房，它位于维纳斯峰的顶部。

我绕过电报公司的厂房，担心可能碰上其中的英国人，他们有点让罗德里格斯岛人害怕。

我的心跳得很快，一直走到山顶。就是这里，我现在肯定，一七六一年普兰格雷曾经来到这里观察金星凌日，比一八七四年天文学家们陪伴尼特中尉来这里观察更早，天文学家们用金星的名字命名维纳斯峰①。

猛烈的东风让我摇摇晃晃。悬崖脚下，我看见来自海洋的短短的浪涛穿过水道。就在我下方，是电缆＆无线电公司的厂房，长长的木板屋，木头漆成灰色，装上金属板，用螺栓固定，好像邮轮。略高一些，在露兜树之间，我看见经理白色的房子，游廊拉着遮帘。在这个时间，电报公司的办公室仍然关着门。只有一个黑人坐在库房的台阶上抽烟，没看我一眼。

我继续穿过荆棘。很快我来到悬崖边，发现巨大的山谷。我一下明白了，终于找到了寻找的地方。

英国湾宽广地朝向大海，连接罗索河河湾的每一边。从我站

---

① 法语里金星和维纳斯峰是一个单词，Vénus。

立的地方，我看见整个延伸的山谷，直到山脉。我辨认每一片灌木丛，每一棵树木，每一块石头。山谷里没有一个人，没有一幢房子，没有一丝人类的踪迹。只有石头，沙子，河水纤细的水流，一簇簇沙漠植物。我的目光跟随溪流直到谷底，那里耸立起更加深暗的山脉。刹那间我想起马纳纳瓦峡谷，那时我和德尼一起停下脚步，仿佛在禁地的门槛前，窥伺蒙鸟发出尖细的叫声。

这里的天空没有鸟。只有北边从海上涌现出来的云朵，移向山脉，让它们的阴影在谷底奔跑。

我站在悬崖高处许久，在猛烈的风中。我寻找一条下去的通道。我所在的地方没有可能，岩石笔直地立在河湾上方。我穿过荆棘，自己开辟一条道路，向山顶攀登。风吹过露兜树叶发出呻吟，给这个地方更增加了几分孤独感。

快要到达山顶之前，我找到一条通道：是一个岩块，一直向下，通到山谷。

现在我走在罗索河的山谷里，不知道要去哪里。从这里看，山谷似乎相当宽广，远处黑色的山丘和高大的山脉是它的边界。北风从河湾吹进来，带来大海的喧闹，刮起沙子的旋涡，灰烬腾起，刹那间让我以为有人骑马而来。然而这里的光线，让寂静显得很奇怪。

维纳斯峰所在山丘的另一侧是马蒂兰港喧闹的生活，市场，拉斯卡尔湾来来往往的独木舟。而这里，一切寂静无声，如同一座荒岛。在这里我将会找到什么？谁在等我？

直到一天结束，我走在谷底，漫无目的。我想了解我是谁。我想知道为何来到这里，什么让我不安，让我警醒。在河滩干燥的沙子上，我借助一根细枝，描绘山谷的地图：英国湾的入口，东西两侧是巨大的玄武岩。罗索河是一条线，几乎笔直向南，然后向内弯曲，再进入峡谷，在山脉之间。无需和海盗科赛尔的地图进行比较，像父亲资料上所显示的：我的确身处宝藏所在之地。

我重新感到兴奋，眩晕。这里那么寂静，那么孤独！只有风从岩石间，荆棘中吹过，带来大海在礁石上遥远的喧闹，然而这是无人的世界的声音。云彩游走在耀眼的天空，云雾缭绕，消失在山丘后。我不再能为自己保守秘密！我想用尽全力大喊，让别人在山丘另一侧听见我，甚至比这座岛屿更远，在海的另一边，到达福里斯特锡德，让我的喊声穿过墙壁，直到洛尔的心里。

我是否真的大喊了？我不知道，我的生活已经如同梦境，欲望和现实在其中合为一体。我奔跑在谷底，跳上黑岩石，跃过溪流，尽最快的速度奔跑，穿过荆棘，跑在被太阳晒焦的罗望子树中间。我不知道去哪里，如同跌倒一般奔跑，听着耳朵里的风声。然后我摔倒在灰色的大地上，尖锐的岩石上，甚至没有感到疼痛，上气不接下气，全身被汗水湿透。我躺在地上很久，把脑袋转向云朵，它们总是逃向南边。

现在我知道自己身在何处。我找到了寻找的地方。几个月的流浪之后，我感受到新的平静，热情。发现英国湾之后的日子里，我为搜寻工作做准备。在道格拉斯街道热雷米·比朗的店里，我买了不可缺少的东西：镐，铲子，绳索，防风灯，帆布帷幔，肥皂和一些储备食品。我凝视着探险者的全副行头，还有一顶露兜树纤维做的大帽子，这里马纳弗人戴的，他们是山里的黑人。其余的，我决定带上几件自己的衣服和我的旧马毯，应该足够了。我把所剩的微薄的钱存在巴克莱银行，经营者是一位热心服务的英国人，羊皮纸似的脸，他很高兴地发现，我为了做生意来到罗德里格斯岛，因为他是伊利亚斯－马拉克邮政公司的代表，他向我建议由他来保管我的信件。

所有准备工作就绪，和每个中午一样，我去中国人的餐厅吃米饭和鱼。他知道我要出发，饭后来到我的桌子看我。他没有询问我关于出发的问题。和我在罗德里格斯岛碰到的大多数人一样，他认为我要淘洗山里的溪水寻找金子。我并不否认这些说法。几天前，正当我吃完晚饭，同样在这个大厅里，两个男人请求和我说话，两个罗德里格斯人。一下子，他们在我面前打开一只皮制的小钱袋，在桌上滚出少许黑土，混杂着闪光的小块。"是金子吗，先生？"多亏父亲的教导，我立刻认出这是黄铜矿，它欺骗了那么多勘探者，因此被称为"愚人金"。两个男人在油灯的光线里惶惶不安地看着我。我不想太粗暴，让他们失望："不，这不是金子，但是可能预告你们将会找到金子。"我也建议他们找一瓶王水，避免弄错。他们离开了，满意了一半，带着他们的皮制钱袋。我想，正是如此，我获得勘探者的名声。

午饭后，我登上租来的用于旅行的马车。马车夫是开朗而年迈的黑人，他装上我的行李箱和我买来的装备。我上车，坐在他旁边，我们出发了，穿过马蒂兰港空荡荡的街道，驶向英国湾。我们沿着希钦斯街和贝盖家的房子，然后沿着巴克莱银行街到总督的房子。接下来向西行,从寺庙和仓库前路过,穿过拉福家的领地。黑人孩子们跟在车后跑了一会儿,然后累了,就回头去港口的水里游泳了。我们穿过拉斯卡尔湾河上的木桥。由于阳光,我压低头上马纳弗人的大帽子,不禁想到洛尔,如果她能看到我的样子,颠簸在这样的车里,年迈的黑人马车夫在骡子后面大喊,驱赶着骡子前进,洛尔一定会笑个不停。

我们到达维纳斯峰的山顶,在电报公司的厂房前,车夫卸下行李箱和其他工具,以及装食物的麻布包。然后他把应得的钱放入口袋,一边祝福我好运,一边离开(寻金者总是这样的故事)。于是我独自一人待在悬崖边,还有我所有的货物,在风沙沙作响的寂静里,怀着奇怪的感觉,仿佛登陆一座荒岛的岸边。

太阳落向西边的山丘,阴影已经在罗索河的谷底延伸,让树木变大,让露兜树叶子变得更尖。现在我感到一种模糊的担忧。我害怕走下谷底,仿佛这是一块禁地。我静立在悬崖边,望着风景,就像我第一次发现它。

是猛烈的风让我做出决定。我辨认出,在半山坡,有一块石头平台,它可以保护我免受夜晚的寒冷和雨水。我就选在那里安置我的第一个营地。我搬下沉重的行李箱,扛在肩上。尽管时间已晚,太阳仍然晒在山坡上,我来到平台的时候已经满身大汗。我需要休息好一会儿才能回去寻找装备,铲了,镐,食品包,还有用来当作帐篷的篷布。

平台十分像一个露台,倚在空地上方聚集在一起的熔岩巨块上。肯定是很久以前修建的,因为高大的露兜树生长在平台上,它们的根部甚至让熔岩墙裂开。更远处，在山谷上方，我看见山坡上有其他一些相同的平台。谁修建了这些露台？我想到过去的水手，想到前来熏制鱼肉的美洲捕鲸人。但是我不由地想象同样前来寻找的海盗科赛尔经过这里。可能是他，让人建起这些哨岗，以便更好地观察"砖石建筑"，他决定在里面隐藏宝藏！

我又一次感到内心仿佛一阵眩晕，一阵发热。我在山坡上来来回回搬运日常用品，突然，在谷底，在干枯的树木和露兜树的轮廓间，我似乎觉得看见他们，在那里：鱼贯而行的影子，来自大海，扛着沉重的包和镐，走向西边山丘的阴影！

我的心跳得厉害，脸上流着汗水。我应该躺在地上，在悬崖高处，望着傍晚黄色的天空，平复我的激动。

夜晚很快来临。在一切变黑之前，赶紧安置好营地。河床里，我找到被涨潮的水遗弃的树枝，还有一些可以生火的小木块。我用巨大的树枝搭一个临时框架，在上面固定帆布帷幔，再用几块大石头加固。一切安置妥当，我疲惫不堪，不打算生火了。我满意得吃了几块海干点，坐在平台上。夜幕一下子降临，淹没我身下的山谷，让大海和山脉变得模糊。这是一个寒冷的，凉如金属的夜晚，没有丝毫无用的声响，只有风在荆棘间呼啸，石头在白天的暴晒后收缩，劈啪作响，还有远处的波涛在礁石上轰鸣。

尽管疲惫，尽管冷得直打哆嗦，我在这里感到很幸福，在这个让我梦想了许久的地方，我甚至不知道它的存在。内心深处，我感到持续的颤抖，于是我等待着，睁大眼睛，窥伺夜晚。星辰缓缓滑向西边，落向看不清楚的地平线。猛烈的风摇晃我身后的帆布，仿佛我并没有结束旅程。明天我将会在那里,看阴影通过。某样东西在等待我,某个人。我是为了找到它才离开母亲和洛尔,来到这里。我应该做好准备,为了即将在山谷里出现的,在世界的尽头。我睡着了,坐在帐篷入口,背部靠着一块石头,睁着眼睛望向黑色的天空。

我在这座山谷里待了很久。多少天，多少个月？我本应该记下日历，像鲁滨逊·克鲁索那样，在木块上刻下痕迹。在孤独的山谷里，我犹如迷失在无边无际的大海里。日以继夜，新的一天抹去前一日的痕迹。因此，我在本子上做记录，本子是从马蒂兰港中国人的店里买来的，为了给流失的时间留下痕迹。

还剩下什么？每日我奔波于谷底寻找坐标点的时候，只有姿势在重复。我在天亮之前起身，以便利用凉爽的时刻。黎明时分，山谷美得不同寻常。在白天第一缕微光中，熔岩块和页岩的露水闪闪发亮。灌木丛，罗望子树，露兜树仍然深暗，由于夜晚的寒冷而麻木。风微微吹过，越过椰子树规律的直线，我看见静止的大海，深蓝，没有反光，抑制着轰鸣。这是我最喜爱的时刻，那时一切都中断了，仿佛在等待。天空总是十分纯净，空彻，飞过海鸟，鲣鸟，鸬鹚，军舰鸟，它们穿过英国湾，飞向北边的小岛。

自从来到这里，鸟是我唯一见到的生灵，除了几只地蟹在河湾的沙丘里挖洞，成群的小海蟹在泥沙上奔跑。鸟儿再次从山谷上方飞过，我知道白天结束了。我似乎觉得认识每一只鸟，而它们也认识我，这只可笑的黑蚂蚁在谷底匍匐而行。

每个早晨，我用前一天画好的地图，继续搜寻。我从一个坐标来到另一个坐标，借助经纬仪测量山谷，然后再回来，描绘一条越来越大的圆弧，检查每一块土地的面积。很快，太阳照耀，在尖锐的岩石上点亮闪烁的光线，涂抹阴影。正午的太阳下，山谷换了模样。它是艰难、敌对、尖刺林立的地方。尽管刮起阵风，由于太阳的反射，炎热仍然上升。我感到脸上火炉的炙烤，我蹒跚在谷底，眼里充满泪水。

我应该停止，等待。我一直走到小河，在手窝里喝点水。我坐在罗望子树的树荫下，背靠着树根，树根被涨高的河水冲得裸露出来。我等待，不动，什么也不想，太阳围绕着树转动，开始落向黑色的山丘。

有时候，我仍然觉得看见影子，那些转瞬即逝的身影，在山丘高处。我走在河床上，眼睛发热。然而阴影消失，又回到藏身之处，它们与罗望子树黑色的树干混淆在一起。我尤其害怕这个时候，此时寂静和光线压在我头上，风犹如一把灼热的刀。

我待在老罗望子树的树荫下，在河流附近。我睡醒的时候，首先看见它，在陡坡高处。我向它走去。我想到宝藏的信里可能说的是这棵罗望子树，在水源旁边。然而，我觉得它才是山谷真正的主人。它不太高大，躲在它的树枝下，树荫里，却感到一种深沉的平静。我已十分了解它，多节的树干由于时间，太阳和干燥而变黑了。它弯曲的树枝支撑着树叶，叶缘长着细齿，如此轻盈，如此年轻。地上，在它周围，是金色的长荚果，被种子胀鼓。每天，我带上本子和铅笔来到那里，吮吸酸味的种子，思考新的地图，远离笼罩在帐篷下的酷热。

我试图定位平行线和五个点，它们是海盗科赛尔地图上的坐标。那些点肯定是英国湾入口看见的山峰。晚上，夜晚来临之前，我走到河口，看见山峰仍然被阳光照亮，我再次感到激动，仿佛什么东西即将显现。

我在纸上不断描画相同的线条：我所了解的河流的曲线，然后，笔直的山谷深陷在山脉中。两侧山丘的玄武岩堡垒森严，就在山谷上方。

今天，太阳倾斜的时候，我决定再次爬上东边的山丘，寻找海盗科赛尔留下的"锚环"标记。如果他真的来过这里——这显然越来越无疑——水手不可能不在悬崖的岩石上，或者某些稳固的石头上留下标记。这一侧的山坡更加容易通行，但是山顶随着我的攀爬而不断后退，远看似乎平坦的岩壁，其实是一溜台阶，让我晕头转向。很快，我距离另一个山坡已十分遥远，很难分辨出作为庇护的帆布白点。谷底是灰绿的一片荒芜，布满黑石块，河床在那里消失。在山谷入口，我看见维纳斯峰高耸的悬崖。尽管人们距离这里很近，我却在此孤独一人！最让我担心的是：我可能会死在这里，而没有人发现。或许某个钓章鱼的渔民有一天看见我残留的营地，会过来。或许一切都会被水，被风带走，混入晒焦的石头和树木。

我仔细地看着对面西边的山丘。是幻觉？我看见一个大写的 M 刻在岩石上，在维纳斯峰略微上面的地方。黄昏斜斜掠过的光线下，它清楚地显现出来，像被一只巨手折断在山中。更远处，在山顶，有一座半毁的塔，我就在它下面安置营帐，却没有看见它。

这两个坐标的发现打乱了我的心绪。一刻也不等，我走下山坡，跑步穿过山谷，好赶在夜晚之前抵达。我穿过罗索河的水流，溅起清爽的河水，然后通过第一次借道的岩块，又登上西边的山丘。

来到斜坡高处，我徒然地寻找"M"的图案：它在我面前打开。组成"M"双腿的岩石的岩面分开了，中间有某个平台，长着被风吹倒的小灌木。我弯下腰，顶着狂风向前走，听见石头塌陷。在大戟树和露兜树之间，我仿佛看见一些棕色的影子正在逃逸。是野山羊，或许从一群马纳弗人手中逃跑。

终于我来到塔前。在悬崖顶部，它悬垂在已经处于阴影中的山谷上。我到这里以来怎么没有看见过？这是一座坍塌向一侧的塔，没用砂浆，由聚集在一起的玄武岩巨石建成。一侧，是一扇门或者一个瞭望孔的残骸。我走进废墟，蹲下身躲避风。从开口处，我看见大海。黄昏中，无边无际，一种浸透着猛烈的蓝色，在海平线上被灰雾遮挡，与天空混合在一起。

在悬崖高处，大海一览无余，从马蒂兰港的锚地，直到岛屿东边的海角。于是我明白了，匆匆建成这座塔，是为了在这里监视大海，预告敌人到来。是谁让人建造了这个瞭望岗？不可能是英国海军司令部，他们不再畏惧大海，是印度之路的主人。此外，不管是英国海军，还是法国国王的海军都不会修建如此不牢固，如此孤立的建筑。一七九六年晋兰格雷于第一次观察金星日凌的时候，并没有在他的旅行故事中谈到这个建筑。与此相反，现在我回想起来，一八一〇年第一个英国军营建在维纳斯峰，成为之后的观测所，正好是我现在所在的地方。我曾经在卡内基图书馆里读到，毛里求斯年鉴里谈到一座小"炮台",修建在峡谷内,从那里可以监视大海。夜幕降临了,我的思绪激动地急切运转,仿佛处于让人晕眩的幻想之中。我为自己高声读着在纳戎·德·莱斯唐的信中读了一遍又一遍的句子,一只修长的手在一张破碎的纸上写下了这些词语:

  第一个标记,拾一块 pgt 石
  走 V 形 2 号路,往南北向
  转身
  由东泉,大拐弯,呈锚环形
  见泉滩之标
  或拐弯或转身,左行
  见标记 BnShe
  紧贴岬口,岬口处可见所想
  寻找 ::S
  作 x 标记——与科芒德尔山顶方向呈对角线。

此时我坐在科芒德尔山顶瞭望岗的废墟上,阴影已经填满整个山谷。我不再感到疲惫,也不再感到吹来的冷风,或者孤独。我刚刚发现了不为人知的海盗科赛尔的第一个标记。

发现科芒德尔山顶以后的日子里,我走遍谷底,被兴奋折磨,不时变得狂热。(尽管这一切混乱,空无,如同一场梦。)我想起四月太阳下炎热的白天,那是刮飓风的时期,想起这些犹如跌落到垂直的空白之中，想起空气的灼烧，我用胸脯抬起的痛苦的分量。从黎明到黄昏，我跟随天空中太阳的移走，从东边孤独的山丘到俯瞰岛屿中部的山脉。我以太阳的方式行走，呈圆弧形，肩头扛着镐，用经纬仪测量地面的高低不平，它们是我唯一的坐标点。我看见树木的阴影绕着自己缓缓旋转，在地面拉长。太阳的热气透过衣服炙烤着我，并且在整个夜晚继续灼烧着我，让我无法睡觉，同时还要忍受从地面散出的寒气。有一些晚上，我走得太疲惫，在遇上天黑的地方就躺下来，睡在两个熔岩块之间，一觉早晨，直到饥饿和口渴把我叫醒。

一天夜里，我在山谷中醒来，我感到身上海的气息。我的脸上，眼睛里，仿佛还有太阳耀眼的光斑。这是一个月黑的夜晚，像过去父亲所说。星星布满天空，我凝视着它们，被狂热占据。我高声说话，我说：我看见了图案，就在那儿，我看见了。不为人知的海盗科赛尔的地图只是另一幅南十字和它的"追随者"——"夜美人"。在广阔的山谷上，我看见熔岩石在闪耀。它们好似布满灰尘的黑暗中的星星，被点亮。我走向它们，睁大眼睛，感到脸上是它们熠熠的光芒。口渴，饥饿，孤独在我身上旋转，越来越快。我听见一个说话的声音，带着父亲的语调。起初让我安心，然后让我颤栗，因为我发现是自己在说话。为了不摔倒，我坐在地上，待在白天庇护我的高大的罗望子树旁。我的身体继续一波又一波的颤栗，我感到大地和空间的寒冷侵入身体里。

我在那里待了多久？我睁开眼睛，首先看见罗望子树的叶子在我上方，阳光的圆斑透过树叶洒下。我躺在树根间。在我身旁，有一个孩子和一个年轻女孩,深色面孔,如马纳弗人一般衣衫褴褛。年轻女孩手里有一块布,她拧紧布好让水滴落到我嘴唇上。

水流进我嘴里,落在我肿胀的舌头上。喝下的每一口都让我疼痛。

孩子走远,又回来,再次带来浸透河水的布。我继续喝。每一滴都唤醒我的身体,唤醒一种疼痛,但是这样很好。

年轻女孩对男孩说话,用我勉强听懂的克里奥尔语。我单独和年轻的马纳弗女孩在一起。我努力起来的时候,她帮我坐下。我想跟她说话,但是我的舌头还不能活动。太阳已经高挂在天空中,我感到炎热在山谷升起。在老罗望子树的树荫那边,风景耀眼,残酷。一想到我必须穿过充满阳光的地带,我感到一阵恶心。

男孩回来了。手里拿来一块辣饼,他把饼递给我,用如此恭敬的姿势,让我想笑。我慢慢地吃饼,在疼痛的嘴里,辣椒会有好处。我要和他们分享剩下的饼,我递给年轻女孩和男孩。但是他们拒绝了。

"您住在哪里?"

我没有用克里奥尔语说,但是年轻的马纳弗女孩似乎明白了。她指向高耸的山脉,在山谷深处。我想,她在说:"上面。"

这是一个真正的马纳弗人,安静,严阵以待。从我坐起来,开始说话,她就向后退,准备离开。孩子也离远了,偷偷看我。

突然,他们走了。我想叫他们,把他们留住。这是几个月来我看到的第一批人类。可是叫他们做什么?他们不紧不慢地离开,却没有回头,从一块石头跳到另一块石头,消失在灌木丛生的地方。

过了一会儿,我看见他们在西边山丘的一侧,犹如小山羊。他们消失在山谷深处。是他们救了我。

我待在罗望子树下直到晚上,几乎没动。一些大黑蚂蚁沿着树根奔波,不知疲倦,徒然。一天即将结束,我听见海鸟的叫声穿过天空,在英国湾上方。蚊子翩翩起舞。我像老年人一样谨慎,上路了,穿过山谷,重新到达营地。明天我去马蒂兰港,在那里等第一班出发的轮船。或许是"泽塔号"?

我在马蒂兰港待了一些日子，远离英国湾。那些日子里我待在医院，主任医生卡马尔·布杜只对了我说了这几个词："你差点死于寒冷。""寒冷"，是我记住的词语，我似乎觉得没有其他任何词可以表达那个夜晚里的感受，在马纳弗孩子给我喝水之前。然而我无法下决定离开。这恐怕是可怕的失败；对于洛尔，也对于我，布康的房子，我们的生活或许会全部丧失。

于是这个早晨，天亮之前，我离开马蒂兰港医院，重返英国湾。这次我不需要小车：我的所有东西都留在营地，裹在帆布帷幔里，由石头固定住。

我同样决定雇佣一个人帮助我寻找。在马蒂兰港，有人对我谈起卡斯特尔农庄，在电缆＆无线电公司的厂房后面，那里我肯定能找到某个人。

太阳升起来，我来到英国湾的前方。在早晨的凉爽中，空气带着海的味道，一切在我看来似乎都是新的，发生了变化。天空在东边山丘的上方是一种非常柔和的玫瑰色，大海像一块翡翠般闪烁。在黎明的光线中，树木，露兜树显现出陌生的形状。

我怎能如此迅速忘记这番美丽？今天我所感受到的激昂不再像曾经的兴奋，让我疯狂，让我奔跑着穿过山谷。现在我终于领悟前来寻找的东西：一种比我更强大的力量，一种在我出生之前就开始的记忆。几个月来，我似乎第一次觉得洛尔变得很近，让我们分开的距离不算什么。

我想到她，被禁锢在福里斯特锡德房子里，于是望着黎明的风景，向她送去这份美丽和平静。我还记得我们过去经常玩的游戏，在布康房子的阁楼里；各自站在昏暗的阁楼一端，一期旧的《伦敦新闻画报》摊在面前，我们努力通过思想互相发送画面或者词语。洛尔是否仍然会赢得比赛，就像她以前就知道如何取胜一样？我向她送去所有一切：山丘纯净的线条，被玫瑰色的天空勾勒出的轮廓，翡翠绿的大海，风，来自拉斯卡尔湾的海鸟缓缓飞翔，飞向升起的太阳。

将近正午时分，我已经登上科芒德尔山顶，在海盗科赛尔瞭望岗被摧毁的塔里，我发现了细谷。在山谷深处，它无法显现出来，因为有一个岩块遮住了入口。天顶的光线中，我清楚地看见它在东边山丘侧面留下的深色伤口。

比照山谷的树木，我仔细确定它的方位。然后，我去电报公司的厂房附近，和农场主说话。他的农场，和我来的时候在马蒂兰港看到的一样，更像临时躲避风雨的地方，半隐在场地深处。我走过去，一团黑影一边嚎叫一边站起来，是一只半野生的猪。然后一只狗，冲着前方呲牙。我想起从前德尼在出里的教导：一根棍子，一块石头毫无用处。应该要两块石头，一块扔出去，一块威胁。狗向后退，然而守卫着房门。

"是卡斯特尔先生吗？"

一个男子出现了，光着上身，穿一条渔民的长裤。这是一位高大而强壮的黑人，脸部特征分明。他让狗走开，邀请我进去。

农场内部昏暗，满是烟雾。仅有的家具是一张桌子和两把椅子。在唯一的房间尽头，一个女人身穿褪色的长裙做饭。她旁边有一个小女孩，肤色透亮。

卡斯特尔先生邀请我坐下。他保持站立，礼貌地听我说话，我向他解释需要。他点头表示同意。他会时不时来帮我，他的养子弗里茨每天会给我捎去吃的。他没有问我为何挖地。他不问任何问题。

这天下午，我决定继续寻找，在更往南的方向，山谷上方附近。我放弃罗望子树的庇护，现在我在那里安置了营地，我沿着罗索河溯流而上。河流坐落于多沙的河床，蜿蜒曲折，像岛屿的形状，纤细的水流只是地下水的表面部分。更高处，河流是流淌在黑卵石河床上的小溪，在峡谷中间。我已经十分靠近山麓丘陵。植物更加稀疏，带刺的荆棘丛，洋槐，总有露兜树，它的叶子如刀刃一般。

这里一片浓密的寂静，我尽可能小声地走路。山脚下，溪流分散成好几个水源，在页岩和熔岩的细谷间。突然，天空阴云密布，雨水降临。水滴硕大而寒冷。远处，在山谷低处，我看见大海被暴雨遮盖。我躲在罗望子树下，看大雨向前，往狭窄的山谷一路飘去。

然后我看见了她：那天救我的年轻女孩，当时我由于口渴和疲劳而说着胡话。她长着娃娃脸，然而高挑而苗条，像马纳弗女性一样穿一条短裙，一件破旧的衬衫。头发长而卷曲，像是印度女人的头发。她沿着山谷向前走，因为下着雨，她低着脑袋。她走向我在的那棵树。我知道她还没有看见我，我担心她看见我的时刻。她是否会惊叫,逃跑?她无声地走着,动物般柔软地移动。她停下来看一看罗望子树附近,于是她瞧见了我。刹那间,她漂亮而光滑的脸庞露出担忧。她静止不动,一条腿保持平衡,倚着她的长鱼叉。衣服因为雨水贴在身体上,长长的黑发让她古铜色的皮肤显得更加明亮。

"您好!"

我首先说话,为了驱走笼罩在这里的寂静,以及由此而产生的不安。我向她走一步。她不动,只是看着我。雨水流淌在她的前额上,脸颊上,顺着她的头发。我看见她左手拿一根藤圈,上面穿着鱼。

"您去打鱼了?"

我的声音奇怪地回响。她是否听懂我说的话?她走到罗望子树,坐在一个树根上避雨。她的面孔转向山脉。

"您住在山里?"

她用头回答是。她用悦耳的嗓音说:

"您真的在寻找金子?"

我吃惊了,比起问题更吃惊语言。她说法语几乎没有口音。

"人们这样告诉您?是的,我在寻找金子,这是真的。"

"您找到了吗?"

我笑了。

"不,我还没有找到。"

"您确实相信这里有金子?"

她的问题让我觉得有趣:

"为什么,您不相信?"

她看着我。她的面孔光滑,毫不害怕,像孩子的面孔。

"这里大家都那么穷。"

她仍然把头转向利蒙峰，山峰消失在雨雾中。片刻，我们望着落下的雨，什么也没有说。我看见她湿淋淋的衣服，纤细的腿，赤着脚，平放在地上。

"您叫什么名字？"

我几乎身不由己地问道，为了能够挽留一会儿这奇怪的年轻女孩，她很快就要消失在山里。她看着我，眼睛忧郁，深邃，仿佛在想其他事情。最终她说：

"我叫乌玛。"

她站起身，拿起挂鱼的藤枝和鱼叉，离开了，她沿着小溪，快步走在减弱的雨中。我看见她柔软灵活的身影从一块石头跳跃到另一块石头，像一只小山羊，然后，她消失在茂密的灌木丛中。一切发生得太快，这倏然一现就像在幻觉中一样，让人难以相信，而这个原始而美丽的年轻女孩，曾经救了我的性命。寂静让我陶醉。雨完全停止，太阳强烈地照耀在蓝天里。阳光中，山脉愈发高大，难以接近。我在利蒙峰附近仔细观察山坡，却是徒然。年轻女孩消失了，泯然消失于黑色的石墙中。她生活在哪里，在哪个马纳弗人的村庄？我想到她奇怪的名字，一个印度名字，她让两个音节回响，搅乱我的心绪。终于，我重新下山，奔向我的营地，在山谷底部，那棵老罗望子树下。

树荫下，我用一天最后的时光研究山谷的地图，用红色铅笔标明需要探测的点。在我要实地定位的时候，距离第二个点不远，我清楚地辨认出一个标记，在一块固定的石头上：四个规则的冲孔，呈四方形。我突然想起不为人知的海盗科赛尔，信里的说法："寻找：："。我的心跳得更快，我转向东边，确实看见科芒德尔山顶瞭望岗的形状在南北轴的对角线上。

这一天很晚的时候，我发现锚环的第一个标记，在东边山丘的缓坡上。

我试图建立一条东西线，切断罗索河。在从前泥沼地边缘，我找到了锚环。

我手拿指南针，背对太阳行走，穿过起伏的地面，从前这里该是一条支流的河床。我来到东边的悬崖，地形十分陡峭。这是一堵几乎垂直的玄武岩墙，墙体已经部分坍塌。在靠近山顶的一面，我看见了标记。

"锚环！锚环！"

我低声重复，寻找一条可以到达悬崖高处的道路。石头在脚下陷落，我紧紧抓住灌木向上攀登。我来到山顶附近，很难找到带有标记的岩石。从下面看，记号十分清晰，倒立的等边三角形，是私掠船时代海锚锚环的形状。寻找这个记号的时候，我感到血液冲击着太阳穴。难道我是幻像的牺牲者？在所有岩石上，我都看见角状的标记，是从前的裂缝所造成的。一次又一次，我走遍悬崖边缘，穿行在岩块上。

下面，山谷里，年轻的弗里茨·卡斯特尔给我带来饭，停在悬崖脚下，张望。他用目光指出我的错误，玄武岩的岩面都很相似，当作坐标的岩石在更高的地方，我肯定。我爬得更高，事实上我爬上第二段，碰巧在植物的边界。在我前面，一块黑色的巨岩上，闪耀着锚环的三角形，蔚为壮观，它规则地刻在坚硬的岩石里，只有一手拿凿子才能刻出。我激动地颤抖，靠近岩石，用指尖轻轻擦过。玄武岩因为阳光而发热，温和而平滑，如同肌肤，我感觉到了手指下倒三角形锋利的边锋，就像这样：

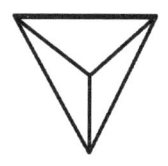

▽

根据东西线，我肯定能在山谷另一侧找到同样的记号。另一侧的山坡遥远，即使带着眼镜我也看不见。西边的山丘已在昏暗之中，我把寻找另一只锚环的工作推迟到明天。

年轻的弗里茨离开了，我回到高处，在易碎的岩石上坐了很久，望着夜色笼罩下广阔的英国湾。我似乎第一次觉得，我不是用自己的眼睛看见它，而是用不为人知的海盗科赛尔的眼睛，一百五十年前他来到这里，把秘密的图纸描绘在河边的灰沙上，然后仍由它消失，只是在坚硬的石头上刻下印记。我想象他如何拿凿刀和棒槌刻下记号，每一刀或许都回荡在荒芜的山谷深处。在海湾的安静中，时而疾驰过沙沙的风声，还有大海无休止的轰鸣，我能听见石头上凿刀的凿刻声，在山丘里唤起回声。这天晚上，我直接躺在地上，在老罗望子树的树根间，裹在毯子里，像从前在"泽塔号"的甲板上，幻想新的生活。

今天，黎明刚开始，我就来到了西边的悬崖脚下。光线刚刚照亮黑色的岩石，在英国湾的凹口处，大海是透明的蓝色，比天空更加清澈。如同每个清晨，我听见海鸟的叫声穿过海湾，成队的鸬鹚、海鸥、鲣鸟在飞向拉斯卡尔湾的路途中发出沙哑的叫唤。我从未听见它们如此高兴。我似乎觉得它们经过英国湾上方的时候，用叫声向我打招呼，我也叫喊着回答它们。几只鸟飞在我上方，翅膀宽大的燕鸥，迅速的海燕。它们在悬崖附近盘旋，然后和其他鸟儿在海上汇合。我羡慕它们轻盈、快速地滑翔在空中，不迷恋大地。而我自己，抓住这片贫瘠的山谷不放，花费一天又一天，一月又一月，辨认鸟儿的目光刹那间一扫而过的地方。我喜欢看见它们，我分享它们飞翔的些许美丽，些许自由。

它们是否需要金子，财富？风就能让它们满足，早晨的天空，有鱼的大海，还有显露出来的岩石，是躲避暴风雨的唯一去处。

我被直觉引向黑色的悬崖，那里我辨别出蜿蜒起伏的地形，从山谷的另一侧开始。风摇晃我，让我陶醉，而我借助灌木丛向上攀登。突然，太阳出现在东边山丘上，壮观，耀眼，点亮海上的粼粼波光。

我一块一块地检查悬崖。我感到太阳的炎热缓缓升起。将近正午，我听见呼喊声。是年轻的弗里茨在下面等我，在营地附近。我下来休息一会。早晨的热情降下来。我感到疲倦，沮丧。在罗望子树的树荫下，弗里茨陪我吃白米饭。他吃完以后，安静地等待，眼睛盯着远方，一副面无表情的样子，这是这里黑人的特征。

我想到乌玛，那么胆小，那么变化无常。她会回来吗？每晚，在太阳落山前，我沿着罗索河直到沙丘，我寻找她的足迹。为什么？我会对她说什么？然而我似乎觉得她是唯一明白我来这里寻找什么的人。

这个夜晚，星星一颗接一颗出现在天空，北边是小熊座，然后猎户座，天狼星，我突然明白我的错误：我从锚环的标记出发，定位东西线的时候，用指南针指示地磁北极作为标记。海盗科赛尔描绘地图，在岩石上刻下坐标点，他并不使用指南针。肯定是北方的星星给他指引方向，他是参照这个方向建立东西方向的垂直线。在地磁北极和星象北极之间相差 7°36，这就意味以悬崖为基础相差大约一百英尺，也就是说，在构成科芒德尔山顶第一个支墩的岩石的另一面。

我为这个发现激动，决定不等到第二天。我拿上防风灯，赤着脚，一直走到悬崖。风猛烈地吹，携带着云雾。我之前躲在老罗望子树的树根，没有听见暴风雨。然而这里，它让我踟蹰，在我耳际呼啸，让灯焰摇晃。

现在，我在黑色悬崖的脚下，想寻找一个通道。岩壁如此陡峭，为了攀登，我不得不把灯叼在齿间。我就这样登上半途，峭壁突出的地方，开始沿风化的悬崖寻找标记。玄武岩壁在灯光的照亮下，样子奇怪，可怕。每一处凹陷，每一个裂口都让我颤栗。我寻遍整个峭壁，来到细谷，它把悬崖的这一侧和俯瞰大海的山岭分开。阵阵寒风吹来，大海的轰鸣如此靠近，流淌在脸上的雨水让我头晕脑涨。我准备好下去，精疲力竭时瞧见在我上方的一块巨岩，确定记号应该在那里。这是唯一从山谷任何一点都能看见的岩石。为了到达那里，我应该顺着一条塌陷的道路，绕一圈。我终于来到岩石前，齿间叼着风灯，我看见了锚环。它凿刻得如此清晰，即使没有灯，也能看见。在我手指下，它的边缘十分锋利，仿佛凿刻于昨天。黑色的石头寒冷，滑润。描绘的三角形顶尖朝向高处，与西边的锚环相反。似乎岩石上有一只神秘的眼睛看着时间的另一端，永久地凝视山谷的另一边，丝毫没有减弱，每个白天，每个夜晚。一阵寒栗传遍我全身。我走进了一个比我更强大、更持久的秘密。它将把我引向何处？

在这之后，我生活在一种清醒的梦境中，那里混合着洛尔的声音，母亲的声音，在布康的游廊上，在不为人知的海盗科赛尔的信息里，也在乌玛转瞬即逝的形象游走的灌木丛间，山谷高处。孤独再次紧紧束缚住我。除了年轻的弗里茨·卡斯特尔，我见不到任何人。甚至于他也来得不那么规律。昨天（或者大前天，我不再知道）他把米饭锅放在营地前的一块石头上，然后就爬向西边的山丘离开了，也不回应我的呼叫。仿佛我让他害怕。

黎明，我和每天早晨一样，走向河湾。我拿起洗漱包，装上剃须刀、肥皂、牙刷，以及要洗的内衣。我把镜子放在小石头上，首先刮胡子，然后剪去搭在肩上的头发。镜子里，我看着自己瘦削的脸，被太阳晒黑，眼睛闪着兴奋的光，鼻子薄而呈鹰钩状，像所有姓莱唐的男性一样，愈加衬托出迷失的表情。看上去一副吃不饱的样子，于是我相信，由于不断行走在他的踪迹上，我已经开始像住在这些地方的不为人知的海盗科赛尔。

我很喜欢待在这里，在罗索河的河湾，海滩的沙丘从那里开始，能听见很近的海涛声，它缓慢的呼吸，而一阵阵风吹来，在大戟和芦苇间，让棕榈叶瑟瑟作响。这里的黎明，光线如此柔和，如此安静，光滑的水犹如镜子。我刮完胡子，洗漱完毕，洗完内衣，准备回到营地，就在那时，我看见了乌玛。她站在河前，手里拿着鱼叉，毫不拘谨地看着我，眼神里带有某种嘲笑的意味。我经常希望在这里碰见她，在沙滩上，在低低的潮水中，在她再次来钓鱼的时候，然而此刻我却吃惊了，静立不动，潮湿的内衣在脚边滴水。

在白天开始的阳光中，河边的她愈加美丽，帆布长裙和衬衫被河水浸湿，古铜色的面庞，熔岩的颜色，闪耀着盐光。她就这样站着，一条腿伸直，身体倾斜在左髋上，右手握着芦苇鱼叉，黑檀木的叉尖，左手搭在右肩上，搭在湿衣服里，像一尊古代雕塑。我一直看着她，不敢说话，不经意间想起娜达，如此美丽，神秘，就像从前她出现在旧报纸的图画里，在我们房子阁楼的昏暗中。我向前走一步，感觉打断了这令人着迷的时刻。乌玛转过脸，沿着河床大步走开。

"等一下！"我一边不假思索地这样喊道，一边跑在她身后。

乌玛停下来，看着我。在她眼睛里我读到担心，怀疑。我想说话挽留她，然而这么久了，我没有和活着的生命说过话，我想不起词语。我想对她说我所寻找的踪迹，在沙滩上，夜晚，在潮汐来临之前。然而是她对我说话。她用悦耳而嘲讽的声音问我：

"您最终是否找到了金子？"

我摇头，她笑了。她蹲下来，稍微向后，在沙丘尖上。为了坐下，她用一个手势把裙子放在双腿间，我从未见过任何女性这么做。她靠在鱼叉上。

"您呢?您钓到什么东西?"

轮到她摇头。

"您要回家,是在山里吗?"

她望着天空。

"时间还早。我还要试试,在海角附近。"

"我能和您一起去吗?"

她站起来没有回答。然后她转向我:

"来吧。"

她不等我就出发了。她在沙里走得很快,用动物的步伐,长长的鱼叉放在肩上。

我把潮湿的内衣扔在沙里,并不担心风可能将它卷走。我跑在乌玛身后,在大海边上赶上她。她沿着汹涌的波涛行走,眼睛盯向大海。风让潮湿的长裙贴在她苗条的身体上。在早晨仍然发灰的天空中,我的伴鸟们经过,尖叫,发出木铃般的声音。

"您喜欢海鸟吗?"

她停下来,手臂举向它们。她的面孔在光线中闪耀。她说:

"它们很美!"

在海滩尽头的岩石里,年轻女孩敏捷地跳跃,毫不费力,赤脚踩在锋利的棱角上。她一直走到海角,深邃而灰蓝的海水前。我来到她身边,她示意我停下。她长长的身影探身在海上,举起鱼叉,注视着大海深处,珊瑚礁附近。她这么静静地待了许久,然后,一下子,冲上前,消失在水里。我看着水面,寻找水波翻滚之处,那些激起的浪花，以及丛生的阴影。我正不知道看向哪里之时，在距离我几英寻的地方，年轻的女孩露出面孔，气喘吁吁。她缓缓游到我面前，把一条刺穿的鱼扔上岩石。她拿着鱼叉从水里出来，脸冻得苍白。她说：

"还有一条鱼在那里。"

我拿起鱼叉，这次是我穿着衣服扎进大海。

水下，我看见混浊的底部，闪烁的海藻。波涛在堡礁上发出尖锐的吱吱咯咯声。我在水下游向珊瑚，鱼叉靠紧身体。我绕珊瑚转了两圈，什么也没看见。我重新露出水面，乌玛探身向我大喊：

"那边，在那边！"

她扎进水中。水下，我看见她黑色的影子在水底滑行。一片沙雾中，隆头鱼离开藏身之处，缓缓从我面前经过。鱼叉几乎自己从我手中飞出，扎中一条鱼。鲜血在我周围的水中化成一团。我立刻浮到水面。乌玛游在我旁边，她赶在我之前走上岩石。是她抓住鱼叉，然后刺死鱼，并且把鱼击昏在黑色岩石上。我气喘吁吁地坐着，冻得发抖。乌玛拉着我的胳膊。

"来，应该走走！"

她提着两条鱼的腮部，从一块石头跳向另一块石头，走向沙滩。沙堆里，她找到一根藤绳，用来穿鱼。现在我们一起走向罗索河的河床。在河流形成深邃的、天空色的池塘的地方，她把鱼放在陡峭的河岸，扎进温柔的水中，然后像一只洗澡的动物一样，甩去头上和身上的水。河边，我像一只潮湿的大鸟，让她大笑。现在轮到我跳进水里，溅起巨大的水花，好一会儿我们一边笑一边互相打水。等我们从水里出来,我很吃惊不再感到寒冷。太阳很高,河湾附近的沙丘已经滚烫。我们湿漉漉的衣服贴在皮肤上。乌玛的膝盖跪在沙里,从上到下逐渐沥干她的长裙和衬衫,她卷起一只袖子,然后另一只。她古铜色的皮肤在太阳下闪耀,水流淌在她变沉的头发上,沿着她的脸颊,流向颈后。风一阵阵吹来,让河水轻微颤动。我们不再说话。在这里,河流前面,太阳刺眼的阳光下,我们倾听芦苇间忧伤的风声和大海的喧哗。我们是陆地上唯一的,或许最后的居民,来自某个地方,因为一次偶然的海难而相聚。我从未想象过,我会遭遇这样的事情,感受到这样的心境。这是一种从我内心产生的力量,遍及全身,一种欲望,一种灼烧。我们一直坐在沙里,等衣服变干。乌玛也不动,蹲着,仿佛她知道这么做,用马纳弗人的方式,长长的胳膊环抱着腿,面孔转向大海。光线闪耀在她凌乱的头发上,我看见她纯洁的侧影,笔直的额头,突出的鼻子,嘴唇。她的衣服在风中飘动。我似乎觉得现在其他一切都不重要。

是乌玛决定离开的。她没有撑地,突然间直接站了起来,捡起鱼。她蹲在海边,用一种我以前从未见过的方法准备鱼。她用鱼叉尖部划开鱼肚皮,取出内脏。用沙子清洗内部,在河水中冲洗干净。把下水扔到远处,扔给正在等待的成群的螃蟹。

她做这一切迅速,安静。然后在河边用水擦去痕迹。我问她为何这么做,她回答:

"我们马纳弗人在逃亡。"

远处,我取回几乎晒干的内衣,内衣上已覆盖了一层白沙。我走在她后面,一直到营地。她到达营地,把我叉到的鱼放在一块平坦的石头上，然后说：

"这是你的。"

我不同意，要把鱼还给她，她说：

"你饿了，我给你做吃的。"

她急忙拾捡干燥的细枝，用几根绿色的芦苇，编制出一只箩，放在树枝上。我递给她火绒打火机，但是她摇头。她准备好干地衣，蹲下，背对着风，用一块燧石击打另一块，快速，不间断，直到石头变热，火星纷纷落下。在炉膛凹陷的地方，地衣开始冒烟。乌玛小心地拿在手里，慢慢吹气。火焰四溅起来，她把地衣放在干树枝下，很快火噼啪作响。乌玛重新站起来。她的脸庞被一种稚气的快乐照亮。在绿色的芦苇箩里，烤着鱼，我已闻到让人胃口大开的香味。乌玛说得对：我饿死了。

鱼烤熟了，乌玛把箩放在地上。我们轮流，手指滚烫，抓起肉块。比起这条放在绿芦苇箩上无盐的烤鱼，我觉得从未吃过更加美味的。

我们吃完了，乌玛站起来。她仔细地熄灭火，用黑沙覆盖。然后拿起为了避光而裹在地里的另一条鱼。她一声不吭，也没有看我，就走了。风勾勒出她的身形，裹在日晒雨淋已然褪色的衣服里。她的脸上闪着光芒，但是眼睛是两个深暗的斑点。我明白她不应该说话。我明白我应该留下，这是她游戏的一部分，她在和我玩的游戏。

她像动物一样柔软轻快，游走在灌木丛间，从一块岩石跳跃到另一块岩石，在山谷深处。我站在老罗望子树旁，仍然能看见她一会儿，她攀登山丘的侧坡，像一只野山羊。没有回头，没有停留。她走向高山，走向卢宾峰，消失在覆盖西边山坡的黑暗中。我听见我的心跳得剧烈，思想缓慢地运转。孤独再次降临英国湾，更加可怕。我坐在营地旁，转向夕阳，看着黑暗向前推进。

这些日子把我引向梦里更遥远的地方。我所寻找的东西每天向我显露得更多，一种让我充满幸福的力量。从太阳升起一直到深夜，我步行穿过山谷，寻找坐标点和标记。冬日雨水之前耀眼的阳光，海鸟的叫喊，西北方向的阵风一切都让我狂喜不已。

有时候，玄武岩块之间，在半山坡，罗索河的岸边，我瞧见一个转瞬即逝的影子，那么迅速，我从来不确定是否是真实所见。乌玛从山里走下来，观察我，躲在一块岩石后面，或者在露兜树的树丛里。有时，她在一个出奇俊俏的年轻男孩的陪伴下过来，她说是同母异父的兄弟，是哑巴。男孩待在她旁边，不敢靠近，神情既质朴又好奇。他的名字叫斯里，按照乌玛的说法，是她母亲取的绰号，因为他像上帝的使者。

乌玛给我带来吃的，一些裹在苦瓜叶里的奇特菜肴，米糕，章鱼干，木薯，辣饼。她把食物放在营地前一块平坦的石头上，像一份祭品。我告诉她我的发现，让她发笑。在一个本子上，我记录下这些日子里找到的记号。她喜欢我为她高声朗读：标记一颗心形，两把凿子，或者一轮新月的石头。根据所罗门的锁骨标记字母 M 的石头，有十字标记的石头。蛇头，女性头部，呈三角形的三个冲孔。有一把椅子或者一个字母 Z 标记的石头，它让人想起私掠船的信息。截断的岩石，凿刻成屋顶的岩石。装饰一个大圆圈的石头。影子呈现出狗的形状的石头。标记一个字母 S 和两个冲孔的石头。一只"土耳其狗"标记的石头（匍匐的狗，没有爪尖）。凿了一条直线的岩石，指示南-西南方向。击碎和烧毁的石头。

乌玛也想看我带回来的记号，奇形怪状的熔岩，黑曜石，含有化石的石头。乌玛拿在手里，仔细地看，仿佛它们具有魔力。有时候，她也给我带来她找到的奇怪的东西。有一天，她给我带来一块铁色的石头，光滑，沉甸甸的。这是一块陨石，我的手接触到这块或许在几千年前从天而降的物体，仿佛一个秘密让我颤抖。

现在，几乎每一天，乌玛都来到英国湾。我测量距离，挖掘探测孔，她在树荫下等待，在山谷高处，因为她害怕声音吸引周围的人。许多次，年轻的弗里茨和农场主贝盖过来看我，帮我在河湾附近挖洞。这样的日子里，乌玛没有出现，但是我知道她在周围某个地方，躲在树后，在隐蔽的角落，那里她皮肤的颜色让人看不见。

我和弗里茨一起插标杆。我为此准备了一些芦苇，差不多每一百步立一根杆，以便画一条直线。我走向山谷高处，在我辨认出的记号之中，打孔的石头，做标记的棱角，摆放成三角形的石子堆，等等，我借助经纬仪，画出直线的延长线，内切于最初的刻度盘的内部（海盗科赛尔的铁门）。太阳炙烤着，让黑色的石头闪闪发光。时而，我大喊年轻的弗里茨和我汇合，他在我脚下插一根新标杆。我眯着眼，能看见所有直线交汇在罗索河的河床，露出一些结，我可以在那里挖掘探测孔。

之后，我和弗里茨在西边山丘附近挖洞，在科芒德尔山顶的脚下。土地坚硬而干燥，很快，我们的镐碰到了玄武岩。每次我开始挖掘一个新的探测孔，都满是不耐烦。我们是否终将能找到一个记号，一个海盗科赛尔经过的痕迹，或者"砖石建筑"的开始之处？说到宝藏，一个早晨，弗里茨和我在山丘脚下沙质的土地上挖掘，突然，我感到十字镐下一个轻巧的球在滚动，我疯狂地误认为碰到了掩埋于此地的某个水手的头颅。那东西在沙上滚，突然，伸出它的爪子和钳子！这是一只大地蟹，我在睡意朦胧中，无意之间撞见了它。年轻的弗里茨比我更迅速，一铲子打死它。他非常快乐地中止工作，去锅里找水，点上火，用葡萄、奶油、醋烹煮螃蟹！

晚上，光线倾斜，山谷寂静，我知道乌玛在不远处。我感到她的目光从山丘高处观察我。有时候我呼唤她，大声喊，倾听回声重复她的名字，直到谷底："乌——玛！"

她的眼神既接近又遥远，仿佛一只飞翔的鸟儿的眼神，只有它的阴影让太阳忽隐忽现的时候，人们才能看见。虽然由于弗里茨·卡斯特尔或者贝盖，我许久没有看见她（因为从来没有任何马纳弗女性出现在海边的居民面前），我喜欢感受她的目光在我身上，在山谷上。

或许这一切都属于她，她和她们族的人才是山谷真正的主人。她相信我只是在寻找宝藏吗？有时候，白天的光线还不那么真实，我仿佛看见她行走在熔岩石块间，在斯里的陪伴下，她俯身检查石头，如同追寻看不见的踪迹。

有时候她沿着河边一直走到河湾，在大海拍打的沙滩上。她站在透明的水边,望向海平线,堡礁的另一边。我靠近她,我也望着大海。她的面孔紧绷,几近忧伤。

"乌玛,你在想什么?"

她吓了一跳,把脸转向我,眼里充满伤感。她说:

"我什么都没想,只是在想一些不可能的事情。"

"什么不可能的事情?"

然而她没有回答。之后,太阳的光线照耀过来,把一切变大。乌玛静止不动,寒风中,河水在她脚间流淌,推动波涛的边缘。乌玛摇摇头,仿佛想驱走难受,她握起我的手,把我拉向大海。

"来,我们去钓章鱼。"

她拿起插在沙丘里芦苇间的长鱼叉。我们向东走,那里的海岸仍然隐在黑暗之中。罗索河的河床在沙丘后向内蜿蜒,又重新出现在黑色悬崖附近。一丛丛芦苇一直延伸到海边。我们走近一些,一群群银色的小鸟一边逃跑一边叫:"嘲啾!嘲啾!"

"章鱼都在这里,这里的水更暖。"

她走向芦苇,然后,一下子脱掉衬衫、短裙。她的身体在阳光下闪耀,修长而苗条,深古铜色。她向前走进海里,走在岩石上,消失在水下。她的胳膊浮在水面片刻,握着长鱼叉,然后只剩下大海表面短短的波浪。过了一会儿,海水打开,乌玛一边滑行一边出水,像她入海时一样。她走到我面前,在沙滩上,从钩子上取下滴着墨汁的章鱼,把章鱼翻过来。她看着我,毫不拘束,只是原始的美。

"过来!"

我毫不犹豫。现在轮到我脱掉衣服，扎进寒冷的水里。突然，我回忆起多年来失去的东西，塔马兰的大海，我和德尼在一起的时候，光着身子游过波涛。这是自由的，幸福的感受。我游在水下，在水底附近，睁开眼睛。岩石附近，我瞧见乌玛，她用鱼叉在高低不平中搜寻，一团墨汁升起。我们一起游向水面。乌玛把第二只章鱼翻过来，扔在沙滩上。她把鱼叉递给我。她的微笑闪耀在面孔上，呼吸有一点粗。这次我扎向岩石。我错过了第一条章鱼，在海底的沙子上扎上第二只，那时它正向前跳跃放出墨汁。

我们一同游在潟湖透明的水里，已经十分靠近堡礁了，乌玛在我之前扎进水里，迅速地消失了，我无法跟上。过了一会儿，她再次出现，一条隆头鱼钉在鱼叉的一端。然后她从钩上取下仍然活着的鱼，扔向远处的海岸。她示意我不要说话。拉着我的手，我们一起在水下滑行。这时，我看见一个威胁的阴影在我们面前来来回回：是一条鲨鱼。它掉头——有两次或者三次，然后远去。我们憋不住气，重新浮上水面。我游向海岸，而乌玛仍然潜在水里。我来到沙滩，看见她再次抓住了鱼。她在我旁边，奔跑在白沙上。她的身体像玄武岩一样在阳光下闪闪发亮。她用准确而快速的动作捡起章鱼和隆头鱼，把它们埋进沙丘旁的沙子里。

"来吧，我们晾干自己。"

我躺在沙上。她跪在地上，把干沙捧在手里，从上向下撒在我身上。

"你也为我撒沙子。"

我把轻盈的沙子捧在手里，让它滚在乌玛的肩上，背上，胸上。现在我们完全像两个搽上白粉的皮埃罗①,这让我们大笑。

"沙子落下的时候,我们就干了。"乌玛说。我待在沙丘上,芦苇附近,穿着白沙。只有芦苇里的风声和大海涨潮的轰鸣。除了螃蟹一群接着一群从洞穴里出来,竖起钳子,没有其他生物。天空中,太阳已经升至天顶,在孤独中央炙烤。

我看着沙子在乌玛肩上、背上变干,一绺绺落下,露出光亮的皮肤。欲望强烈地涌上我心头,像骄阳般灼烧在我皮肤上。我把嘴唇贴在乌玛的皮肤上,她开始颤栗,但是没有躲开。她长长的胳膊环抱着双腿,脑袋靠在膝盖上,望着别处。我的嘴唇向下移动,沿着她的脖子,移向她柔软闪亮的皮肤,沙子像银色的雨在那里滑落。现在我的身体开始颤抖,乌玛抬起头,担心地看着我:

"你冷吗?"

"是……也不是。"我也不知道发生了什么。我神经质地发抖,呼吸变得急促。

"你怎么了?"

乌玛突然站起来。动作迅速地穿上衣服。帮我穿上衣服,仿佛我生病了。

"来树荫下休息一会,过来!"

发烧,疲倦?我头脑发晕,费劲地跟随乌玛穿过芦苇。她径直往前走,在鱼叉顶端挂着章鱼,像小旗子,拎着鱼的鱼鳃。

我们来到营地,我躺在帐篷下,闭上眼睛。乌玛待在外面。她

---

① 丑角,一开始为意大利喜剧(Pedroline)的人物,后为哑剧人物,身穿白衣脸搽白粉。

准备用火烤鱼，还在火炭上烘烤今早带来的面包饼。饭做好了，她为我拿到帐篷下，看着我吃，自己却什么也不吃。烤鱼的肉很鲜美。我用手指抓着吃，匆匆忙忙，一边喝着乌玛从河流高处打来的凉爽的水。现在我感觉好多了。尽管天气炎热，我还是裹在毯子里，看着乌玛，她的侧影转向外面，仿佛在窥伺。不久，开始下雨了，起初是毛毛细雨，然后是硕大的雨点。风摇动我们上方的帆布帷幔，让罗望子树的树枝吱咯作响。

白天的光线黯淡了，年轻女孩向我谈论起她自己，她的童年。她犹豫地讲述，用悦耳的嗓音，加上长时间的停顿，风声和帐篷上的雨声混合在她的话语之中。

"我父亲是马纳弗人，高山上的罗德里格斯人。然而他离开这里，乘坐一艘英国印度公司的巨轮航行，直到加尔各答。他在印度遇见了我的母亲，娶她为妻，把她带到这里，因为母亲的家庭不同意这场婚礼。他比母亲年长，在一次旅途中发烧，去世了，那时我只有八岁，于是母亲把我安顿在毛里求斯的修道院里，就在弗尼。她没有足够的钱抚养我。或许她也是为了再婚，害怕我是她的包袱……在修道院，我喜欢院长，她也很喜欢我。院长不得不回法国的时候，由于母亲抛弃了我，她便把我带走，先是带到波尔多，然后在巴黎附近。我在修道院里学习，工作。我想，嬷嬷想让我成为修女，因为这个原因她把我带来。然而在十三岁的时候，我生病了，大家都以为我即将死亡，因为我染上了结核病……于是母亲从毛里求斯写信来，她说，想让我回去和她一起生活。起初，我不愿意，整天哭，我以为是我不想离开修道院的嬷嬷，然而其实是因为我害怕再次见到真正的母亲，还有岛上和山里的贫穷。修道院的嬷嬷也哭了，她很爱我，而且希望我也成为修女。我的母亲不是基督教徒，保留了印度的宗教，修道院的嬷嬷知道我会改变宗教信仰。但我还是离开了，独自一人，在船上经历了一次漫长的旅途，穿过苏伊士运河和红海。我抵达毛里求斯，找到了母亲，不过我记不得她了，吃惊地看见她那么矮小，还裹在面纱里。在她身旁，有一个小男孩，她对我说，这是斯里，是上帝派到大地的使者……"

她停止说话。现在夜晚十分临近。外面，山谷已在黑暗之中。雨停了，然而风吹动老罗望子树的树枝的时候，能听见水流在帐篷上。

"起初，在这里生活十分艰难，因为我对马纳弗人一无所知。我什么都不会，我不能奔跑，不会钓鱼，不会生火，我甚至不会游泳。我无法说话，因为没有人说法语，母亲只说比哈尔语和克里奥尔语。很可怕，那时我十四岁了，却像孩子一样。最初，邻居们嘲笑我，他们说母亲还是把我留在有钱人家里更好。而我，很想离开，但是不知道去哪里。我也不能回到法国，因为我是马纳弗人。没有人需要我。不过我很喜欢弟弟斯里，他如此温和，如此无辜，我觉得母亲说的对，他是上帝的使者……渐渐地，我开始学习不会的一切。我赤脚在岩石上跑，跑步追赶山羊，生火，还有游泳，潜水捕鱼。我学习成为马纳弗人，像逃亡的奴隶一样生活，躲在山里。后来，我很喜欢在这里，和他们一起，因为他们从不撒谎，不会对任何人做坏事。在马蒂兰港，岸边的人和毛里求斯的人一样，说谎，欺骗，因此我们躲在山里……"

现在天完全黑了。寒冷从山谷袭来。我们躺下，互相依偎在一起，我感到乌玛身体贴在我身上的热度，我们的腿交叉在一起。是的，根本就像我们是大地上唯一生存的人类。英国湾的山谷迷失了，它飘向后方，在寒冷的海风中。

现在我不再颤抖，不再感到任何匆忙，任何畏惧。乌玛也一样，忘记她应该不停逃跑，躲藏。像刚才在芦苇中一样，她脱去衣服，帮我也脱去衣服。她的身体光滑而滚烫，有些地方仍然覆盖着沙子。她一边笑一边在我背部和胸膛擦去沙子留下的污点。我还没有弄明白是怎么回事的时侯，我们已经互相在对方的身体里了。她的面孔向后仰，我听见她的呼吸，我感到她的心跳，还有在我身上她的热度，宽广，比海上和山谷里这些日子的灼热更加强烈。仿佛我们在滑行，仿佛我们飞翔在黑夜的天空，在群星中，没有思绪，安静，倾听我们合为一体的呼吸声，犹如熟睡者的呼吸。我们互相紧贴在一起，不再感到石头的寒冷。

我终于找到细谷，过去有泉水喷出，现在已经干涸。这是我来到英国湾最初的时候所看见的细谷，我原来判断它距离河床太远而没有出现在海盗科赛尔的地图上。

然而随着我插立标杆，延长最初标记的直线，我被引向山谷东边。一天早晨，我独自测量英国湾底部，在西边锚环的标记附近，我决定沿一条直线探测，从锚环开始，到标记四个点的石头，我是在东边悬崖的第一个支墩找到石头的，海盗科赛尔的资料用"寻找S ::"指示它。

我把一截截芦苇当作标杆间隔不规律地插立，缓慢地在谷底前行。快到正午的时候，我走过一千多法尺距离，并且设置标杆，到达东边悬崖顶峰。由于来到悬崖高处，我同时瞧见细谷的断层和标志它的界石。这是一块大约六尺高的玄武岩，立在山丘满是尘土的地上，以至于应该能从谷底，从老河湾看见它。它单独一块，从突出的玄武岩上落下，玄武岩的最高点在悬崖上方。我肯定它是被运送到这里，通过滚动的圆形木材，像德鲁伊特教岩石一样竖起。在它边缘还有清晰的刻痕，可以卡住绳索。但是最震惊的是我视线中出现的岩石高处所带有的标志，准确地位于中央：一条笔直的沟槽，一指厚度，长约六寸，用凿刀刻在石头上。沟槽精确地位于我从西边锚环开始跟踪的直线的延长线上，指示细谷的开口。

我的心在跳，凑上前，第一次看见细谷。这是一个侵蚀的走道，穿过厚实的悬崖，越来越窄，一直通到英国湾。一个由碎石组成的岩块堵塞它的入口，正因为此，我还没有探测它的想法。从山谷看，细谷入口和其他悬崖崩塌的石块混合在一起。从东边山丘顶部，细谷正如我第一次所见，像地面不太深的塌陷。

只有一条道路能把我指引到它这里，那就是我所追随的直线，从西边锚环出发，穿过罗索河河床的点95（恰好在与南北线的交叉点上），从标记四个点的岩石中央经过（海盗科赛尔资料中的S点），一直把我指引到玄武岩块，直线在此与海盗科赛尔的凿刀所刻的槽沟曲线汇合。

这个发现让我如此激动，以至于必须坐下才能清醒过来。寒冷的风让我回过神。我急匆匆地走下细谷的斜坡，到达底部。这时，我身处某种马蹄形敞开的井中，宽约为二十五法尺，走道下行一直到关闭入口的岩块，长度有一百来尺。

我不再怀疑，这里就是秘密的关键。就在这里，某个地方，在我脚下，应当有地下室——也就是说船舶的箱子密封于船首——不为人知的海盗科赛尔在里面锁着传奇的财富，为了逃脱英国人和他自己人的贪婪。他还能找到什么隐秘之处，比厚实悬崖中的天然断层更好，从海上和山谷都看不见，崩塌的石块和湍流的冲积层还是关闭它的天然门闩？我等不及助手。我前往营地，回来的时候带上所有需要的东西：镐，铲，长长的探测铁，一根绳索，还有一壶饮用水。直到晚上我都没有停歇，探测，挖掘细谷底部，按照我设想的位于玄武岩石块槽沟所指示的地方。

一天行将结束的时候，黑暗开始为细谷蒙上阴影，钻头倾斜地打进地面，露出一个洞穴的入口，被土填了半满。另外，这块土的颜色略浅，在我看来恰好是为堵住洞穴而重新填上的痕迹。

我用手移开玄武岩，让开口更大。我的心在太阳穴跳动，衣服被汗水浸湿。洞口变大了，露出一个古老的穴，用干石头排列成圆弧形加固。我很快走进一人高的穴内。没有足够的空间使用镐，我不得不用手挖，清除石块，按在钻头上如同压在杠杆上。之后金属声回响在石块上。我无法前进得更远了，我碰到了底部：洞穴是空的。

已经是夜晚。天空空无一物，在细谷上方，缓缓变黑。空气滚烫，我似乎觉得太阳仍然炙烤，在石头的岩壁上，在脸上，手上，身体里。我坐在细谷底部，空荡荡的洞穴前，喝完水壶里所有余下的水。水温热，无味，不能让我满足。

这么多天来第一次，我想到洛尔，这令我有种从梦境中走出的感觉。她会对我有何想法，如果她看见我这样，灰扑扑地待在凹洞底，手上由于不断地挖掘而血迹斑斑？她会用深暗而又闪亮的眼神看着我，我会感到惭愧。不过现在，我太疲惫，无法移动，无法思考，无法感受任何一切。我等待夜晚，口干舌燥，欲望难消，我躺在原地，在细谷底部，脑袋枕在我从地上拔起的一块黑色石头上。在我上方，在高高的石头岩壁间，天空暗黑。我看见星星。这是碎裂的星座的碎片，我不再能认出它们的名字。

早晨，我离开细谷的时候，看见乌玛的身影。她坐在营地旁，在一棵树荫下，她在等我。她的身旁，是斯里，他看着我过来一动不动。

我走近年轻女孩，坐在她旁边。树荫下她的面孔深暗，但是眼睛强烈地闪着光。她对我说：

"细谷里不再有水。泉水干涸了。"

她把水源说成"泉水"，用克里奥尔语的方式。她平静地说这些，仿佛之前我在细谷里寻找的是水。

早晨的光线照耀在石头上，树木的叶间。乌玛去河边瓯穴里找水，现在她在准备印度妇女们制作的面粥，"基尔"。粥煮好的时候，她为我盛在珐琅碟子里，而她自己用手指直接在锅里舀。

她再一次用平静而悦耳的声音对我说起在法国修道院里的童

年,还有她回来以后和母亲一起在马纳弗人中的生活。我多么喜欢她对我说话。我试图想象,她从一艘大型客轮上下船的那天,穿着黑色制服,眼睛因为光线而眩目。

我也对她谈起我在布康的童年,谈起洛尔,谈起晚上在游廊下母亲的课程,还有和德尼的冒险。我对她说起我们乘独木舟在勒莫尔纳的旅行,那时她的眼睛闪烁着光芒。

"我也很想去大海。"

她站起来,望向潟湖附近。

"另一边,有很多岛屿,海鸟栖居的岛屿。带我去那里钓鱼。"

我喜欢她的眼神闪着如此光芒。已经决定了,我们要去岛上,去鲣鸟岛,巴拉迪柔岛,可能甚至去南边,直到贡布拉尼岛。我要去马蒂兰港租一条独木舟。

暴风雨吹了两天两夜。我蜷在帐篷下,只吃一些咸饼干,几乎不外出。接下来,第三天早晨,风停了。天空无云,是鲜艳的蓝色。海滩上,我发现乌玛站在那里,仿佛这段时间里不曾移动。她看见了我,对我说:

"我希望渔民今天会把独木舟带来。"

一个小时以后,独木舟确实停靠在海滩上。我们带上一壶水和一盒饼干,登上船。乌玛在船首,手里握着鱼叉,望着潟湖的水面。

在拉斯卡尔湾,我们让渔民下船,我向他保证第二天把小舟带回来。我们向远方划去,船帆在东风里绷紧。罗德里格斯岛高耸的山脉竖立在我们身后,在早晨的光线中颜色仍然苍白。乌玛的面孔被幸福照亮。她向我指利蒙山、勒皮通山，还有比拉克泰尔山。我们穿过水道，长浪让独木舟上下颠簸，浪花将我们包围。但是稍远一些后，我们重新驶入潟湖，躲避在礁石旁。此时的水是深色，横着神秘的倒影。

在船前方，出现一个岛屿：是鲣鸟岛。在瞧见海鸟之前，我们先听见叫声。这是持续而规律的轰鸣，填满天空和大海。

鸟儿们看见我们，飞在独木舟上方。燕鸥，信天翁，黑色军舰鸟，巨大的鲣鸟，一边盘旋，一边叽叽喳喳。

岛屿距离右舷仅仅五十来庹。潟湖附近，是沙带，在海附近，有一些岩石，海洋的波涛涌过来击碎在岩石上。乌玛来到我旁边，站在舵柄前，她在我耳边低声说：

"真美！……"

我从来没见过这么多海鸟。它们数以千计停留在满是鸟粪的白色岩石上，跳舞，飞翔，休憩，翅膀扇动的声音如大海般嗡鸣。波涛汹涌在礁石上，像耀眼的瀑布覆盖岩石，但是鲣鸟并不害怕。张开强健的翅膀，升起在风中，经过水面上方，然后重新落在岩石上。

一只鸟儿一边尖叫一边紧贴我们上方飞过。它们在独木舟周围盘旋，给天空遮上阴影，逆风逃走，宽大的翅膀伸展开，黑色的脑袋，凶狠的眼睛转向仇视的陌生人。现在它们越来越多，尖锐的叫声让我们头晕脑涨。有一些鸟向我们进攻，啄向独木舟的船尾，我们不得不躲开。乌玛害怕了。她紧紧靠着我，用手堵上耳朵：

"离开这里！离开这里！"

我把船舵打向右舷，船帆重新鼓起风，发出劈啪的响声。鲣鸟明白了。它们远去，飞高，继续盘旋监视我们。在岛屿的岩石上，成群的鸟儿依旧在海沫的浪涛上跳跃。

乌玛和我仍然吓得心惊胆战。我们在风中逃走，离开岛屿海域许久，还听见鸟儿尖锐的叫声和翅膀的嗡嗡声。距离鲣鸟岛一海里处，我们发现另一个小岛，在堡礁上。北边，海洋的波涛在岩石上汹涌澎湃，发出雷鸣声。这里几乎没有鸟，除了几只燕鸥在沙滩上滑翔。

我们一靠岸，乌玛就脱去衣服，潜入水中。我看见她深色的身体在两片水域之间闪烁，然后消失了。很多次，她露出水面呼吸，鱼叉竖向天空。

我也脱去衣服，跳入水中。我睁开眼睛游在水底附近。珊瑚丛里，有成千的鱼类，我甚至不知道它们的名字，银色，带有黄色红色的斑纹。海水十分温和，我滑行在珊瑚附近，毫不费劲。我试图寻找乌玛，却是徒然。

我回到岸边，躺在沙上，倾听身后波涛的声音。燕鸥滑翔在风中，有几只来自鲣鸟岛的鲣鸟一边看着我们一边鸣叫。

过了许久，白色的沙子在我身上变干，乌玛从水里出来，来到我面前。她的身体在阳光中闪耀，像黑色的金属。腰部系一条藤编的绳子，上面挂着她的战利品，四条鱼，一条贝里鱼，一条裸䲟鲷鱼，两条平鲷。她把鱼叉插在岸边，尖部冲上，解下腰带，把鱼放在一个沙洞里，用潮湿的海藻覆盖在上面。然后她坐在沙滩上，把沙子撒在身体上。

在她身旁，我听见她的呼吸因为疲劳而粗重。在她深色的皮肤上沙粒像金粉一样闪耀。我们没有说话，只是望着潟湖的水，听身后大海强大的声音。仿佛我们在这里一日复一日，被世界遗忘。远处，罗德里格斯的高山缓慢地改变颜色，海湾凹处已经处于昏暗之中。海潮高涨。潟湖涨满，平滑，深蓝色。独木舟的舳柱刚好搭在沙滩上，船首呈弓形，仿佛一只海鸟。

过了一会儿，太阳落下，我们准备吃饭。乌玛站起来，沙子在她身体上如轻盈的小雨滑落。她拾起涨潮带来的干海藻和小木块。我用火绒打火机，点燃细枝。火焰迸发出来，乌玛的面孔被原始的快乐照亮，吸引我靠近。乌玛用几根潮湿的细枝编织一只箩，准备鱼。然后用几把沙子熄灭火，把箩直接放在麸炭上。烤鱼的味道让我们充满幸福，很快我们开始吃鱼，手指被烫，急急忙忙。

几只海鸟被残渣吸引飞过来。它们对着太阳划大大的圆圈，然后停在沙滩上。它们开始吃食之前，看着我们，脑袋歪向一侧。

"现在它们不再凶恶，已经认识我们了。"

鲣鸟并不停留在沙滩上。它们俯冲向碎块，在飞翔中抓起食物，激起尘土飞扬。有一些螃蟹从洞穴里出来，既胆怯又凶狠的模样。

"有很多活的东西！"乌玛一边说一边笑。

吃完饭，乌玛把我们的衣服挂在鱼叉上，我们躺在滚烫的沙子上，躲在临时搭起的遮阳伞的阴凉下。我们把自己埋在沙里，依偎在一起。乌玛就这样睡着了，而我看着她紧闭双眼的面孔，光滑而漂亮的额头，额头上的头发在风中飘动。她呼吸的时候，沙子滑向她的胸脯，让她的肩膀在阳光下像石头一样闪耀。我用指尖抚摸她的皮肤。但是乌玛没有动。她缓慢地呼吸，脑袋枕在弯曲的胳膊上，风带来小绺沙子滑向她伸展的身体。在我前方，我看见天空空无一物，模糊不清的罗德里格斯岛倒映在潟湖的镜面上。海鸟飞翔在我们上方，停留在沙滩上，距离我们只有几步。它们不再害怕，成为我们的朋友。

我觉得这一天没有止境，像大海一样。

然而晚上到来了，我走在沙滩上，周围鸟儿一边飞翔一边发出担心的尖叫。时间太晚了，我们不打算回罗德里格斯岛。海潮落下，让潟湖里的珊瑚台裸露出来，我们面临搁浅或者撞坏独木舟的危险。乌玛刚刚和我在岛屿的岬角会合。由于海风我们重新穿上衣服。海鸟飞翔着跟随我们，停在我们面前的岩石上发出奇怪的叫声。这里的大海无拘无束。我们看见波涛在旅途的尽头碎裂。

我坐在乌玛身旁，她用手臂圈住我，把头靠在我的肩上。我闻到她的气息，感受到她的热度。傍晚的风吹起，带来昏暗。乌玛靠在我身上颤抖。是风让她担心，也让鸟儿担心，让它们离开庇护所，高高地飞在天空，对着海面上最后几缕太阳的微光叫喊。

夜晚很快降临。海平线已经消失，浪花不再闪烁。我们在风里回到岛屿的另一侧。乌玛准备用来过夜的床铺。她把干海藻铺在沙丘上，在沙滩高处。我们裹在各自的衣服里，免得感到潮湿。鸟儿停止惊恐的飞翔。它们降落在沙滩上，距离我们不远，黑暗中我们听见咕嗒的叫声和嘴巴劈啪作响。我紧紧靠着乌玛，呼吸她身体和头发的气味，我尝到她皮肤上、嘴唇上盐的味道。

接下来，我感到她的呼吸平缓下来，我静止不动，在深夜睁开眼睛，倾听我们后面升起的波涛的撞击声，越来越近。星星繁多，和我躺在"泽塔号"甲板上的时候一样美丽。在我前方，罗德里格斯山脉黑色的影子附近，是猎户星座和夜美人，高悬在天顶。在银河附近，和从前一样，我寻找昴星团闪亮的微粒。和从前一样，我试图找到第七颗星普勒俄涅，还有大熊星座顶端的辅星。下面，左边，我辨认出南十字星座，看见缓缓显现出来的大阿尔戈号船，仿佛它的确在黑色的大海上航行。我想听乌玛说话的声音，但是我不敢叫醒她。我感到靠在我身上她胸脯缓慢的呼吸动作，混合着大海有节奏的轰鸣。在如此漫长，充满阳光的一天之后，我们置身于深邃而又缓慢的一夜，它渗透我们，改变我们。正因为此，我们在这里，度过这一天，这一夜，远离其他人，在高涨的大海入口，在鸟群中。

我们是否真的睡着？我不知道。我静止不动，许久，在风的吹拂下，感到波涛猛烈得击打珊瑚底部，星星缓慢地旋转，直到黎明。

早晨，乌玛在我身体弯曲处蜷成一团，尽管阳光照在她的眼皮上，她仍然在睡。被露水浸湿的沙子贴在她深色的皮肤上，一绺绺沿着她的颈项流淌，混合在她凌乱的衣服里。在我前方，潟湖的水呈绿色，鸟儿离开了海滩：它们再次开始巡视，翅膀伸展在风中，锐利的眼睛窥伺海底。我看见罗德里格斯的山脉、勒皮通山、比拉克泰尔山，还有孤零零地在河岸的勒迪亚芒，它们清楚而明亮。有一些独木舟鼓起船帆滑行。过一会儿，我们就要再穿上沙子摩挲作响的衣服，登上独木舟，风会拉起船帆。乌玛半睡半醒待在船的前方,躺在独木舟底部。我们即将离开我们的岛屿,我们即将启程,驶向罗德里格斯岛,海鸟不再陪伴我们。

八月十日周一(一九一四年)

这个早晨,我独自在英国湾尽头计算日子。几个月前开始,我以鲁滨逊·克鲁索为榜样,但是我没有在木头上刻画痕迹,而是在小学生作业本的封面做标记。正是如此我算到这个日期,对我来说非同寻常,因为它向我指明来到罗德里格斯岛距离现在正好四年。这个发现让我如此震动,以至于我不能待在原地。我急匆匆地穿上满是尘土的鞋子,赤脚,因为已经很久没有袜子。旅行箱里,我拿出灰色的衣服,是我在路易港 W.W. 韦斯特办公室日子的纪念。我把衬衫扣子一直扣到衣领,然而找不到领带,我的领带之前系帆布下摆了,它在一个暴风雨的夜晚给我当作帐篷。我没有帽子,长长的头发和胡子如同一个遇难的人,脸被太阳晒黑,穿着这套资产阶级的衣服,这双旧靴子,恐怕被路易港朗巴特街上人们嘲笑。然而这里,在罗德里格斯岛,没有那么复杂,几乎没有人看见我。

电缆 & 无线电公司的办公室在这个时间还是空的。只有一位印度职员漠然地看着我。我向他提问,用世上最礼貌的方式,问我荒唐的问题。

"打扰您,先生,今天星期几?"

他似乎在思考。没有从他的位置移动,在楼梯的台阶上,他说:

"星期一。"

我继续问道：

"但是几号？"

在又一次安静之后，他说明：

"一九一四年八月十日星期一。"

我沿着道路，走在露兜树之间，走向大海，我感到一阵眩晕。我生活在这片孤独的山谷，在不为人知的海盗科赛尔幽灵的陪伴下如此之久！只有乌玛的身影，有时她消失许久，我都不知道她是否真实地存在。这么久以来我远离家，远离我所爱的人。回想起洛尔和母亲让我心里难受，如同某种不好的预感。蓝色的天空让我眩目，大海仿佛在燃烧。我似乎觉得自己来自另一个世界，另一个时间。

我来到马蒂兰港，突然置身于人群之中。那是一些拉斯卡尔湾回家的渔民，或者是来赶市集的山里的农场主。黑人孩子们一边大笑，一边奔跑在我身旁，我看看他们，他们便躲起来。我生活在海盗科赛尔的天地，觉得自己开始有点像他。一个奇怪的私掠船船员，没有船，满身尘土，衣衫褴褛，从他的藏身之处走出来。

我穿过波塔利斯的陋屋，就在市中心，巴克莱银行街道。在银行里，我提取最后的积蓄（可以用来买水手饼干、香烟、油、咖啡，用来捕章鱼的鱼叉尖），那时我听见关于这场战争的最初的喧哗，世界似乎狂热地向它赶去。一份最新的《毛里求斯人》贴在银行墙上，公布通过电报从欧洲收到的新闻：在萨拉热窝刺杀事件之后，奥地利向塞尔维亚宣战，法国、俄国发起动员，英国备战。这些消息已经是十天之前的!

我在这个城市的街道上游荡许久,那里似乎没有人意识到有一场灾难正威胁着世界。人群急急忙忙,在各色商店前,在邓肯街道,在道格拉斯街道的中国人店里,也在码头的道路上。刹那间,我想去诊所和卡马尔·布杜医生说说话,但是我为自己褴褛的衣服和太长的头发感到羞愧。

伊利亚斯马拉克公司的办公室里,有一封信等着我。我认出信封上她漂亮的斜体字,但是我不敢立刻读。邮局里人太多。我把它拿在手里,走在马蒂兰港的街道上,一路小跑。我只有回到英国湾,坐在营地的老罗望子树下,才能打开信。信封上,我读到寄信的日期:一九一四年七月六日。信只有一个月。

她书写在一页印度纸上,轻盈,细致,不透明,除了手指间划出的裂纹我什么也辨认不出来。就是在这种纸上,父亲喜欢写字或者描绘地图。我以为这些纸张在我们从布康搬家的时候全都消失了。洛尔从哪里找到它们?我想她这些时间以来应该一直保留着,仿佛专门留下来给我写信。看到她倾斜、优雅的字迹,让我如此心绪不宁,以至于我只能阅读片刻。然后我低声朗读这些词语,为我自己。

我亲爱的阿里,

你看,我不能信守诺言。我曾经发誓只在对你说一个词"回来"的时候,才给你写信。而现在我给你写信,却不知道要对你说什么。

首先我要告诉你一些消息,如你想象,并不好。自从你出发以来，这里一切变得更加令人伤心。母亲不再出门，她甚至不愿意去城里尝试解决我们的麻烦。是我去了好几次试图获得债主的同情。有一个英国人，某个诺特先生（这是真实的名字，没有编造！），威胁要拿走我们在福里斯特锡德仅有的三件家具。我最终阻止了他，许下承诺，但是能多久？说得够多了。母亲十分虚弱。她仍然在说去法国避难，然而传来的消息无不在谈论战争。的确，目前四处皆是黑暗，不再有未来。

读到这几行的时候，我的心很难受。洛尔的声音在哪里，她从不抱怨，拒绝她所谓的"诉苦"？我所感受到的担心不是威胁世界的战争。更确切地说是在我心中所形成的空白，还有我所爱的人，这种空白无可挽回地把我和她们分开。我仍然读完最后一行，恍惚间似乎辨认出洛尔的声音，她的嘲笑：

我不断想到我们在布康幸福的时光，永远不结束的日子。我祝愿，你所在的地方，同样有美好的日子，有幸福，有源源不断的宝藏。

她只用一个首字母签名，"L"，没有告别语。她从来不喜欢握手，也不喜欢拥抱。在我手里，在这张旧印度纸里，对我而言，还留下她的什么？

我仔细地折上信，把它整理在我的文件里，放进旅行箱，墨水瓶旁。外面，正午闪耀的光线，让谷底的石块闪烁强烈的光，磨尖了露兜树的叶子。风带来潮汐上涨的声音。小飞虫在帐篷入口飞舞，或许它们感受到暴风雨？我似乎仍然听见洛尔的声音，她在大海的另一边对我诉说，向我喊救命。尽管除了海和风的声音，这里四处笼罩着寂静，孤独在光线中闪耀。

我漫无目的地行走，穿过山谷，仍然穿着我的灰色衣服，它对我太大，脚被高帮皮鞋磨破，鞋子的皮革变得干燥。我走在熟悉的轨迹上，沿着海盗科赛尔地图的路线，以及其开始之处，一个巨大的六边形，由六个点作界，只是另一个所罗门印章之星，呼应着锚环互相颠倒的两个三角形。

我许多次穿过英国湾，眼神在地面游荡，听脚步声回响。我看见我所熟知的每一块石头，每一棵灌木，在沙丘上，在罗索河河湾，我的脚印，没有被任何一场雨水冲洗掉。我抬起头，看见谷底蓝色的山脉，难以接近。仿佛我想要回忆起某个东西，遥远，已被遗忘在马纳纳瓦黑暗的大峡谷，或许那个开始夜晚的地方。

我不能等待。这天晚上，太阳落向山丘，在维纳斯峰上方，那时我走到细谷入口。我狂热地爬上堵住入口的石块，在细谷岩壁一镐一镐挖掘，差点被埋在崩塌的石块下。我不再考虑计算，标杆。我听见自己心跳的声音，透不过气来的沙哑的呼吸声，还有坍塌的地面和页岩的轰隆声。这让我感到轻松，把我从惶惶不安中解救出来。

我在狂怒之下把上百斤的岩石扔向玄武岩壁，细谷底部，我闻到过热的空气里飘扬的硝石味。我想，我发狂了，为孤独而狂，为寂静而狂，正因为此，我让石头发出巨响，独自说话，我说："这里！这里！……那里！还有那里！"

在细谷底部，我对付一堆玄武岩石，如此巨大，古老，我毫不质疑它们是从黑色山丘的高处滚下来。应该需要好几个人才能移动，然而我无法下定决心等到农场的黑人们过来，拉布，阿德里安·梅居尔，或者弗里茨·卡斯特尔。我费了很大力气，在第一块玄武岩下挖一个探测洞，把镐尖塞进去，整个人压在把柄上如同压在一根杠杆上。石块略微移动，我听见土落在深深的洞穴里。但是镐柄突然断裂，我猛地摔在岩壁上。

我昏厥了许久。当我恢复知觉，我感到滚热的液体在头发里流淌，流到脸上：血。我太虚弱，站不起身，于是躺在细谷底部，支撑在一只胳膊肘上，握着手绢压在枕骨上阻止流血。

快到夜晚的时候，我被细谷入口的一个声响唤醒。我发狂地抓起镐柄用来自卫，以防万一是一只野狗或者是一只饥饿的老鼠。然后我辨认出斯里纤细的身影，在天空耀眼的光线中的黑影。他走在细谷高处，我呼叫他，他沿着斜坡下来。

他目光惊恐，帮我站起来，走到细谷入口。我受了伤，身体虚弱，然而是我对他说话，仿佛对一只受惊吓的动物："过来，我们走，来吧！"我们一起步行在山谷底部，向营地走去。乌玛在等我。她打来水放进锅里，用手窝捧起水，清洗我的伤口，伤口的血粘在头发上。她说：

"您真的喜欢金子？"

我向她谈论在玄武岩石头下找到的洞穴，指示石头和细谷的标记，然而我情绪激动，混乱，她可能认为我疯了。对她而言，宝藏不算什么，她和所有马纳弗人一样蔑视金子。

我的脑袋围着沾染血迹的手绢，我吃着她给我带来的饭，干鱼和基尔。饭后，她坐在我旁边，我们待了很久，什么也没有说，在夜晚之前明亮的天空的前方。海鸟成群地穿过英国湾，飞向它们的藏身之地。现在我不再感到焦急，也不再感到愤怒。

乌玛把头靠在我的肩上，像我们认识的最初的时光。我闻到她身体、头发的味道。

我对她诉说我喜爱的事物，布康的田野，特鲁瓦马梅尔山，马纳纳瓦黑暗而危险的山谷，那里总是飞翔两只蒙鸟。她一动不动地听着，想着其他事情。我感到她的身体不再放松。我想要让她放心，抚摸她，她却躲开了，用手臂环绕着修长的腿，像她独自一人的时候那样。

"你怎么了？生气了？"

她没有回答。我们一起走到沙丘，在刚降临的夜幕中。夏初的空气如此柔和，轻盈，纯净的天空一点点被星星点亮。斯里坐在营地旁，静止，笔直，像一只守卫的狗。

"继续说，你还是孩子的时候。"

我一边缓慢地叙说，一边抽烟，闻着英国烟草甜美的味道。我谈论所有这一切，我们的房子，母亲在游廊下读课文，洛尔躲在她的善恶树下，我们的峡谷。乌玛打断我，向我提问，关于母亲，尤其关于洛尔。她询问我洛尔的一切，关于她的打扮，关于她所喜欢的，我觉得她在嫉妒。这个原始的女孩对一位城市的年轻女孩报以如此大的关心让我觉得有趣。我觉得，有好一会儿，我没有察觉在她身上发生的事情，那些让她焦虑不安，让她变得容易受伤的东西。黑暗中，我勉强分辨出她的身影坐在我身旁，在沙丘中。我想起身回到营地，她抓住我的胳膊，挽留我。

"再待一会儿。再跟我说说那里。"

她要我再对她说马纳纳瓦，我和德尼奔跑的甘蔗田，还有在神秘的森林里展开的峡谷，闪耀着缓缓飞翔的白色鸟儿。

然后她再次对我说起她，在法国的旅行，天空如此黑，如此低，有人说光线要永远熄灭，小教堂里的祈祷，她喜欢的歌。她向我谈论哈里，谈论在羊群中长大的戈文达，在那里，在她母亲的国度。有一天，斯里用芦苇制作一根长笛，他开始演奏，独自在山里，正是如此，母亲明白了，他是上帝派来的使者。她于是回来，生活在马纳弗人中间，那时是斯里教会她跑步追山羊，是斯里第一次带她去大海钓螃蟹和章鱼。她同样谈起苏可哈和萨里，一对发光的鸟，会说话，在布林答般地区为上帝歌唱，她说我过去在马纳纳瓦入口前看见的就是它们。

之后，我们回到营地。我们从来没有这样交谈过，缓慢，低声，互相看不见，躲在大树下。仿佛时间不复存在，世上除了这棵树，这些石头别无他物。夜深时分，我躺在地上睡觉，在帐篷入口前，脑袋枕在自己的胳膊上。我等待乌玛过来和我会合。可是她待在她的地方不动，看着斯里坐在一块石头上，她身旁不远处，他们的身影在天空的照耀下好像夜晚的哨兵。

太阳升到天空，在山脉上方，我在帐篷下，我盘腿坐在旅行箱前,把它当作桌子,描绘一幅新的英国湾地图。我在上面画出所有连接标杆的线条,逐渐显示出某张蜘蛛网图,其中六个停泊点组成这颗巨大的大卫之星[①],锚环互相倒置的两个三角形,在东西两侧,是最早发现的图形。

今天我不再想战争。我似乎觉得一切都是崭新的,纯净的。我抬起头,一下子瞧见正在看我的斯里。我没有立刻认出他。开始,我以为是拉布农场的一个孩子下来陪父亲钓鱼。是他的眼神让我认出来,原始,不安,然而同样温和而明亮,他径直地看向我,目不转睛。我把纸放下,走向他,不紧不慢,为了不让他受到惊吓。我距离他还有十步的时候,年轻男孩转过身,走远了。他不急不忙地离开,跳跃在岩石上,转过身等我。

"斯里!过来!……"我大喊,尽管我知道他听不见。但是他继续向山谷深处走去。于是我在路上跟随他,并不试图赶上他。斯里轻快地跳跃在黑色岩石上,我看见他纤细的身影仿佛在我前方跳舞,然后消失在荆棘丛中。我以为跟丢了,然而他在那里,一棵树的树荫下,或者在岩石的凹陷处。只有当他重新开始走路的时候,我才能看见他。

有好几个小时,我跟随斯里穿过山。我们在山丘高处,在赤裸的山脉侧面。在我上方,我看见岩坡,露兜树和多刺灌木昏暗的斑点。这里,一切都是裸露的,矿物的。天空湛蓝,来自东边的云朵在大海上奔跑,经过山谷上方,投下匆匆一道阴影。我们继续攀

[①] 大卫之星,又称为六芒星,所罗门封印,犹太星。是犹太教和犪太文化的标志。图像为两个倒置的三角形覆盖在一起✡。

登，有时，我甚至看不见我的向导。我瞧见他的时候，他远远的在我前方，迅速而轻快的跳舞，我不能肯定看见的不是一只山羊，一只野狗。

我停下来看了一会远处的大海，仿佛还从未看见它：宽广，闪耀，坚强，在阳光下，被寂静的长长的浪花穿过。

阵阵寒风吹过，让我眼里充满泪水。我坐在一块石头上喘气。我重新开始走路，担心跟丢了斯里。我眯着眼睛找他，在山峰高处，在小山谷深暗的斜坡上。在我正要放弃找到他的时候，在山脉的另一个斜坡上，我看见了他，包围在其他孩子中间，还有一群山羊。我呼喊他，然而我声音的回声让孩子们逃跑，他们和山羊消失在荆棘和石块间。

在这里我观察到人类的踪迹：是类似干燥的石头围成的圆圈，和我第一次来到英国湾发现的相似。我也注意到一些穿过高山的小径，勉强有些痕迹，但是我能看见，因为在英国湾四年的原始生活教会我辨认人经过的道路。我准备好从山脉另一侧下去寻找孩子们，那时我突然看见了乌玛。她来我面前，一言不发，拉起我的手，把我领向悬崖高处，那里地面形成一种悬垂的坡面。

在小山谷的另一侧，不毛的斜坡上，沿着干涸的湍流，我看见一些石头和树枝建造的茅屋，几块小田被矮墙围着防风。一些狗嗅到我们，大声吠叫。这是马纳弗人的村庄。

"你不应该再走远，"乌玛说，"如果一个陌生人来到，马纳弗人就不得不去山里更远的地方。"

我们沿着悬崖行走，直到山的北坡。我们面朝着风。下面，大海无边无际,深暗,浪花点点。东边,是潟湖绿松石般的镜面。

"夜晚,能看见城市的灯光。"乌玛说。她指向大海:"从那里,可以看见轮船驶来。"

"真美!"我几乎低声这样说道。乌玛蹲下身,像她平时那样,用手臂圈着膝盖。她深色的面孔转向大海,风吹动她的头发。她转身向西边,山丘附近。

"你应该下山,很快就要夜晚了。"

但是我们坐着,静止在狂风里,像正在天空高处盘旋的鸟儿,无法离开大海。乌玛不对我说话,但是我似乎能感受到她心里的一切,她的愿望,她的失望。她从来不说这些,然而正因为此,她才喜爱去海岸,潜在海里,拿着她的长鱼叉游向波涛,躲在岩石后面看岸边的人们。

"你想和我一起离开吗?"

我的声音或者我的问题让她一惊。她生气地看着我,眼睛闪着光。

"离开?去哪里?谁需要我?"

我寻找言语安抚她,然而她激烈地说:

"我的祖父是逃亡的奴隶,和所有勒莫尔纳逃亡的黑人一起。人们在甘蔗压榨机里压断了他的腿,他死了,只因为他去森林里会合萨卡拉武的人。然后我的父亲来这里生活,在罗德里格斯岛,他曾当过水手,四处流落。我的母亲出生在孟加拉,她的母亲是音乐家,她给戈文达唱歌。而我,我可以去哪里?去法国,在一所修道院里？或者在路易港，给那些害死我祖父的人服务，那些像奴隶一样买卖我们的人？"

她的手冰凉，仿佛在发烧。乌玛一下子站起身，走向西边的山坡，道路在那里分开，她刚才就是在那里等我的。她的面孔重新平静，但是眼睛仍然闪着怒火。

"现在你应该离开。你不应该待在这里。"

我想请她指给我看她的房子，但是她已经离开，没有回头，走下黑暗的小山谷，那里有马纳弗人的茅屋。我听见孩子们的说话声音，狗吠声。黑暗很快来临。

我沿着山坡下来，穿过多刺的荆棘丛和露兜树奔跑。我不再看见大海，也不再看见海平线，只有山的阴影在天空中越来越大。我来到英国湾的山谷，已经是夜晚了，雨缓慢地落下来。我待在树下，躲在帐篷里，蜷缩一团，一动不动，我感到寒冷，孤独。我想到毁天灭地的声音，越来越响，轰隆隆响，仿佛暴风雨的轰鸣，这个声音现在响彻整个大地，没有人能忘却。就在这一夜，我决定出发参加战争。

这天早晨他们聚集在细谷入口：有阿德里安·梅居尔，一个力大无比的高大黑人，过去他曾经是新胡安岛干椰肉种植园的工头，埃内斯特·拉布，塞莱斯坦·普罗斯佩，还有年轻的弗里茨·卡斯特尔。他们得知我发现了洞穴，立刻赶过来，停下所有事情，每人带着自己的铲子和一段绳索。无论是谁都可能看见我们这样穿过英国湾的山谷：各自拿着铲子，戴着露兜树做的大帽子。我是他们的领头，络腮胡子，长头发，扯破的衣服，头上仍然包扎一块手帕。无论是谁都可能认为这是一支戴假面舞会面具的队伍，模仿海盗科赛尔的人回来，来取回他们的宝藏！

早晨清新的空气鼓舞着我们，我们开始在细谷底部玄武岩石堆周围挖掘。土地表面疏松，随着我们挖掘的深入，土地变得和岩石一样坚硬。我们轮流挥镐，不干活的人则停留在细谷最宽部分附近。于是我产生一个想法，这些石头，这块堆积在细谷入口的土地，我曾经把它们误认为天然的门闩，由从前湍流河床里的水流淌而形成，而实际上是海盗科赛尔的人在细谷底部挖掘藏宝穴的时候清除出来的材料。我再次产生这种奇怪的感觉，整个细谷是人为创造的结果。从玄武岩峭壁上一个简单的裂缝，人们挖掘，搜寻，直到形成这个峡谷的面貌，雨水在近两百年间将其改造。这是一种奇怪的感觉，近乎可怕，仿佛是在沙漠的寂静和无情的光线里，发现古老埃及墓穴的寻墓者可能体会到的感觉。

大约正午时分，最大的玄武岩块的底部被挖塌，以至于只要一推，就足可以让细谷底部的岩石摇晃。我们一起推动岩石一侧，石头滚了几米，引起尘土和碎石飞扬。在我们面前，固定的石头上刻有凹槽。在凹槽所指示的点的位置，悬崖高处，正好有一个张口的洞穴，隐藏在飘散于空气中的尘土里。我不能再等，肚腹贴地，让身体挤进开口处。需要几秒才能让我的眼睛适应黑暗："有什么？有什么？"我听见身后黑人们焦急的声音。许久之后，我后退，让脑袋从洞里出来。我感到一种眩晕，血液冲击我的太阳穴、颈静脉。很显然，第二个洞穴也是空的。

我用镐让开口变大。渐渐地，我们让某个井暴露出来，它一直深入到悬崖底部的绝境。井底由同样的铁锈色岩石形成，与细谷底部突出的玄武岩交替。年轻的弗里茨爬下井，完全消失其中，又爬上来。他摇头：

"什么也没有。"

梅居尔轻蔑地耸了耸肩膀。

"这是小山羊的水源。"

这里的确是从前羊群饮水的某个地方？

可是为何给自己找那么大的麻烦，而罗索河就在两步之遥？人们拿起铲子和绳索，离开了。他们越过细谷的入口，我听见他们的笑声停息。只有弗里茨·卡斯特尔留在我旁边，站在张开口的洞穴前，仿佛在等待我的指令。他准备好重新开始工作，安置新的路标，挖掘新的探测洞穴。或许他任由自己被和我一样的激情控制，这种激情让人忘记一切，世界和人们，寻找一个奇迹，一束光芒。

"这里没什么好做的事情。"我对他低声说，就像在对自己说。他用闪亮的眼睛看着我，并没有明白。

"所有洞穴都是空的。"

这回轮到我们离开细谷滚烫的坑道。平坡上，我凝望这片延伸的山谷，罗望子树和露兜树深绿色的树丛，玄武岩石奇特的形状，尤其这条纤细的水流，有天空般的颜色，蜿蜒流向沼泽和沙丘。蒲葵和椰子树在大海前方形成一块运动的屏幕，风吹来的时候，我听见浪花的声音，沉睡的呼吸声。

现在去哪里寻找？那里，沙丘附近，沼泽里，那是过去大海击打的地方？在另一个海岸，在毁坏的科芒德尔瞭望塔下，在这些岩洞里？或者那边高处，遥远的地方，马纳弗人的原始山脉里，在罗索河的源头，那里生活着成群的山羊，在被多刺灌木丛隐藏的蜿蜒曲折中？现在我似乎觉得我地图中的所有线条都消失了，石头上刻下的标记只是暴风雨的痕迹，闪电的啃噬，风的滑过。绝望吞噬了我，让我变得虚弱。我想对弗里茨说：

"结束了。这里再也找不到任何东西，我们走吧。"

年轻男孩如此坚持地看着我，他的目光坚持，闪耀光芒，以至于我不敢告诉他我的绝望。我用最坚定的步伐走在山谷深处，走向罗望子树下我的营地。我说：

"我们将要在那边寻找，西边。需要探测，安置标杆。你等着瞧吧，我们最终会找到。要四处寻找，另一侧，然后也要去山谷高处。不留下一寸未寻找的土地。我们将会找到！"

他相信我对他说的吗？似乎我的话语让他恢复平静。他说：

"对，先生，我们将会找到，如果马纳弗人不在我们之前找到的话！"

海盗科赛尔的宝藏落入马纳弗人手里的想法让他大笑。但是，他突然变得严肃，补充说道：

"如果马纳弗人找到金子，他们会扔进大海！"

如果他说的是真的？

已经好几个星期，我感受到对当下的担忧，这个声音如同暴风雨声轰鸣在大海另一边，不论日夜我都无法忘记，至今我仍然感受到它如此强烈。

一大早我就动身去马蒂兰港，指望能收到洛尔一封新的来信。我穿过灌木丛和露兜树，来到电缆&无线电公司的厂房前，在维纳斯峰山顶，我看见人们聚集在电报公司前。罗德里格斯人在游廊前等待，一些人站着议论，另一些人坐在阴凉处，待在楼梯的台阶上，目光失神，抽着香烟。

为了找到海盗科赛尔的第二个洞穴，疯狂之中，我在细谷底部度过好些日子，我不再真正去想欧洲形势的严峻性。然而，那天，我从马拉克公司楼前经过，和人群一起读到张贴在门旁的公告，它来自路易港的邮政轮船。公告说的是对战争的总动员，战火已经在欧洲开始。英国站在法国一边，向德国宣战。基奇纳勋爵向所有志愿者发出号召，在殖民地，自治领，加拿大，澳大利亚，同样在亚洲，东印度，非洲。我读完布告，回到英国湾，想要找到乌玛，告诉她这一切。但是她没有来，恐怕是细谷底部工程的声响让她害怕。

我走向电报公司的厂房，没有人注意到我，尽管我衣服扯破了，头发也太长。我认出梅居尔，拉布，稍微旁边一点是大个子卡奇米尔，"泽塔号"的水手。他也认出我，面孔放出光彩。双眼因为高兴而闪闪发亮，他向我解释人们在此等候应征入伍的命令。这就是这里只有男人的原因！女人不喜爱战争。

卡奇米尔向我谈论军队，战船，他希望人们能选上他，可怜的大个子！他已经在谈论即将投入的战争，在不认识的国度里，面对不知姓名的敌人。然后，一个男人，一个被电报公司雇佣的印度人出现在游廊。他开始朗读一份名单，通知去路易港招聘办公室的人。他缓慢地朗读姓名，在压迫于现场的寂静之中，用他悦耳而带鼻音的声音，英国口音让音节走了样。

"埃尔米特，科朗坦，拉图尔，锡弗莱特，拉米，拉福……"

他朗读这些名字，一阵阵风将它们带走，将它们分散在荒野中，在露兜树叶刃和黑色岩石间，这些名字已经奇怪地回响，仿佛亡者的名字，我突然想逃跑，重新回到我的山谷，那里没有人能找到我，不留任何痕迹地消失在乌玛的世界里，在芦苇和沙丘间。缓慢的声音正列举姓名，我打着哆嗦。我还从未有过这样的感受，仿佛即将念到我的名字，仿佛应该要念我的名字，在这些即将离开自己的世界和敌人作战的人们当中。

"波塔利斯，阿韦，塞利纳，贝盖，希钦，卡斯托，皮谢特，西蒙……"

我仍然可以离开,我想到细谷,想到在山谷底部纵横交错的线条,让坐标点如定向标一般闪烁,想到这些月,这些年以来我所经历的一切,充满阳光的美丽,大海的声音,自由的鸟儿。我想到乌玛,她的皮肤,她光滑的手,她黑色金属般的身体在潟湖水下滑行。我可以离开,还来得及,远离疯狂。每当印度人念到他们的名字,男人们便大笑,狂喜。而我可以离开,寻找一个地方忘记这些,在大海和风声中,不用再听见战争的声音。但是悦耳的嗓音继续念着名字,这些名字已经不真实,只是些即将在别处死亡的人们的名字,为了他们所不了解的世界。

"费尔内,拉比特,杰里迈亚,罗西纳,梅迪西斯,若利克尔,维多琳,安布拉,拉米拉,伊尔克,阿尔多尔,格朗古,萨洛蒙,拉维恩,鲁斯蒂,小珀赖因,阿西,桑德利荣,卡奇米尔……"

印度人念到他的名字,巨人站起来,一边并脚跳起来,一边叫喊。他的脸上表现出如此天真的快乐,人们会以为他刚刚赢了赌局,或者得知了一个好消息。然而,他刚刚听到的是他死亡的名字。

或许正是这个原因我没有向英国湾逃跑,好去寻找一个我能忘记战争的地方。我认为是因为他,因为他听见名字时的幸福。

印度人读完名单上的名字,他停了一会没动,拿着在一阵阵风中颤抖的纸,用英语问道:

"还有其他志愿者吗?"

我几乎不由自主地登上铸铁的楼梯,走到游廊,告诉他我的名字,让他加在名单上。刚才卡奇米尔发出快乐的信号,现在大多数罗德里格斯人都在现场跳起舞,唱起歌。我走下楼梯,一些人把我围住,握着我的手。欢庆延续到马路上,沿着大海直到马蒂兰港,我们在声音和人群中穿过城市的街道,来到医院,应该在那里进行体检。说到体检,是一项简单的手续,只持续一两分钟。我们裸着上身轮流走进炎热的办公室,里面卡马尔·布杜,在两个护士的陪同下,粗略地检查志愿者,交给他们一张盖章的路条。我料想他要向我提问,但是他只是看看我的牙齿和眼睛。他把纸条交给我,在我离开的时候,只是用他温和而深沉的声音说话,而他印度人的面孔没有任何表情:"您也出发去前线?"然后他叫下一个人,并不等待回答。纸条上,我读到出发的日期:一九一四年十二月十日。轮船的名字留下空白,但是旅途的目的地登记了:朴茨茅斯。既成事实,我应征入伍了。在动身去欧洲之前我甚至见不到洛尔和母亲,因为是向塞内加尔出发。

然而,每一天,我都回到细谷,仿佛我终究会找到寻找的东西。我不能摆脱山谷侧面的裂缝,那里没有草,没有树,没有任何活动或者有生命的东西,只有阳光反射在铁锈色的山坡和玄武岩的岩石上。我在早晨太阳过于炙热之前,以及晚上黄昏时分,走到绝境底部,望着悬崖脚下发现的洞穴。我躺在大地上,让手指滑过井口,滑过从前水流打磨光滑的岩壁上,任思绪流淌。细谷底部到处都被狂怒的镐打上了印记,地面挖出的坑已经被尘土埋没。呼啸的风在细谷内变得更加强劲,一阵阵从悬崖高处猛烈地吹过,大量黑色的泥土在洞里滚动,让洞穴底部回响起石子的声音。需要多少时间自然才能把我暴露于天下的海盗科赛尔的井重新封闭？我想到那些在我之后会来到此地的人，或许十年之后，百年之后，正是为了他们，我于是决定重新堵上洞穴。我在山谷里找到一些平坦的巨石，吃力地背到井口。还有从现场收集的小一点的石子，用来填补缝隙。我借助铲子，把红土铺在上面，用铲子一下下夯实。年轻的弗里茨·卡斯特尔帮助我工作，丝毫不明白。但是他从不提问。从一开始，这一切对于他只是仪式，难以理解，稍许让人害怕。

全都完成了，我满意地看着小土丘，它隐藏着海盗科赛尔的两个洞穴，在细谷底部。我似乎觉得完成这项工作的时候，自己在搜寻中迈出新的一步，某种程度上来说，我成为这个神秘人物的同谋，这么久以来我都在追寻他的足迹。

晚上我尤其喜欢待在细谷。太阳接近西边山丘锯齿状的线条，在科芒德尔山顶附近，光线几乎射到石头狭长通道的尽头，奇怪地照亮岩石侧面，点亮页岩的云母。我坐在那里，在细谷入口，看黑暗穿过寂静的山谷前进。我在石头和荆棘之地窥伺每一个细节，每一次移动。我等待海鸟，我的朋友们到来，它们每晚离开南边海岸，皮耶罗岛、贡布拉尼岛，飞向北边的藏身之处，那里大海的浪花击碎在堡礁上。

它们为何这么做？哪一条秘密的规则指引它们每晚沿着这条道路，飞过潟湖上方？我等待海鸟的时候，也在等待乌玛，等待看见她走在河床上，苗条，深色的皮肤，她的鱼叉顶端挂着章鱼，或者一串鱼。

有时，她会过来，把鱼叉插在沙里，在沙丘附近，仿佛这是让我来看她的信号。我告诉她找到了海盗科赛尔的第二个洞穴，洞穴是空的，她大笑起来："那么不再有金子，这里不再有任何东西！"一开始我很生气，但是她的大笑感染了我，很快我和她一起笑。她说得有道理。

我们发觉井是空的，那时脑子里应该感到很滑稽！乌玛和我跑向沙丘，穿过芦苇，成群银色的鸟儿在我们前方一边飞翔一边叽叽喳喳地叫喊。我们赶紧脱掉衣服，一起跳进潟湖清澈的水里，海水如此温和，我们隐约意识到自己的身体进入另一种物质。我们在水下珊瑚附近滑行，许久，屏住呼吸。乌玛甚至没有试图捕鱼。她只是在水下追逐它们嬉戏，把红色的隆头鱼从黑暗的藏身之处赶出来。我们从来没有如此愉快，自从我们知道宝藏的洞穴是空的！一天晚上，我们望着星星出现在山脉上方，她说：

"为什么你在这里寻找金子？"

我想对她说我们在布康的房子，我们无边的花园，我们失去的一切，因为我寻找的正是这些。但是我不知道如何对她说，她又补充道，声音很低，仿佛在自言自语：

"金子不算什么，不应该害怕，它像蝎子一样，只会蜇害怕它的人。"

她只是简单地说出这些，毫不夸大，但是坚定，仿佛某个信仰坚定的人。她还说：

"你们其他人，上流社会，你们认为金子是最强大、最令人向往的东西，因此你们发起战争。为了拥有金子，人们四处死亡。"

这些话让我心跳，因为我想到入伍。片刻间，我想对乌玛倾诉一切，但是我的喉咙哽住。我在这里的生活只剩下几天，在她身边，在这个距离世界如此遥远的山谷。如何对乌玛谈起战争？对她而言，这是灾难，我想她不会原谅我，她会立刻逃走。

我不能对她说。我把她的手握在手里，紧紧握住，好感受她的热度，在她唇边呼吸她的气息。夜晚十分柔和，是夏季的夜晚，大海憩潮的时候风停了，星星繁多而美丽，一切都充满平静和快乐。第一次，我想，我体味到时间流逝，毫不急切，也毫无欲望，然而伴随着忧伤，我想到所有一切都将一去不复返，都将被摧毁。许多次，我就要向乌玛承认我们将不再见面，然而她的笑容，她的呼吸，她身体的气息，她皮肤上的盐味这一切都制止了我。如何打扰这份平静？我无法挽回即将破碎的东西，但是我还可以相信奇迹。

每天早晨，和大多数罗德里格斯人一样，我在电报公司的厂房前打听消息。

来自欧洲的公报张贴在游廊下，电报大门旁边。识字的人给其他人翻译成克里奥尔语。在推推挤挤中，我终于读到几行字：关于弗伦奇、黑格的军队，朗格尔、拉腊泽的法国军队，比利时的战役，莱茵河上的威胁，瓦兹河的前线，在迪南附近，阿登省内，默兹省附近。我知道这些名字是因为曾经在学校里学习过，但是对于大多数罗德里格斯人这些名字能够意味什么？他们想到名字是否像某些岛屿，风摇晃椰子树和蒲葵的棕榈叶，和这里一样能听见礁石上不断的海浪声？我感到愤怒，焦虑，因为我知道不用多久，可能只几个星期，我就会在那里，在不了解的河边，在这场清除所有名字的战争中。

这个早晨，年轻的弗里茨·卡斯特尔过来了，我做了类似遗嘱的事情。我带着经纬仪，最后一次计算东西直线，它准确地穿过锚环的两个记号，在山谷边缘，我确定这条直线和指南针指示的南北轴相交的地方，与星星指示的北方有轻微的差距。在两条直线的交汇点，也就是罗索河山谷中心，河流的两条支流之间形成一块舌形的沼泽地，在沼泽地边缘，我带来一块沉重的玄武岩石，界碑形状。为了运来这块石头，我必须在年轻黑人的帮助下，让它滑行在河床上，由芦苇和圆形树枝铺成的道路上。我把一条绳索系在界石上，轮流推拉，我们从山谷的另一侧运来，一里多地的距离，一直到我地图上所标记的B点，在一个土丘略高的地方，土丘突出于河湾，被高涨的潮汐的水所包围。

所有这些工作几乎占据了整个白天。弗里茨·卡斯特尔帮助我，依然没有向我提问。然后他就回家了。

太阳在天空很低的时候，我拿起一把冷錾，一块当作锤子的大石头，开始为未来刻下我的信息。界石顶部，我刻了一条三寸长的槽，与连接东西锚环的直线相吻合。界石侧面，南边，我标记上主要的坐标点，与海盗科赛尔的标杆相吻合。有一个大写的M代表科芒德尔顶的顶点，∶∶冲孔在岩石上，檐槽表示细谷，点指示最北部的石头，在河湾的入口。界石北面，我用五个冲孔标记海盗科赛尔五个主要的标杆：勒夏尔洛山，比拉克泰尔山，卡特勒旺峰，组成了南-东南的第一列，科芒德尔和勒皮通山组成稍微分开的第二列。

我本来也想刻上海盗科赛尔铁栅栏的三角形，它内切于经过锚环和最北边石头的弧线，我所发现的这块界石，是中心。但是石头表面太不平坦，无法用变钝的冷錾记下如此精确的图案。我很满意地在界石底部，用大写字母记下我姓名的首字母 AL。下面用罗马字母记下日期：

X XII MCMXIV

这个下午，可能是我在英国湾这里度过的最后一次，我想利用盛夏的炎热在潟湖多游一会泳。我在芦苇中脱下衣服，就在荒芜的沙滩前，我经常和乌玛去那里。今天对我于我一切似乎更加寂静，遥远，被遗弃。不再有成群银色的鸟儿出现，发出尖锐的叫声。不再有海鸟飞在天空。只有寄居蟹逃向沼泽的泥沙，它们的钳子竖向天空。我在温和的水里游了许久，紧挨着大海正露出的珊瑚而过。我在水下睁大眼睛，看见浅滩的鱼游过，箱鲀鱼，珍珠色的颌针鱼，甚至一条石头鱼，绚丽而有毒，背鳍竖起仿佛帆缆索具。距离堡礁很近的地方，我驱走一条隆头鱼，它在逃跑之前停下来看我。我没有鱼叉，然而即使我有，我想我也不会有心来攻击任何一只安静的生物，看着它们的鲜血把水染红！

岸边，沙丘里，我覆盖着沙子，等待落日让它们在我皮肤上一绺绺流淌，就像我和乌玛在那里的时候。

我望着大海，很久，一直在等待。我或许希望乌玛出现在海滩上，黄昏中，她黑檀木的鱼叉拿在手中，带着战利品章鱼。黑暗填满山谷，我走向营地。怀着担忧，怀着渴望，望着蓝色的高山，在山谷深处，仿佛今天我终将看见一个人的轮廓出现在石头的国度。

我是否呼喊过："乌玛——"或许，然而用如此虚弱，如此哽咽的嗓音，没有唤起任何回声。为何她不在这里，现在，我的渴望比任何一个晚上更甚？我坐在平坦的石头上，在古老的罗望子树下，一边抽烟，一边看夜晚进入英国湾凹处。我想念乌玛，仿佛她正在聆听，而我对她谈起布康。我想念她的面孔藏在头发里，想念她肩膀上盐的味道。因此，她知道一切，了解我的秘密，最后一晚，她来到我身边，是为了对我说永别。因为这个原因，她隐藏起面孔，当她对我谈起金子，当她说"你们其他人，上流社会"的时候，声音喑哑而苦涩。因为之前没有明白，现在我感到恼火，对她，也对我自己。我愤怒地行走在山谷中，然后回来坐在大树下，夜色已经在那里开始，我手里搓揉纸张、地图。一切都对我不重要！这会儿我知道乌玛不会再来。我变得和其他人一样，和岸上的人一样，马纳弗人从远处监视他们，等待他们经过。

在黄昏摇曳的光线中，我跑步穿过山谷，爬上山丘高处，为了逃避同时来自各处的目光。我摇摇晃晃地走在石子上，爬上玄武岩石块，听见泥土在我脚下坍塌，滚落到下面，山谷里。远处，对着黄色的天空，山脉黑色，坚实，没有光线，没有火光。马纳弗人住在哪里？勒皮通山上，利蒙山上，东边，或者比拉克泰尔山上，在马蒂兰港上方？但是他们从来不在同一个地方过两夜。他们睡在火堆温暖的灰烬上，黄昏的时候把火熄灭，像从前在勒莫尔纳上方，毛里求斯山脉里逃亡的黑人。我想爬得更高，直到山麓丘陵，然而夜晚来临，我撞在岩石上，划破衣服和双手，我仍然呼唤乌玛,现在用尽我全部力气:"乌——玛",我的叫喊在夜晚的山谷里回响,产生奇怪的轰鸣,一声野兽的叫声让我自己感到惊恐。于是我半躺在山坡上,等待寂静重新回到山谷。于是一切平滑而纯净,在夜色里不可见,我不愿再想明天是什么。我想象一切都不曾发生。

伊普尔，一九一五年冬
索姆省，一九一六年秋

我们不再是新兵,这些不是,那些也不是。我们所有人都身处苦难,历经危险。所有人,第十三步兵旅的法裔加拿大人,第二十七、二十八师的印度殖民军,我们经历了弗兰德的冬天,啤酒在酒桶里结冰。我们在雪地、大雾和有毒的烟雾中战斗,没完没了的轰炸,防空洞里的大火。那么多人死亡。我们几乎不再害怕。我们漠然,仿佛置身于梦境。我们是幸存者……

几个月来,在江岸,我们翻土,翻泥巴,日复一日,不知道在做什么,甚至无需要求我们做。我们在这片土地待了如此之久,听大炮的轰鸣,乌鸦的死亡之歌,再也不知道时间。几天,几周,几个月?然而更像只是同一天,不断重复,吃惊地看见我们躺在寒冷的地上,由于饥饿而虚弱、疲惫,只是同一天缓慢地跟随苍白的太阳在云层后自转。

现在与我们响应基奇纳勋爵的号召是同一天,而那是许久以前,我们不再知道这一切何时开始,甚至不知道是否曾经开始。登上"无畏号",朴茨茅斯薄雾中的钢铁城堡。接下来,火车穿过北方地区,马和人的队列在雨中沿着铁道走向伊普尔。我是否经历过所有一切?什么时候?几个月、几年以前?和我同在弗兰德冬天路上的人,有魁北克的雷米,纽芬兰的勒哈洛克,还有佩兰,勒努阿尔，西蒙，我不知道他们来自哪里，所有一九一五年春天在那里的人，为了接替拉巴塞战斗中被屠杀的远征军……现在我们不认识任何人。我们在黏土地上挖出道道沟痕，挖掘战壕，匍匐向昂克尔河前进，一天又一天，一米又一米，像可怕的鼹鼠，朝着黑暗的山丘，俯视着山谷。有时，我们仿佛被压迫在空荡荡的田地上的寂静之中，偶尔惊跳起来，因为听见机关枪嗒嗒的响声，炮弹的爆炸声，在远处，在排列成行的树木后面。

我们互相交谈，声音很低，词语来了又去，命令被重复，矛盾，歪曲，询问，陌生人的消息。夜晚，寒冷让我们在洞里无法入睡，一首歌突然停止，没有人想对它说继续，它比寂静更让我们难受。

尽管下雨，还是缺水。我们被虱子、跳蚤吞噬。我们裹着泥巴硬壳，混合着污垢，血迹。我想到最初的日子，我们骄傲地展示海外志愿军浅米色的制服和毡帽，在伦敦的街道，置身于穿红色衣服的步兵，掷弹手的骑兵队，还有印度军队第二十七和二十八师的枪骑兵之间，他们身穿制服上装，头戴白色头巾式高军帽，在冰冷的空气中，在十二月的阳光下。我想到圣保罗地区的节日，新年的日子不应该结束，车马列队于披上霜的花园里，最后几夜的酩酊大醉，愉悦地登陆滑铁卢码头，黎明的轻雾笼罩在巨大的"无畏号"甲板上。人们裹在卡其色军大衣里，被浪花包围，来自世界各地的志愿军们充满希望，窥伺着地平线方向法国岸边深色的线。

这一切距离现在如此遥远，我们甚至不确定的确经历过。疲劳，饥饿，高烧混乱我们的记忆，磨损我们回忆的标记。今天我们为何在这里？掩埋在战壕里，面孔被烟雾熏黑，衣衫褴褛，由于干泥巴而僵硬，几个月以来生活在集体厕所和死亡的臭味里。

我们对死亡益发熟悉，也觉得无关紧要。渐渐地，它屠杀了我在最初的日子里认识的那些人的队伍，那时我们在装甲车厢里驶向博沃火车站。我不时地从堵住窗户的木板间瞥见人山人海的人群，在雨中走向伊瑟河的河谷，沿道路分散开来，分开，聚集，再分开。莫兰的第五师，斯诺的第二十七师，布尔芬的第二十八师，奥尔德森的加拿大第一师，十月的退伍军人，我们即将与他们会合，与法国本土保卫军和远征军一起。于是我们又想到死亡，然而是光荣的死亡，夜晚在露天营地，我们之间所谈论的死亡：苏格兰军官发起攻击，他首当其冲，持军刀抵抗德国人的机关枪。在科米讷的运河上，人们等待进攻的命令，焦急，兴奋，听炮声日日夜夜如同地下雷鸣般滚滚而来。命令传来，人们得知道格拉斯·黑格将军的部队已经开始向布鲁日行军，大家发出爆炸般幼稚的喜悦。士兵们一边高呼"乌拉"，一边把军帽扔向空中，我想到在电报公司的厂房前等候的罗德里格斯人。法国骑兵队在利斯河边与我们会合。在冬日黄昏的光线中，他们蓝色的制服似乎不真实，像鸟类的羽饰。

于是我们开始了向西北的漫长行军，沿伊普尔运河向上到霍格树林，朝雷声轰鸣的方向。每一天我们都遇见部队。是在狄克斯莫德残杀中幸免于难的法国人和比利时人，从朗斯卡佩尔回来，比利时人在那里打开船闸闸门，引发一场浩大的水灾。他们血迹斑斑，衣衫褴褛，讲述可怕的故事。德国人突然滔滔不绝地成群出现，疯狂地吼叫，在泥泞中的白刃战，刺刀战，匕首战，尸体零乱地散在水流上，挂在铁丝网上，横在芦苇间。

我不断听到的正是这些。然后，我们周围的火线再次封闭，北到狄克斯莫德，圣-于连，在豪特许尔斯特森林里，南至利斯河岸，靠近梅嫩，韦尔菲克。于是我们前行在荒芜的风景中，枪弹留下道道痕迹，只剩下竖立着的烧焦的树干，树枝全无。我们缓慢地前行，仿佛在匍匐：某些天，早晨，我们在田地尽头隐约瞧见峡谷，被毁的农场，我们知道晚上才能到达。泥土十分沉重，压在我们腿上，粘在我们鞋底，让我们面向地面摔倒。有些人就站不起来了。

在黎明之前挖好的战壕里，我们一边匍匐一边听大炮轰鸣，现在距离很近，还有机关枪清脆的响声。远处，山丘后面，伊普尔附近，法国人也在战斗。但是我们看不见人：只有他们留下的黑色痕迹，弄脏了天空。

晚上，来自三河城的巴内乌谈起女人。他描述她们的身体，面孔，头发。用一种奇怪的声音讲述这一切，沙哑而忧伤，仿佛他描述的女人全都死去。开始我们只是大笑，因为这不合时宜，所有这些裸露的女性在战争中和我们一起。战争可不是女人的故事，甚至相反，是男人最乏味的聚会。然后，这些女性的身体在泥泞里、在尿味和腐烂味中被提及，加上我们周围日夜燃烧的火线，让我们胆战心惊，充满恐惧。于是我们用英语、法语对他说：够了，闭嘴！不要再谈女人，闭嘴！一天晚上，由于他兴奋不已，一个高个子英国人用拳头粗暴地打他，如果少尉军官没过来持枪下令，可能就把他打死了。第二天，巴内乌消失了。据说，他被派到第十三步兵旅，在圣-于连战斗中死亡。

我想，我们已经变得对死亡漠然。每一天，每一刻，都传来死亡的声音，炮弹在大地沉重的声响，机关枪的振动，还有随后而来的巨大嘈杂声。说话声，泥泞中奔跑的脚步声，军官下达的命令，反攻前的混乱。

四月二十三日：在法国战线第一次释放毒气之后，我们在格迪斯上校的命令下和第十三旅，以及加拿大第三旅的部队一起发动反攻。我们整个白天都在向东北前进，向豪特许尔斯特森林的方向。平原中，炸弹炸出的弹坑距离我们越来越近，让我们不得不建造隐蔽所过夜。我们匆匆忙忙挖出十尺壕沟，六七个人一起埋在下面，挤挤挨挨像螃蟹一样。我们蜷缩一团，钢盔压在头顶，直到第二天，几乎不敢动弹。在我们身后，听见英国和德国的大炮交相呼应。早晨，我们互相依靠着睡觉，一声炮弹的鸣响把我们惊醒。爆炸如此强烈，尽管坑道狭窄，我们还是跌倒下来。我被同伴的重量压得喘不过气，感到一股滚热的液体在我脸上流淌：血。我受伤了，或许快要死亡？我推开跌倒在我身上的身体，我的同伴死了，是他们的血流在我身上。

我匍匐爬向其他人的洞穴，呼叫幸存者。我们一起把伤员拉向后方，寻找隐藏的地方。但是去哪儿？我们大部分部队已经阵亡。阻止巴内乌的少尉被一颗炮弹炸死。我们望着后方的防线。晚上五点，和斯诺将军的英国士兵一起，我们重新发起进攻，每次前进十米，穿过被诅咒的田野。五点半，黄昏的光线正在熄灭，突然一大片黄绿色的云雾升上天空，在我们前方五十米的距离。微风缓缓把它向南推，让它展开。其他更近的爆炸也升起新的致命的烟雾。

我的心脏停止跳动，恐惧让我无法动弹！有人大喊："毒气！"退后！我们奔向壕沟，迅速制作面罩，手帕，撕破的大衣，扯下的破布片，用少得可怜的储存水浸湿。云雾一直向我们前进，轻盈，危险，在黄昏的光线里呈现铜色。刺激的气味已经进入我们肺部，让我们咳嗽。人们转向身后，表情憎恨、恐惧。撤退到圣-于连的命令传来，很多人已经开始奔跑，向地面弯着腰。我想到留在洞里的伤员，死亡现在正在向他们侵袭。我和大多数人一样，跑步穿过被炮弹炸裂开的田野，穿过烧焦的小树丛，浸着泥水的手帕紧贴在脸上。

多少人死亡？多少人还能战斗？这片致命的云，在看见之后，缓缓向我们前进，黄色，金棕色，仿佛暮色，我们待在洞里，白天黑夜窥伺天空，毫不厌倦。我们机械地数数，可能希望他们重新出现，他们的名字犹在，却不再指称任何人："西蒙、朗方、加拉代克、沙费尔……还有阿德里安，红棕头发的小男孩，戈尔东，他叫这个名字，戈尔东……还有波米耶、安托尼，我忘记他的姓，他来自若列特，还有莱昂·贝尔、雷蒙、杜布瓦、桑特伊、雷内尔……"然而这些的确是名字吗？他们真的存在过？我们第一次，从那么遥远的地方而来，那时我们想到的死亡并非如此，那是光荣的死亡，在大白天，星状的血液洒在胸脯上。然而死亡是骗人的，狡诈的，它悄悄敲门，在夜晚，在熟睡中，在不为别人所知的时候把人们带走。它把人溺死在泥坑里，位于山谷深处的泥沼，让人在地下窒息。它让躺在隔离区的身体冻僵，在帐篷带洞的帆布下，那些人面无血色，胸廓消瘦，被痢疾、肺炎、伤寒折磨而衰弱。死去的人消失了，有一天我们会发觉他们不在。他们去了哪里？或许他们有幸被派往后方，或许他们失去一只眼睛，一条腿，不再能上战场。但是某个东西警告我们，某个东西在空无与寂静中紧紧缠绕他们的名字：他们死了。

如此，仿佛某只怪兽在夜晚来临，在我们短暂睡着的时候，把我们之中的某些人夺走，带到它的洞穴里吞食。在我们身体深处产生一种痛楚，一种灼痛，不论做什么都难以忘记。自从四月二十四日毒气进攻以来，我们不再动弹，待在战壕里，战壕甚至是六个月前开始挖的，那会儿我们刚到达。那个时候，我们面前，风景仍然完好，因为冬天而生锈病的树木高低起伏，农场坐落在田野里，有水的牧场被围起来，苹果树排列成行，远处是伊普尔城市的轮廓，石头的尖峰显露在薄雾中。现在通过机关枪的瞄准器，我只看见大地和烧焦的树木混乱一团。炮弹炸出上百个弹坑，摧毁了森林和村庄，伊普尔的钟楼像一根折断的树枝倾斜着。寂静与孤独代替了最初几周轰炸时地狱般的轰鸣。战圈缩小了，仿佛燃尽一切的火灾，由于燃料不足而熄灭。只是勉强能听见，不时传来炮台的轰隆声，偶尔也能看见联排炮弹击中的地方升起几缕烟雾。

所有人都死了？一天夜晚，我坐在一只箱子上，躲在机关枪的装甲下，这个想法滑过我的思想。为了排遣抽烟的欲望，我咀嚼一块甘草汁糖，糖是一位甚至不知姓名的加拿大士兵给我的。夜晚寒冷，无云，又是一个冬天的夜晚。我看见星星，某一些我不认识，是北欧天空的星辰。在升起的清澈的月光里，被炮弹撕碎的大地显得更加陌生，荒芜。夜晚的寂静中，世界似乎空荡荡，没有人，没有动物，犹如一个高原遗失在生命永远抛弃的地区。这就是我所感受到的死亡的感觉，我几乎不能承受。我走到一个同伴前，他背靠在战壕壁上坐着睡着了。我摇晃他。他呆滞地看我，仿佛再也回忆不起身处何处。"来看！过来！"我把他拉到哨所，透过机关枪枪眼，向他指指月光中冰冷的风景。"你看：一个人也没有。一切都结束了！战争结束了！"我低着嗓门说，然而我说话的声音，我的眼神可能让人不安，因为士兵向后退去。他说："你疯了！"我用同样哽咽的声音重复："可是你看！你看！我告诉你一个人也没有，他们全都死了！战争结束了！"其他士兵靠近过来，带着睡意。军官就在那里，他高声说："什么事情？"他们回答："他疯了！他说战争结束了。"其他人说："他说所有人都死了。"军官看着我，仿佛他正尽力理解。他们会发觉这是真的，现在一切都结束了，因为所有人都死了。军官似乎在聆听我们周围夜晚的安静。然后他说："你们去睡觉！战争没有结束，明天还有很多事要做！"对我，他说道："你也去睡觉吧。你累了。"另一个人去放哨，我钻进战壕凹处。我听着重新睡着的人们的呼吸，世上唯一活着的生命，深藏在被撕碎的大地。

索姆省，一九一六年夏

我们像蚂蚁一样，步行穿越这片平原，在宽广泥泞的江边。不停地沿着相同的道路，相同的坑槽，在相同的田地上留下道道沟痕，挖掘无数洞穴，不知道要去哪里。挖掘地下通道、走道、隧道，穿过沉重的黑土地，潮湿的泥土在我们周围滑落。我们不再提问，不再想知道身在何处，为何在这里。日复一日，几个月来，我们翻地，挖掘，耙平土地，沿着河边，面对山丘。最初，我们来到昂克尔河边，炮弹在左右坠落，我们扑倒俯伏在泥中，听炮弹精疲力竭凄惨的呼啸声。炮弹在地上爆炸，摧毁树木，房屋，大火在夜间燃烧。但是没有反攻。我们在等待，然后我们重新开始挖掘战壕，骡队带来木杆和水泥，铁板用来建造顶部。春天，下着纤细而轻盈的小雨，雾气被太阳的光芒驱散。于是出现第一批飞机，飞在云层下。奥迪隆和我眯着眼睛看，设法看清是谁。它们掉转方向，重新向南飞去。"是法国人。"奥迪隆说。对面，德国佬只有飞艇。有几次看见它们升上黎明的天空，仿佛用饰带装饰的大鼻涕虫。"等着瞧吧，法国飞机会飞到他们面前！"

奥迪隆是我的同伴。他是泽西岛人，说话带有奇怪的口音，我不是总能听懂。这是一个十八岁的男孩，可爱的面孔。他还没有胡子，寒冷让他的皮肤变得通红。几个月来我们并肩劳动，待在同样的地方吃饭，睡觉。我们从来没有真正交谈过，除了说几个词语，主要是提问和回答。他在我之后入伍，我在伊普尔战斗后获得下士军衔，便挑选他做勤务兵。人们想把他派遣到凡尔登前线的时候，我请求让他留在我身边。自从我遇见他，就认为我应该在战争中保护他，仿佛我是他的兄长。

那是美好的日子，夜晚更加美丽，深邃的天空布满星星。晚上，一切都在沉睡，我们聆听蟾蜍的歌声，在泥沼，在江岸。部队正是在那里修建带刺的铁丝屏障，观察哨所，用水泥修砌大炮的平台。然而夜晚，看不见铁丝，也看不见如同开启的坟墓一样的壕沟，我们身处蟾蜍甜美的歌声中，忘记战争的存在。

马的尸体用火车运到阿尔贝车站。它们装在两轮车里沿着泥泞的道路运输，直到昂克尔河岸。每一天，两轮车带来堆成山的死马骨骼，倾倒在河流附近的草田里。我们听见乌鸦跟随两轮车尖声急叫。一天，我们沿昂克尔河边行走，去壕沟里劳动，我们穿过大片燕麦和剩茬的田地，那里横着战争中死亡的马匹的尸体。尸体已经变黑，腐烂，成群的乌鸦一边尖叫一边散布开来。我们不是新兵，所有人都见过死亡，同伴在身后受到机关枪子弹的射击，他们像被无形的拳头击中，折成两半，一些人被炮弹开膛剖腹，打出脑髓。我们穿过躺着数百具死马尸体的田地，双腿发抖，嘴里一阵恶心。

这些，是战争的开始，当时我们并不知道。我们那会认为战斗即将结束，在我们周围，荒芜的地区，像倾倒死马的尸体堆一样。我们前方，仿佛大海：山丘，森林，尽管有夏日的光线仍然如此阴暗，几乎不真实，只有乌鸦有权利在它们上方飞翔。

那边有什么？我们的敌人，安静，不可见。在那里，他们生活，说话，吃饭，睡觉，和我们一样，但是我们从来看不见他们。有时，传来机关枪的声音，在远处，大约西北方向，或者南边，我们常常说他们一直存在。或者一架飞机在两片云间疾驰而过，再也看不见，发出尖锐的轰鸣。

那时我们努力修路。每天，卡车运来一车车石子，在昂克尔河岸相隔很远地倾倒成堆。本地保卫军和新军的士兵们来和我们一起修路，为越江直到阿尔德库尔的铁路做准备。经过这几个月后，没有人还能辨认出这片地区了。那里，冬天开始的时候只有牧草，田地，树林，一些老农场，现在延绵伸展开的是石子路，铁路的网络，还有铁皮的防空洞，卡车、飞机、坦克、大炮、弹药的库房。伪装部队给所有东西都覆盖巨大的棕色篷布、帆布，模仿满目痍创的草地。风吹起的时候，帆布像船帆一样劈啪作响，人们听见带刺的铁丝间刺耳的音乐声。强大的大炮埋在巨坑中间，如同某些巨大的蚁蛉，作恶的地蟹。车厢源源不断地来来往往，运来一车车炮弹：海军37型和47型，还有58型，75型。铁路另一边，人们在昂克尔河岸挖掘战壕，用混凝土铸造炮台，建造防御的防空洞。平原里，阿尔德库尔南边，靠近阿尔贝、阿弗吕、梅尼，那里山谷变得狭窄，人们建造遮人眼目的布景：假废墟，假水井，隐蔽机关枪。用旧制服制做填草的木偶，模仿躺在地上的士兵尸体。用板材块和树枝竖起假树木，以隐蔽观察的哨兵、轻机枪和榴弹炮。公路上，铁路上，桥上，放置巨大的草色酒椰帷幔，一捆捆干草。远征军部队用从弗兰德开来的老驳船，装备一艘江里的炮艇，沿昂克尔河而下直到索姆省。

既然夏季已至，白天变得漫长，我们因此感到新的活力，仿佛我们在这里所见到的准备只是一场游戏，我们不再想到死亡。在昂克尔的泥泞中度过冬季几个月的绝望之后，奥迪隆变得愉快而有信心。晚上，在公路和铁道上劳动一天之后，他和加拿大人一边交谈，一边喝咖啡，直到宵禁。夜晚布满繁星，我回忆起布康的夜晚，英国湾的天空。几个月来第一次，我们不禁吐露知心话。大家谈论起父母、未婚妻、妻子和孩子。轮流传照片，脏兮兮并且发霉的老相纸，在颤抖的光线下显现正在微笑的面孔，遥远的身影，仿佛幽灵一般纤弱。奥迪隆和我没有照片，但是在我上衣口袋里有洛尔的最后一封信，是我在伦敦登上"无畏号"之前收到的。我读了又读，几乎可以背诵出来，半带嘲讽又有些许忧伤的文字，就像我素来喜爱的文字那样。她向我谈起马纳纳瓦，我们有一天会在那里重逢，那时一切都会结束。她是否真的相信？然而一天晚上，夜里，我不禁向奥迪隆说起马纳纳瓦，黄昏中在峡谷上空盘旋的两只蒙鸟。他在听我说吗？我认为他睡着了，脑袋靠在他的包上，在给我们充当临时板屋的地下防空洞里。我毫不在意。我仍然需要说话，不是为他，而是为自己。为了让我的声音传到地狱的另一端，直到洛尔的岛屿，她在夜晚的寂静里，睁着大眼睛，倾听雨的呻吟，就像从前在布康的房子里。

那么久以来我们都在为组装布景而劳动，我们不再相信战争的现实。伊普尔，在弗兰德地区的强行军，距离遥远。我的大多数同伴都未曾经历。起初，这些遮人眼目的工程让他们发笑，他们等待嗅到火药的味道，听见大炮的轰鸣。现在他们不明白，不耐烦。"这就是战争？"奥迪隆问道，在我们挖地雷通道和战壕、度过令人疲惫不堪的一天之后。我们上方的天空铅灰色，沉闷。暴雨粗暴地倾泻下来，换班的时刻到了，我们被淋湿，仿佛摔倒在河里。

晚上，地下的防空洞里，人们在玩着纸牌，一边做着美梦，一边等待着宵禁。消息流传开，凡尔登战役，我们第一次听见这些奇怪的地名，之后经常听见：杜奥蒙，拉达姆山谷，沃克斯要塞，还有让我不由自主颤栗的名字，莫尔多姆①。一位士兵，英国裔的加拿大人，向我们谈论塔瓦讷隧道，里面挤满伤员和濒临死亡的人，而炮弹就在上方爆炸。他讲述爆炸的微光，烟雾，370型迫击炮和所有那时伤残烧焦的人发出的凄厉声响。是否已经到了夏天？有些晚上，战壕上方落日的颜色非比寻常的美丽。绯红色和紫色的大片云彩悬挂在灰色，金色的天空。杜奥蒙死亡的人们是否看见这一切？我想象天空的生活，在大地上方如此之高，仿佛长着蒙鸟的翅翼。人们可能不再看见战壕，也不再看见弹穴，距离很远。

我们所有人都知道战斗临近。冬季开始以来我们所做的准备工作结束了。部队不再向运河出发，火车几乎不再开动。防空洞里，篷布下，大炮准备就绪，自动步枪放在战壕尽头圆形的机车库里。

将近六月中旬，罗林森的士兵开始抵达。英国人，苏格兰人，印度、南部非洲、澳大利亚的部队，从弗兰德和阿图瓦返回的部队。我们还从未见过这么多人。他们从各个方向下船，沿着漫长的公路，在铁路上前进，他们驻扎在我们挖掘好的几公里的壕沟里。据说进攻将在六月二十九日发起。从二十四日开始，大炮开始运转。在整个昂克尔河岸，南边，索姆河岸，都是法国部队，大炮的爆炸发出震耳欲聋的轰鸣。经过寂静的日子，那些蜷缩一团的漫长等待之后，我们感到兴奋，狂热在我们身体里，我们焦急地颤抖。

白天，黑夜，大炮雷鸣般作响，红色的微光照亮我们周围的天

---

① Mort-Homme，地名，法文直译是"死人"。

空，在山丘上方。

那边，另一侧，他们保持安静。他们为何没有回应？他们是否已经离开？他们如何抵挡枪林弹雨？六天六夜以来，我们一直醒着，我们注视前方的风景。第六天，雨开始落下来，一场倾盆大雨，把壕沟变成泥河。大炮缄默了几个小时，仿佛天空也进入战争！

我们蜷缩身体躲在防空洞里，整个白天都望着雨水落下来，直到夜晚，担忧在我们心中升起，仿佛不应该再停止。英国人谈论弗兰德的洪水，一群群穿着绿装的人们游在利斯河的泥沼里。对于大多数人来说，看到进攻再次发起感到失望。他们注视着云彩，接近夜晚的时候，奥迪隆宣布云层不那么厚了，甚至能看见一角天空，大家呼喊："呜啦！"可能还不是太晚？可能进攻将在夜里发起？我们望着黑暗逐渐吞噬昂克尔山谷，淹没森林和山丘，在我们前方。一个奇怪的夜晚降临，我们中间没有任何人真正睡着。将近黎明，我昏昏沉沉，脑袋靠在膝盖上，进攻的嘈杂声把我惊醒。光线已经强烈，耀眼，吹在山谷里的空气干燥而炎热，仿佛自从离开罗德里格斯岛和英国湾以来我未曾感受过。岸边仍然潮湿，升起闪耀的薄雾，此刻我分辨出进入我身体，扰乱我的是夏天的气味，土地，草。我在防空洞支柱间还看见小飞虫在光线里飞舞，随风摇晃。一切如此平和，却似乎突然中断，停止。

我们所有人都站在泥泞的壕沟里，压着头盔，上着刺刀。我们通过斜坡上方望着明亮的天空，膨胀白色的云朵，如羽绒一般轻盈。我们绷紧弦，聆听声响，夏季温柔的声音，河水流淌，昆虫鸣叫，云雀歌唱。我们在平和的寂静中痛苦焦急地等待，最初几声大炮的轰鸣传来，北边，南边，东边，我们全身颤栗。很快，在我们身后，粗大的英国炮口开始鸣响，在强劲的炮声中，回应炮弹影响之下江河另一侧大地的颤抖。轰炸十分激烈，在我们看来，是用难以理解的方式回响在一天的雨后，在万分纯净的天空，以及夏天美丽闪耀的光线中。

无止无尽的一段时间之后，爆炸的喧闹声停止。随即而来的寂静中充满兴奋和痛苦。七点三十分整，进攻的命令从一个战壕传到另一个战壕，被中士和下士重复。轮到我大喊命令时，我看着奥迪隆的面孔，接受他最后的目光。现在我正在奔跑，倾斜向前，双手紧握步枪，向昂克尔河岸，那里的趸船上布满士兵。我听见机关枪嗒嗒的响声，在我身前，身后。哪里是敌人的子弹？我们不停奔跑，穿过系泊的趸船，鞋子在木板条上发出嘈杂的声响。河水沉重，血色。人们在泥泞中滑向另一个岸边，跌倒。再也爬不起来。

阴暗的山丘在我们上方，我感到它们的威胁，仿佛一道穿透的目光。黑色烟雾从各个方向升起，没有火星的烟雾，死亡的烟雾。稀疏的步枪劈啪作响。机关枪的震动从大地传出，远处，不知道在哪儿。我跟在一队人身后，也不试图隐蔽，奔向几个月以来向我们指定的目标：把我们和蒂耶普瓦尔隔开的烧焦的山丘。人们奔跑，和我们会合在右边，那片被炮弹炸得坑坑洼洼的田地里：是第十部队，第三部队，还有罗林森师。在广阔空旷的田野中间，被毒气和炮弹烧焦的灌木丛仿佛稻草人。自动步枪的声音突然响起，在我正前方，田地尽头。一阵青色的烟雾刚刚升起，飘向这里和那里，浮在深暗的山丘边缘；德国人埋伏在弹坑里，用他们的 F.-M.

武器扫荡田地。已经有人摔倒，碎裂，像断线的玩偶，十个二十个地倒下。有人下达命令吗？我什么也没有听见，但是我躺在地上，用眼睛寻找藏身之处：一个弹坑，一道壕沟，一个靠在树桩上的小土岗。我在田地里匍匐。在我周围，我看见一些和我一样匍匐的身形，像大鼻涕虫，面部用步枪掩护。其他人一动不动，脸埋在泥土里。步枪的劈啪声在空荡荡的天空回响，F.-M. 的震颤在前面，后面，四处，让一小阵蓝色透明的烟雾在温和的风中飘荡。我不停地匍匐在柔软的土地上，找到了想寻找的地方：一块岩石，刚刚如界石一般大，遗忘在田野中。我靠着它躺下，面孔如此贴近石头，我几乎看见每一道裂缝，每一块苔藓。我静止不动，身体疼痛，耳朵里充斥刚刚落下的炸弹的嘈杂声。我想，我大声说：现在应该向他们回击！其他人在哪里？这块土地上是否还有其他人，或者只有令人痛苦的，可笑的亡灵，这些亡灵匍匐，然后停下，消失在泥巴里？我躺在那里许久，脑袋靠着石头，听 F.-M. 和步枪声，脸变得像石头一样冰冷。随后，我听见炮声，在我身后。炮弹在山丘里爆炸，大火黑色的烟雾升起在灼热的天空。

我听见军官们发出进攻的命令，像刚才一样。我重新径直向前方奔跑，奔向埋着 F.-M. 的弹坑。他们在那里，的确，像烧焦的大昆虫，死亡的德国人的身体仿佛他们自己的牺牲品。人们排着密集队形奔向山丘。藏在其他洞里的 F.-M. 扫荡田地，十个，二十个将人们杀死。我和两个加拿大人滚进德国部队占据的一个弹坑里。我们一起把尸体扔上边缘。我的同伴们面色苍白，面孔上是泥土和烟雾的污迹。我们互相望着什么也没有说。不管怎样，武器的声音掩盖了我们的话语，甚至掩盖了我们的思想。在 F.-M. 装甲的掩护下，我望着要到达的目的地：蒂耶普瓦尔的山丘总是同样阴暗，同样遥远。我们永远无法到达。

大约下午两点，我听见撤退的声音响起。两个加拿大人立刻匆匆忙忙离开藏身的地方。他们向河流奔去，如此迅速，以至于我跟不上他们。我感到大炮的冲击波就在前方，听见沉重的炮弹在我们上方嚎叫。我们只有几分钟时间回到基地，壕沟的防空洞。天空弥漫着烟雾，阳光在这个早晨如此美丽，而现在脏兮兮的，暗淡无光。我终于来到壕沟，累得喘不过气，我看着已经在这里的人，试图从他们疲倦的面孔上辨认他们的目光，空洞、失神的目光，逃过死亡的人。我寻找奥迪隆的目光，我的心在胸中跳得厉害，因为我没有找到。我急匆匆地跑遍战壕，直到夜晚来临。"奥迪隆？奥迪隆？"人们看着我不解。他们对奥迪隆的了解仅限于这个名字吗？缺了那么多人。在白天剩下的时间里，轰炸继续进行，我顽固地希望最终能看见他出现在战壕尽头，他安静的孩子的面孔，他的微笑。晚上，军官点名，在缺少的人名前画一个叉。我们缺了多少人？二十个，三十个，可能更多。我沮丧地靠在路堤上，一边抽烟，一边喝呛人的咖啡，望着夜晚如此美丽的天空。

第二天，以及接下来的日子，谣言传开，说我们在蒂耶普瓦尔被打败，如同在奥维耶，博蒙-阿梅尔一样。据说法军总司令霞飞要求黑格不惜一切代价夺取蒂耶普瓦尔，黑格拒绝让他的部队再次经历屠杀。我们是否输掉这场战争？

没有人说话。每个人都吃得很快，静悄悄，喝温热的咖啡，抽烟，不看旁边的人。那些没有回来的人让活着的人难受，不安。有时，在我半睡半醒间，想起奥迪隆，仿佛想到一个活着的人。我醒来的时候，用眼睛寻找他，或许他只是受伤了，在阿尔贝的医务所，被送回英国？但是在我内心深处，我知道他是跌倒在田间的泥土上，尽管阳光照在山丘深暗的线条前方，我们并没有到达那里。

现在，一切都改变了。在蒂耶普瓦尔进攻时被屠杀的师分散在第十二和第十五部队中，在阿尔贝的南部和北部。我们在罗林森的命令下战斗，"如暴风雨一般"。每个夜晚，轻步兵纵队前进，从一个战壕到另一个战壕，悄无声息地匍匐而行穿过潮湿的田地。我们行军很远，深入敌人领土的内部，如果没有布满繁星、美丽壮观的天空，我不会知道我们每夜都更加向南。是"泽塔号"船上的经验和英国湾的夜晚让我察觉到。

天亮之前，大炮开始轰炸，烧毁我们前方的森林、小村庄、山丘。之后，黎明一开始，人们就发动攻击，在弹坑里占领阵地，用枪向敌线射击。过了一会儿，响起撤退的信号，所有人安然无恙地回到后方。七月十四日，进攻之后，英国骑兵部队第一次在弹坑间毫无掩护地发起冲锋。我们和澳大利亚部队一起，进入波济耶尔，那里只是一堆废墟。

夏季在燃烧，日复一日。进攻把我们引向哪里，我们就在哪里睡觉，不论何处，直接躺在地上，用一块帆布遮挡露水。我们不再想到死亡。每一夜，在星星下，我们在山丘间鱼贯前行。有时，一道火光闪过，听见几声枪响，漫无目的。夜晚温和而空洞，没有昆虫，没有动物。

九月初，我们与高夫将军的第五军会合，和罗林森指挥下剩余的人一起，向更南的地方行军，向吉耶蒙而去。夜里，我们沿铁路而上，朝东北方向，树林的方向。它们就在我们周围，更加黑暗，可怕：特罗恩树林在我们后面，勒兹树林在南边，前方是布洛树林。人们等待着，在夜晚的安静中，没有睡觉。我想我们所有人都不禁幻想过曾经这里存在的，在这场战争之前的景况：美丽、宁静的桦树，可以听见仓鸦的叫声，小溪的低语，穴兔的跳跃。树林是情人在舞会后光顾的地方，草地仍然有白天光线留下的温热，身体在上面打滚，互相拥抱，大笑。晚上，村庄升起蓝色的烟雾，树林如此静谧，小路上，有上了年纪的老妈妈捆扎柴薪的矮小身影。我们之中任何人都没有睡，我们对夜晚睁大眼睛——或许这是最后一夜？我们的耳朵仔细听，我们的身体在似乎消失的生活中获取最微弱的震颤，最微小的信号。怀着痛苦的担忧，我们等待那个时刻，75 型大炮最先发起的射击将在我们身后撕裂夜晚，在大树上落下枪炮的"暴风雨"，剖开大地的胸膛，打开可怕的进攻之路。

黎明之前，开始下雨。纤细、凉爽的蒙蒙细雨渗透衣服，打湿面孔，让人哆嗦。于是，几乎没有轰炸掩护，人们发起对三片树林的进攻，涌起一波又一波的浪潮。在我们身后，夜晚虚幻地照亮，昂克尔河一侧，第四军发动佯攻。然而，对我们，只是一场安静、残酷的战斗，经常使用白刃。一波又一波，步兵的浪潮涌上壕沟，夺取 F.-M.，把敌人一直追赶到树林里。我听见枪炮声就在我们附近鸣响，在布洛树林里。我们躺在潮湿的土地上，漫无目的地射击，向林下灌木丛的方向。照明弹在树木上方爆炸，悄无声响,落下阵阵火星。我向树林奔跑的时候,撞在一块障碍物上:是一具德国人的尸体,仰面朝天横在草地里。他的手里依然握着毛瑟枪,但是头盔滚到几步之外。军官的声音大喊:"停火!"树林属于我们了。在黎明灰色的光线中,我看见四处都是德国人的身体,躺在细雨下的草地里。田地里遍布马的尸体,乌鸦呱呱的叫声忧伤地回响。尽管疲惫不堪,人们还是大笑,歌唱。我们的军官,一个红脸、活泼的英国人试图向我解释:"这些混蛋,没等我们!……"但是我转过身,听见他向另一个人重复他的话。我感到极度疲劳,走路摇摇晃晃,让我恶心。人们在林下灌木丛中宿营,在德国人的帐篷里。一切都为他们醒来做好准备,咖啡甚至已经烧热。加拿大人一边笑一边喝咖啡。我躺在大树下,脑袋靠着凉爽的树皮,在美丽的晨光中睡着了。

沉闷的冬雨来临。索姆省和昂克尔河的河水淹没陡峭的河岸。我们是攻克的战壕的俘虏,陷在泥巴里,蜷缩在应急的防空洞里。我们已经忘却把我们指引到这里的战斗的兴奋。我们攻克了吉耶蒙,法尔夫蒙农场,然希,九月十五号一天攻克了莫尔瓦尔,格德库尔,莱伯夫,把德国人驱逐到他们后方的战壕,山丘高处,巴波姆和勒特朗斯鲁瓦那里。现在,我们是战壕的俘虏,在河流另一侧,是雨水和泥巴的俘虏。白天灰色,寒冷,什么也没有发生。时而远处回响起炮声,在索姆省,巴波姆周围的树林里。时而,在深夜,我们被电光叫醒。可并不是暴风雨的闪光。"起立!"军官喊道。我们在黑暗中打包,出发,弓着背,在结在一起冰冷的泥巴里。我们向南前行，沿着凹陷的道路，在索姆省附近，看不出要去哪里。我们很多次谈论，这所有江河都像些什么？伊瑟河，马恩河，默兹河，埃纳河，艾莱特河，斯卡尔普河？泥泞的江河在低矮的天空下，滚滚河水夹带走森林的碎片，烧焦的大梁，死去的马匹。

在孔布勒附近我们遇见法国部队。他们比我们更苍白，更破败。脸上眼睛深陷，制服被扯碎，沾满泥污。有些人甚至没有鞋子，只在脚上裹着带血的破布片。队列里，有一位德国军官。士兵们粗暴地对待他，辱骂他，因为毒气杀死了我们那么多人。尽管制服褴褛，他仍然傲慢，突然推开士兵，用标准的法语喊道："但是是你们首先使用毒气！是你们逼迫我们用这种方式战斗！是你们！"紧随而至的寂静使人印象深刻。每个人都移开目光，军官重新站回俘虏中间他的位置上。

后来，我们走进一个村庄，我从不知道这个村庄的名字。灰色的黎明里，街道荒无人烟，房屋变成废墟。雨中，我们的靴子奇怪地回响，仿佛已来到世界的尽头，虚无的边界。我们在村庄的废墟里扎营，整个白天都有队伍和红十字的卡车经过。雨停的时候，大片尘土遮住天空。更远处，在延长村庄街道的壕沟中，再次传来大炮的轰鸣，很远处，炮弹的爆炸声。

在点燃的木板前，在残垣断壁的角落，加拿大士兵，本土保卫军，法国士兵，全都亲如兄弟，交换姓名。其他人，人们什么都没有问他们，他们什么也不说。他们继续游荡在街道上，不知停歇，精疲力竭。能听到远处的步枪声，微弱得像小学生的鞭炮。我们放任自流，在一个陌生的国度，在难以理解的时刻。总是同样的白天,同样的夜晚,没完没了,萦绕着我们。很长时间以来,我们不再说话。很长时间没有说任何一位女性的名字。我们憎恨战争,在我们内心最深处。

四处,在我们周围,街道裂开,房屋倒塌。在奇迹般完好无缺的铁路上,车厢翻倒,开膛剖肚。尸体挂在机器上,像碎布做的玩偶。环绕村庄的田地里,马匹的尸体一望无际,又大又黑,像死去的大象。乌鸦在腐烂的尸体上方飞来飞去,它们尖锐刺耳的叫声让生存者心惊肉跳。成群的俘虏涌进城市,景况悲惨,因为疾病和伤口而变得虚弱。和他们一起来的,还有母骡,跛腿马,消瘦的驴子。空气里充满毒:烟雾,尸体的味道。墓穴的气味。一枚德国炮弹再次堵上法国人隐蔽的睡觉的隧道。一个迷路的人寻找他的同伴。他紧紧抓住我,反复问:"我是第一百一十步兵部队的。第一百一十部队,你知道他们在哪里吗?"在一个弹坑里,在化为废墟的小教堂脚下,红十字支起一张桌子,上面死人和垂死的人互相挤压堆积着。我们睡在弗雷吉库尔的战壕里。接下来,又一个夜晚,是在铁门的战壕里。我们继续在平原上行军。夜晚,炮兵部队哨所的微弱光线是我们唯一的坐标。萨伊-萨伊塞尔在我们前方,包围着像火山一般的黑云。大炮就在附近轰鸣,在北边巴塔克山丘上,南边圣-皮埃尔-瓦斯特树林里。村庄里有街头的战斗,夜晚,榴弹,步枪,手枪。通风口被破坏,F.-M. 扫荡十字路口,将人们扫倒。我听见锤击般有节奏的声音,我呼吸硫、磷的味道,云层里阴影在舞动。"当心!别开枪!"我和一些不认识的人在一起(法国人?黑格的英国人?),蜷缩在壕沟里。满是泥泞。缺水好几天了。发热灼烧我的身体,我因为呕吐而身体虚弱。刺激的味道填充我的嗓子,我不由自主地喊叫:"毒气!是毒气来了!……"我似乎觉得看见血在流淌,不停止,淹没洞穴,壕沟,流进被摧毁的房屋,流淌在坑坑洼洼的田地上,在黎明时分。

有两个人背着我。他们托起我肩下,把我一直拖到红十字的防空洞。我躺在地上,那么久,以至于变成一块滚烫的石头。然后我在小卡车里,颠簸曲折前行,以躲避弹坑。在阿尔贝检疫站,医生很像卡马尔·布杜。他看看我的温度,摸摸我的肚子。说道:"伤寒。"他又补充说(然而我觉得应该是梦到这一切):"是虱子赢得了这场战争。"

回到罗德里格斯，一九一八—一九一九年夏

终于自由了：大海。经过可怕的几年，死亡的几年，我等待的正是这一时刻：我在大型客轮的甲板上，和返回印度、非洲的复员军人在一起。我们从早到晚望着大海，深夜不眠，那时月亮照亮航迹。我们经过苏伊士运河，那里的夜晚如此温柔。我们溜出舱底睡在甲板上。我裹在军被里，这是唯一从军队带回的纪念品，还有土黄色的衣服，放着资料的帆布包。这些日子以来，我一直睡在外面，在泥泞中，此刻，甲板的木头和上方布满星辰的苍穹，对于我仿佛是天堂。和其他士兵在一起，我们交谈，用克里奥尔语，用不纯正的英语，我们唱歌，我们讲述没完没了的故事。战争已经成为传奇，被讲述者的想象所加工。甲板上，和我在一起的，有塞内加尔人，毛里求斯人，南部非洲人。然而在电报公司办公室前和我同时回应点名的罗德里格斯人却一个都没有。我回想起名字被点到的时候，卡奇米尔的愉悦。可能我是唯一的幸存者，因为虱子的恩赐躲过了屠杀？

现在我想念的是洛尔。只要可以，我就去船首，绞盘旁边，望着海平线。我望着深蓝的大海，望着云彩，想念洛尔的面孔。我们身处亚丁湾洋面，然后经过瓜达富伊角，驶向那些大港口，它们的名字从前就让我们向往，洛尔和我，在布康的时光：蒙巴萨，桑给巴尔。我们驶向赤道，空气已经灼热，夜晚干燥，星星闪烁。我窥伺飞鱼，信天翁，海豚。每天，我似乎觉得越来越多地看见洛尔，也越来越多地听见她的声音，感觉到她微笑的嘲讽，眼睛的光芒。在阿曼海上，猛烈的暴风雨降临。空中没有一片云，狂怒的风把波涛推向轮船，轮船是移动的悬崖，海水向它撞击。船的一侧被推动，行驶得飞快，波涛洗刷着我们的甲板下部。不管是否愿意，必须放弃这悠闲的甲板，重新走下底舱恶心的大火炉里。水手告诉我们，一场暴风雨的尾部经过索科特拉岛，的确，当晚，倾盆大雨倾泻在轮船上，淹没底舱。我们轮流用泵抽水，水流在我们腿间，清洗舱底，带走废品和垃圾！当平静重归于海上和天空的时候，一切又变得多么光彩夺目！我们周围，大海无边无际的蓝色之上，绵长的波涛，镶着泡沫，和我们一起，缓缓前行。

我们途中经停蒙巴萨，桑给巴尔港口，一路来到塔马塔夫，这一切在转眼之间。我不大离开甲板的位置，除了下午太阳炙烤或者下阵雨的时候。因此，可以说我的眼睛未曾离开大海，我看见它变换颜色，变换性情，有时候平滑，无浪，在风中微颤，另一些时候，变得坚硬，没有海平线，灰蒙蒙地下雨，呼啸，任由海浪向我们撞击。我再次想起"泽塔号"，想起英国湾的旅途。一切似乎都很遥远，乌玛滑在河流的细沙上，手里抓着鱼叉，身体靠着我睡着了，就在明亮的天空下。这里，多亏了大海，我终于又找到梦的节拍，梦的颜色。我知道我应该回到罗德里格斯。在我心中，必须去那里。洛尔是否会理解？

往返于路易港锚地的长长的独木舟终于靠岸了，那时人群、声音、味道让我头昏脑涨，像在蒙巴萨一样，那一瞬间我想回到大轮船上，好继续旅途。可是突然，在总督辖区的树荫下，我看见洛尔的身影。不多久，她把我拥在怀里，拉我穿过街道，走向火车站。尽管激动，我们仍然不紧不慢地说话，仿佛我们昨天才别离。她询问我关于旅途、军队医院的问题，她向我谈起写给我的信。然后她说："可是为什么把你的头发剪得像苦役犯？"对这个，我可以回答：因为虱子！于是引起片刻沉寂。接下来她又开始向我提问，关于英国，关于法国，此时我们走向火车站，穿过我已辨认不出的条条街道。

这些年来，洛尔变了，我想，如果她不待在一边，穿着和我出发去罗德里格斯时同样的白色连衣裙，我可能认不出她。在驶向罗斯希尔和卡特勒博尔纳的二等车厢里，我发现她面色苍白，眼睛下有黑眼圈，苦涩的皱纹在嘴边各处。她总是那么美丽，目光里闪着火焰，还有我所喜爱的令人担心的活力，如今却带着某种疲惫、脆弱。

我们离福里斯特锡德的房子很近了，那时我的心很难受。在似乎多年来不曾停止的雨中，房子更加阴暗而忧伤。第一眼，我就看见游廊坍塌了，青草淹没了小花园，玻璃碎了，仅仅用油纸糊着。洛尔跟随我的目光，低声说："我们现在很穷。"母亲出现在我们面前，停在游廊的台阶上。她紧绷着脸，表情忧伤，没有微笑，用手遮着眼睛，似乎在努力看我们。然而，我们仅仅在几米之远。我明白她几乎失明了。我靠着她，抓住她的手。她把我紧紧抱住，什么也没说，许久。

尽管房子穷酸、破落，然而这一晚，以及接下来的日子里，我都感到幸福，许久以来未曾有过的幸福。我似乎觉得重新找到自己，又变回了自己。

十二月，尽管每天下午福里斯特锡德都下雨，然而这是我许久以来经历过最美好最自由的夏天。多亏了我在复员那天收到的抚恤金——因为我获得了军功奖章、特等军功奖章，以及一等准尉军衔——我们可以有一段时间不愁衣食，我也可以随心所欲地走遍整个地区。洛尔时常和我一起，我们骑着在路易港买来的自行车出发了，穿过甘蔗地，骑向亨利埃塔、坎兹康通。或者我们走马埃堡路，路上挤满大车，直到新法兰西，然后沿克吕尼附近泥泞的道路，或者穿过布瓦谢里的茶园。早晨，我们离开福里斯特锡德的时候，薄雾弥漫，太阳照耀在深暗的树叶上，风吹动甘蔗田，波浪起伏。我们无忧无虑地骑着，绕过积水，曲折前行，我身穿制服，洛尔穿着白色连衣裙，戴一顶大草帽。田野里，穿粗麻布衣的妇女们停下劳动，看我们经过。在坎兹康通的公路上，一点钟左右，我们碰上从田里回来的妇女们。她们摇摆长裙，缓慢地行走，锄头顶在头上，保持着平衡。她们用克里奥尔语招呼我们，嘲笑洛尔，洛尔在踩脚踏板时把连衣裙紧紧绷在腿间。

一个下午，和洛尔一起，我们行驶在坎兹康通的另一边，穿过里维耶尔-迪朗帕。路那么难走，我们不得不放弃自行车，赶紧把它们藏在甘蔗中间。尽管太阳炙烤着，某些地方的道路仍然像泥巴的湍流，我们不得不脱下鞋。和从前一样，我们赤脚走在温热的泥巴上，洛尔按照印度短裤的样子卷起白色的连衣裙。

我的心怦怦直跳，走向特鲁瓦马梅尔山峰的方向，它们俯瞰着白蚁巢一样的甘蔗田。刚才还晴朗万里的天空，突然布满大片云层。但是我们并不在意。在同样的愿望的驱使下，我们没有停歇，尽最快的速度穿过尖尖的甘蔗叶。甘蔗田在帕帕伊河结束。之后是大片草地，越来越远，立着黑石子堆，洛尔称之为殉难者的坟墓，因为他们是在甘蔗田里劳动的时候死亡的。接下来，在草地尽头，在特鲁瓦马梅尔山峰之间，就是海边辽阔的陆地，从沃尔玛尔一直到黑河。我们站在山口，海风吹向我们。大片云朵游走在大海上方。经过甘蔗田的炎热之后，风让我们陶醉。我们待了一会不动，凝视前方的风景，仿佛时间没有逝去，仿佛我们仅仅在昨天离开布康。我看着洛尔。她的面孔坚毅而紧绷，然而她呼吸急促，转向我，我看见她的眼睛里闪着泪花。这是她第一次重新看见我们童年的景象。她坐在草地里，我待在她身旁。我们一言不发，望着山丘，小溪的阴影，地面的起伏不平。我徒然地寻找我们的房子，在布康河边，在拉图雷尔-塔马兰山后。所有居住的痕迹都已消失，大片烧焦的荒地代替了矮树丛。是洛尔先说话，好像回答我问自己的问题。

"我们的房子再也不在那里，卢多维克叔叔让人全部拆毁，已经很久了，我想，那时你在罗德里格斯。他甚至没有等到宣告判决。"

愤怒哽咽我的声音：

"但是为什么，他怎么敢这样？"

"他说，想用土地种甘蔗，他不需要房子。"

"多么卑劣！如果我早知道，如果我在这里……"

"你会做什么？我们什么也不能做。我向母亲隐瞒了一切，不让她受到更多的打击。她不能承受这么残忍地让我们的房子消失。"

我的眼睛模糊了，望着眼前壮丽的一片，在越来越近的太阳之下，大海波光粼粼，拉图雷尔-塔马兰的阴影越拉越长。我不断注视着布康河岸，似乎觉得看见什么，像荆棘丛中的一块伤疤，那里是房子和花园，还有峡谷深暗的斑点。以前我们时常在那里胡思乱想，栖息在古老的树上。洛尔仍然在说，为了安慰我。她的声音平静，她的激动已经过去。

"你知道，房子没了不再重要。离现在那么久了，根本是另一种生活。重要的是你回来了，母亲年纪大了，她只有我们。房子是什么？一个带洞的破旧屋子，里面漏雨，被白蚁侵蚀。不应该遗憾不复存在的东西。"

但是我压低嗓门，满是怒火：

"不，我不能忘记，我永远不会忘记！"

我无休止地望着千变万化的天空下凝固不动的风景。我注视每个细节，每个泉眼，每片树丛，从黑河峡谷一直到塔马兰。河岸，烟雾笼罩在大黑河，戈莱特附近。德尼或许在那里，和从前一样，在老库克的陋屋里，我似乎觉得由于不断凝望，在照耀着河岸和大海的金色光线下，我将推测出我们孩时的身影，那身影穿过高高的草地，正在奔跑，赤着脚，脸上被抓伤，衣服被撕破，在这个没有边际的世界，在黄昏里，窥伺神秘的马纳纳瓦上方两只蒙鸟飞翔。

回来的兴奋很快就没有了。首先是 W.W. 韦斯特办公室里的职位，很久以前我曾经任职的职位，人们假装以为我为打仗而离开。我重新闻到尘土的味道，湿热通过百叶窗渗透进来，夹带着朗巴特街的喧闹。职员们，漠不关心，客户、商人、会计……对于所有这些人，什么都没有发生。世界没有变化。然而，一九一三年的一天，洛尔向我讲述，那时我还在罗德里格斯，饥饿的人民，处在由飓风而引起的贫困之中，他们聚集在火车站前：来自种植园的印度人和黑人的人群，穿粗麻布衣的妇女们怀里抱着孩子，所有人，没有叫喊，没有出声，聚集在火车站前。他们等待高地的火车到来，火车每天从瓦科阿，从居尔皮普带来白人，他们是银行、商店、种植园的主人。人们等了很久，一开始有耐心，之后随着时间的流逝，怀有更多怨恨，更多失望。如果这天白人来了，会发生什么事情？但是白人们被预先通知有危险，没有乘火车去路易港。他们待在家里，等警察处理。于是人群被驱散。可能有几家中国商店被抢劫，土地信贷银行或者甚至 W.W. 韦斯特的橱窗里有几块石头。一切都解决了。

表哥费迪南是卢多维克叔叔的儿子，在他领导的办公室里，他装作不认识我，把我当作服务人员对待。怒火在我心中升起，如果说我抑制住推开他的想法,是因为洛尔,她那么希望我留下。像从前一样,每刻闲暇,我都用来在港口边步行,在水手和码头工人之中,在鱼市附近。除此之外,我希望再次看见"泽塔号",布拉德梅尔船长和科摩罗舵手。我等了很久,在总督辖区的树荫下,希望看见纵帆船到达,扶手椅固定在甲板上。在我心里,已经知道我将再次出发。

在福里斯特锡德我的房间里,晚上,我打开旧旅行箱,箱子由于待在英国湾而生了锈,我看着宝藏的资料,所收集的地图、草图和笔记,动身去欧洲之前,我把它们从罗德里格斯送回。望着它们,我看见了乌玛,她一下子扎进大海,自由地游泳,黑檀木尖的长鱼叉握在手里。

每一天,欲望在我心中越来越强,想再次回到罗德里格斯,重新找到山谷的寂静和安宁,不属于任何人的天空,云朵,大海。我要避开"上流社会"的人群,他们恶毒而虚伪。《塞尔纳人》上刊登了一篇文章《世界大战中我们的英雄》,文章中列举了我的名字,授予我一些纯粹虚构的英勇行为,从那时起,洛尔和我突然出现在各种庆祝的邀请名单上,在路易港,在居尔皮普,在弗洛雷阿尔。洛尔陪伴我,穿着她同一条破旧的白连衣裙,我们交谈,我们跳舞。我们去战神广场街,或者在弗洛尔喝茶。我不停地想念乌玛,想念英国湾上空每天早晨经过的鸟儿的叫声。这里的人们似乎让我觉得是虚构的,不真实的。我对这些假荣誉感到厌倦。有一天,我没有通知洛尔,把办公室职员的灰色西服留在福里斯特锡德,穿着旧的土黄色上衣和从战争带来的长裤,它们因为待在战壕里的日子变得又脏又破，并且戴上军官徽章和装饰、军功奖章和特等军功奖章。下午，W.W. 韦斯特办公室关门了，我依旧是这副打扮，喝了几杯粕酒，坐在弗洛尔茶馆里。从这一天起，上流社会的邀请神奇般地停止了。

然而我所感受到的苦恼，以及我想逃走的愿望无法让洛尔视而不见。一天晚上，她在火车到达的时候等我，在居尔皮普，像过去一样。福里斯特锡德的细雨打湿她的白连衣裙和头发，她躲在一片宽大的树叶下。我对她说，她像弗吉尼亚人，这让她微笑。我们一起走在泥泞的路上，伴着夜晚之前回家的印度人。突然，洛尔说：

"你又要出发，不是吗？"

我寻找一个让她放心的回答，但是她重复问道：

"你很快就要离开，不是吗？告诉我真相。"

没有等我回答，又或者因为她知道答案，她开始发怒：

"为什么你什么都不说？为什么我必须从别人那里得知一切？"

她犹豫谈起这个话题，然后又说道：

"在那里的女人，你和她一起生活，像一个野人！还有愚蠢的宝藏，你顽固地寻找！"

她怎么知道？谁对她谈起乌玛？

"我们永远也不能像从前那样，这里永远也不会有我们的位置！"

洛尔的话语让我难受，因为我知道这是真的。我对她说：

"可是正因为这样，我应该离开。正因为这样，我应该成功。"

如何对她说这些？她已经恢复镇定。用手背擦去流在面颊上的眼泪，用孩子的方式擤鼻涕。福里斯特锡德的房子就在我们面前，阴暗，如同一艘船搁浅在山丘高处，在大雨之后。

那天晚上，和母亲一起吃完晚饭，洛尔更加愉快。游廊下，我们谈论旅行，宝藏。洛尔一副活泼的样子，说道：

"你找到宝藏的时候，我们将在那里和你会合。我们会有一个农场，自己劳动，像德兰士瓦的开拓者一样。"

于是，我们渐渐做起美梦，仿佛从前在布康的阁楼里。我们谈论农场，谈论饲养的牲畜，因为一切将重新开始，远离银行家和律师。在父亲的书里，我发现弗朗索瓦·勒加的故事，我阅读有关植物、气候、罗德里格斯的片段。

母亲被我们的声音吸引，从她的房间里出来。她来到外面，面孔被游廊的防风灯照亮，在我看来，她和布康时代一样年轻，一样美丽，那时她解释语法课程，或者向我们朗读圣经故事的片段。她听着我们荒诞的谈话，我们的计划，然后拥抱我们，把我们紧紧搂向她："这一切都是梦。"

这一夜，的的确确，福里斯特锡德毁坏的老房子是一艘船，它穿过大海，一边颠簸行驶，一边噼啪作响，在柔和的雨声中，驶向新的岛屿。

再次见到"泽塔号"，我似乎觉得重新找回生活以及自由，在这么多年的放逐之后。我待在一贯的位置，在船首，布拉德梅尔船长身旁，他坐在固定在甲板的扶手椅上。我们已经背风向东北行驶了两天，沿着南纬20°。太阳高挂在天空，那时布拉德梅尔从扶手椅上站起来，像过去一样，他转向我："您想试试吗，先生？"

仿佛所有这段时间里我们一同航行，从未停止。

我赤脚站在甲板上，双手紧紧抓住舵轮，我感到幸福。甲板上没有别人，只有两个科摩罗水手，脑袋裹在白色帆布里。我喜爱重新听见风吹在船桅的侧支索间的声音，看见船尾撞击波浪抬起。我似乎觉得"泽塔号"升向海平线，直到天空出现的地方。

我觉得是昨天，我第一次去罗德里格斯岛，站在甲板上，感觉船像动物一样移动，沉重的波涛从艏柱下经过，在我唇边是盐的味道，寂静无声，大海。是的，我觉得自己从未离开这个位置，在"泽塔号"的船舵前，继续旅行，旅行的目标不断后退。剩下的一切仅仅是一场梦。梦想在英国湾的细谷中那不为人知的海盗科赛尔的金子，梦想乌玛的爱情，她熔岩色的身体，潟湖的水，海鸟。梦想战争，弗兰德冰冷的夜晚，昂克尔河，索姆省的雨，毒气的雨雾和炮弹的闪光。

太阳再次落在我们身后，我看见海面上的帆影，布拉德梅尔船长重新操起船舵。他站立着，因为波涛的反射面孔通红，起褶，他没有变。我并没有向他提问，他告诉我舵手去世了。

"一九一六年，或者一九一七年初，或许吧……我们到达阿加莱加群岛，他病倒了。发烧，腹泻，胡言乱语。医生来看，嘱咐要检疫隔离，因为是伤寒。他们害怕传染。他已经既不能吃也不能喝。第二天就死了，医生甚至都没有再来……那时，先生，我很生气。既然人们不需要我们，我叫人把所有货物扔进大海，在阿加莱加群岛前，我们重新出发向南，直到圣布兰登岛……他曾经说过想在那里终了……于是我们在他脚上挂上重物，把他扔进大海，礁石前方，那里有数百英寻深，海水如此蓝……他流走的时候，我们念祷告，我说：舵手，我的朋友，你现在到家了，永远。愿平静伴随你。其他人说：阿门……我们在环礁前待了两天。天气如此美丽，没有一片云，大海如此安静……我们待着，看鸟儿，还有乌龟在船旁边游泳……我们钓了几只乌龟，把它们熏制好，然后又出发了。"

他的声音犹豫不决，被风覆盖。年老的人径直望向前方，在鼓起的船帆的那一边。白天将尽的光线里，他的面孔突然变成疲惫的、对未来漠然的那种表情。现在我才明白我原先期冀的不过是幻想：故事讲完了，这里和别处一样，世界不再相同。经历过战争，罪恶，侵犯，因此生活打乱了。

"现在，我感觉很奇怪，我再找不到舵手。他了解大海的一切，直到阿曼……就像船再也不知道要去哪里……很奇怪，不是吗？他是主人，他把船掌控在手中……"

于是，望着美丽的大海，耀眼的航迹在穿不透的水面开辟出一条道路，我又一次感到担忧。我害怕到达罗德里格斯，害怕将要在那里寻找到的东西。乌玛在哪里？我给她寄了两封信，第一封从伦敦，出发去弗兰德之前，第二封从萨塞克斯军队的医院，都没有回音。它们是否寄到？是否有人给马纳弗人写信？

夜晚，我没有走下底舱睡觉。我躲在甲板上的包裹里，裹在毯子里睡觉，脑袋靠在军包上，听大海的声音和船帆间的风。然后，我醒来，从舷墙上撒尿，回来坐下，看布满星星的天空。多么漫长，海上的时光！逝去的每一小时都清洗掉我应该遗忘的东西，让我靠近舵手永恒的形象。在旅行结束的时候，我难道不是应该与他重逢吗？

今天，风转向了，我们逼风行驶，桅杆倾斜六十度，艏柱撞击恶劣的大海，溅起阵阵浪涛。新舵手是一个面无表情的黑人。在他旁边，尽管甲板倾斜，布拉德梅尔船长仍然坐在固定在甲板上的老扶手椅上，他一边抽烟一边望着大海。我试图进行交谈，却总被他口齿不清的两个词挡了回来，不看我一眼："是的，先生？""不，先生。"风阵阵吹向我们，大多数人躲在底舱，除了罗德里格斯的批发商，不想离开甲板上他们的包裹。水手们急急忙忙铺开一张涂漆的篷布，盖在货品上，关闭前面的舱口。我把军包塞在篷布下，尽管有太阳，仍然裹在被子里。

"泽塔号"花费很大力气在大海溯流而上，我在内心感受到船体噼噼啪啪的声音，船桅的呻吟。"泽塔号"倾斜在侧弦上，强劲的波涛一边冒烟一边涌向我们，击打在侧弦上。三点，风猛烈吹拂，让我联想到飓风，但是云层稀薄，只有苍白的卷云用宽大的尾部在天空划下横线。这不是飓风的天空。

"泽塔号"很难保持航向。是布拉德梅尔船长在掌舵，他把身体的重量压在短短的腿上，舵轮因为浪花发出咯咯的声音。尽管船帆收起，风的重量让船只发出哼哼唧唧的呻吟。这样能抵抗多久？

然后，一下子，阵风不那么猛烈了，"泽塔号"的桅杆重新竖起。大约下午五点，在温热而美丽的光线里，罗德里格斯的山脉轻盈地出现在激烈的海平面上方。

立刻，大家都出现在甲板上。罗德里格斯人唱歌，叫喊，甚至寡言少语的科摩罗人也在说话。我和其他人在船首，凝视这条蓝色的线，像奇迹一样具有迷惑性，让我的心怦怦直跳。

这正是我曾经梦想的到达场景，许久以来，那时我身处战争的地狱，在壕沟里的泥巴和污秽中。此刻我梦想成真，"泽塔号"像一只无桅的小船升起在深暗的海域上，在海浪的碎片中，驶向岛上透明的山脉。

晚上，我们在军舰鸟和燕鸥的伴随下，经过贡布拉尼岛，然后是普拉托山峰，大海变得油乎乎的。远处已经闪烁航标的光芒。夜晚降临在山脉的北坡。我的害怕消失了。现在我急于下船。船在滑行，所有船帆都在外面，我看着靠近的堤岸。我和罗德里格斯人一起，探身在舷墙上，手里拿着包，准备好跳上陆地。

我们下船的时候，孩子们已经登上船，那时我转过身，看见布拉德梅尔船长。他已经下达完命令，我只看见他的脸，被航标的光线模糊地照亮，他的身影打上疲惫和孤独的印记。船长没有转向我，走下底舱抽烟睡觉了，可能想到舵手从不下船。我走向马蒂兰港的灯光，内心留下这幅令人担忧的画面，我还不知道，这将是我对布拉德梅尔和他的船所保留的最后的画面。

黎明，来到我的天地，科芒德尔瞭望岗，很久以前，我曾在那里第一次看见英国湾。这里，表面看来，什么都没有变。巨大的山谷总是黑色，孤独的在大海前方。我走下斜坡，在露兜树的树刃中间，踩塌了脚下的土地，努力辨认所有我生活过的地方，它们对于我曾经那么熟悉：细谷深色的斑影，右岸，有高大的罗望子树，刻有记号的玄武岩块，罗索河纤细的水流在灌木间蜿蜒曲折，直到沼泽，还有远处，作为坐标点的山脉。有一些树我不认识，榄仁树，椰树，大戟树。

我来到山谷中央，徒然地寻找老罗望子树，从前我在树下安置营帐，它曾经庇护着我们，乌玛和我，在柔和的夜晚。在树的位置，我看见一个土丘，上面长着带刺的灌木丛。我明白它在那里，躺在土下，飓风在那里将它折断，从根部和树干产生像坟墓一样的土丘。尽管太阳灼烤我的背部和脖子，我仍然在那里坐了许久，在土丘上的荆棘之中，努力寻找我的踪迹。那里，就在树的位置，我决定建造我的藏身之处。

在罗德里格斯，我不再认识任何人。大多数和我一起出发，回应基奇纳勋爵点名的人，都没有再回来。战争的几年里，有过饥饿，由于封锁，船只不再带来任何东西，没有米，没有油，没有罐头。疾病屠杀了居民，尤其是伤寒。人们因为缺乏药品，在山里死亡。现在到处是老鼠，它们大白天在马蒂兰港的街道上乱跑。乌玛变成怎样，她的弟弟怎样，在荒无人烟的山里，没有资源？马纳弗人变成怎样？

只有弗里茨·卡斯特尔留下来，在偏僻的农场，电报公司附近。现在他是十七、八岁的年轻人，机灵的面孔，深沉的嗓音，我很难认出那个曾经帮我设立标杆的孩子。其他人，拉布，普罗斯佩，阿德里安·梅居尔都消失了，和卡其米尔一样，和所有回应点名的人一样。"死了"，我念到他们的名字，弗里茨·卡斯特尔这样重复道。

在卡斯特尔的帮助下，我用树枝和棕榈叶搭了一间茅屋，在老罗望子树的坟墓前。我要停留多久？现在，我知道日子屈指可数。并不是缺钱（军队的奖励金几乎原封不动），然而我缺少的是时间。白天，黑夜抛弃了我，让我衰弱。我再次身处英国湾，在寂静之中，周围包围着坚硬的玄武岩墙，听见大海持续的声响，我便立刻知道了。这一切摧毁了世界，我是否真正能够从这个地方希望得到什么？我为何回来？

每天，我待着不动，像谷底的玄武岩块，仿佛从消失的城市里残留下来一般。我不想动。我需要寂静，发呆。早晨，黎明，我来到沙滩，来到芦苇间。我坐下来，从前乌玛在那里为我盖上沙，让我在风中吹干。我倾听大海轰鸣在弓形的礁岩上，等待它从水道狭窄的地方升起的时刻，吹来阵阵海沫。然后我听见它再次落下，滑进油乎乎的水底，发现水洼的秘密。清晨，傍晚，海鸟飞过海湾，标志一天的开始与结束。我想到美丽的夜晚，如此简单地来到山谷，毫不畏惧。那些等待乌玛的夜晚，不等待任何人的夜晚，窥伺星星的夜晚，每颗星星都在宇宙中有自己的位置，描绘出永恒的形状。现在，来临的夜晚让我不安，让我担心。我感到寒冷的啮噬，听见石头的声音。大多数夜晚，我蜷缩在茅屋尽头，睁大眼睛，打着哆嗦，一夜无眠。恐惧难以抵挡，有时我必须回到城里，睡在中国旅馆狭窄的房间里，用桌椅紧紧堵上大门。

在我身上发生了什么？英国湾的一天很长。年轻的弗里茨·卡斯特尔经常过来坐在长有树木的坟头上，在我的茅屋前。

我们抽烟，说话，或者说是我在说话，谈论战争，谈论战壕里白刃发起的进攻，谈论炸弹的光芒。他一边听一边说："是的，先生。""不，先生。"一点也没有不耐烦。为了不让他失望，我派他挖掘探测孔。但是从前所描绘的地图对我不再有意义。线条在我眼前凌乱，拐角张开，标记混淆。

弗里茨·卡斯特尔离开了，那时我就去大罗望子树下待着，在细谷的入口，我一边抽烟一边望着山谷，光线变幻无常。有时，我走进细谷，好像从前一样感受光线灼热地照在脸上，胸膛。细谷和我从前离开的时候一样：岩石堵住第一个洞穴，镐的痕迹，突出的玄武岩上巨大的檐槽形切口。我曾经来到这里寻找什么？现在我觉得四处都是空洞，遗弃。仿佛一具被高烧清空的躯体，之前在发热，悸动，而现在只是颤抖，虚弱。然而，我喜爱细谷里的光线，孤独。我也喜爱湛蓝的天空，山谷上方山脉的形状。或许因为这个原因，我回来了。

晚上，在黄昏的偏移中，我坐在沙丘里，梦想乌玛，梦想她金属般的身体。我用燧石尖在一块玄武岩上勾勒她的身体，芦苇从那里开始生长。然而在我要写上日期的时候，我觉察到自己不再知道何日何月。有一刻，我想跑到电报公司的办公室，像过去一样询问：今天几号？但是我立刻发觉，日期对我没有任何意义，不再有任何重要之处。

这天早晨，太阳一升起来，我就动身去山脉里。一开始，我以为是沿着一条认识的道路，在小灌木和露兜树之间。但是很快，太阳的反射炙烤着我，模糊我的视线。在我上方，是辽阔的大海，蓝色，坚硬，包围着岛屿。如果乌玛在这里的某个地方，我会找到她。我需要她，是她掌握着寻金者秘密的钥匙。我的确这么相信。我穿过岩块，攀爬利蒙山，心脏在胸膛剧烈跳动。第一次的时候我是否正是通过这里而来，那会儿我跟随斯里转瞬即逝的身影，仿佛在天空遇见了他？太阳在我上方，在天顶，吞食了阴影。没有任何洞穴，任何坐标。

现在我迷失在山中，被相像的石头和灌木丛包围。晒焦的山峰在各个方向竖起，对着闪亮的天空。这些年来，我第一次呼喊她的名字："乌——玛！"我站立着，面向浅黄褐色的山峰，我大喊："乌——玛！"我听见风声，灼热而迷眼的风。熔岩和露兜树的风让思想停止。"乌——玛！"我继续喊，转向北边，这一次，向喘息的大海。我登上利蒙山峰，看见其他环绕我的山脉。谷底已经在阴影之下。天空在东边变得黯淡。"乌——玛！"我似乎觉得，我在呼喊自己的名字，为了在荒芜的风景中唤醒我生命的回声，在天毁地灭的那几年里，我已经将它丢失。"乌玛！乌——玛！"我的嗓音变得嘶哑，我游荡在高高的平原上，徒然地寻找居住的痕迹，山羊的畜栏，火迹。然而山里空荡荡的。没有人类的痕迹，没有一根折断的树枝，干燥的土地上没有一丝皱褶。只是时而在两块石头之间有一条百英尺的小道。

我来到哪里？我应该游荡了几个小时，不知不觉地。夜晚来临了，想要下山已经太晚。我用眼睛寻找一个藏身之处，岩石里的一个凹陷，可以躲避夜晚的寒冷，躲避已经开始落下的雨。山脉已经淹没于阴影之中，在山一侧，我找到某个长着浅草的斜坡，我就在那里安置下来过夜。风从我头顶上方呼啸而过，我很快便睡着了，筋疲力尽。后来，寒冷把我叫醒。夜晚漆黑一片，在我前方，新月照耀出不真实的光芒。月亮的美丽让时间停止。

　　天亮了，我逐渐分辨出周围的形状。我激动地发现，自己在毫不觉察的时候，睡在马纳弗人旧营地的废墟里。我用手挖开干燥的土地，在石头中间发现一直寻找的痕迹：玻璃块，生锈的盒子，贝壳。现在，我清楚地看见畜栏的圆圈，茅屋的基座。这是乌玛居住的村庄留下来的吗？他们怎样了？他们是否死于发热和饥饿，被所有人抛弃？如果是离开，他们没有时间隐藏痕迹。他们该是躲避降临的死亡吧。我一动不动，待在废墟中，被巨大的失望所折磨。

　　太阳重新在天空炙烤，我再次走下利蒙山的斜坡，穿过带刺的灌木丛。很快出现露兜树和罗望子树深暗的树叶。罗索河绵长的河谷尽头，我看见大海艰难地闪耀在阳光下，大海的辽阔让我们沦为俘虏。

夏天，冬天，然后依旧是雨季。所有在英国湾的时光，都为我所梦想，没有标记，不理解在我身上发生了什么。渐渐地，我重新开始寻找，测量岩石间的距离，在覆盖着山谷的隐形网络上描画新的线条。我正是在这张蜘蛛网上生活，移动。

我从未感到离秘密这么近。现在我不再有七八年前开始寻找时的焦躁不安。那时每天都发现一个记号，一个象征。我往返于山谷的河岸间，从一块岩石跳跃到另一块岩石，四处挖探测孔，急躁不安。那时我无法听见乌玛，无法看见她。我为石头的风景眼花目眩，窥伺阴影的移动，它们向我显示一个新的秘密。

而今，一切都过去了。在我心中有一个不为人知的信念。它来自何处？信念在玄武岩中，在被冲刷成沟壑的土地上，信念在河流纤细的水流中，在沙丘的细沙里。它可能来自大海，大海紧紧包围着岛屿，发出深沉的声音，呼吸的声音。一切都在我身体里，我重新回到英国湾的时候，终于明白了。这是一种我以为丧失的能力。于是，现在，我不再急迫。我时常几个小时一动不动，坐在沙丘里，在河湾旁，望着岩礁上的大海，注视鸬鹚鸟和海鸥经过。或者太阳在正午的位置的时候，我躲在茅屋里，午饭吃几只煮熟的螃蟹，喝一点椰奶，然后在马蒂兰港中国商店买来的小学生作业本上写字。我给乌玛、给洛尔写信,她们永远也读不到的信,信里我诉说无关紧要的事情,天空,云朵的形状,大海的颜色,在这里产生的想法,在英国湾深处。还有夜晚,天空寒冷,月盈时分,无法入睡,我盘腿坐在门前,点亮风灯,一边抽烟一边在其他本子上描画寻找的地图,以便记录秘密的进展。

我在海湾的沙滩上散步,随时拾起被大海抛弃的奇怪的东西,贝壳,海胆化石,泰克泰克贝。我把它们小心翼翼地放在在空饼干盒里。我捡这些东西是为了洛尔,我记得这是从前德尼跑步回来的时候带来的玩意儿。海湾深处,我和年轻的弗里茨·卡斯特尔探测沙子,我拾捡奇形怪状的石子,半碎的岩页,燧石。一天早晨,我们轮流挥镐挖掘,在罗索河形成拐点向西的地方,沿着朝向大海的旧河口的走向,我们清理出一块巨大的玄武岩石,烟黑色,顶部有一些用凿刀刻下的刻痕。我跪在石头前,想努力弄清楚。我的同伴好奇而又恐惧地看着我:河沙中出现的是什么圣物?

"你看!仔细看!"

年轻的黑人犹豫了一下。然后他跪在我身旁。在黑石头上,我向他指示每一个切痕,它们和山谷深处,我们前方的山脉一致:"看:这里是利蒙山。那里是卢宾峰山,帕塔特山。那是大马拉蒂克山。这是比拉克泰尔山,双夏尔洛山,还有那里,科芒德尔顶的瞭望岗。一切都标记在石头上。从前他从这里下船,用这块石头系泊独木舟,我肯定。这是描绘我秘密地图的所有坐标点。"弗里茨·卡斯特尔站起身。他的目光总是流露出同样的好奇,混合着畏惧。他害怕什么,害怕谁?是我,或者很久以前在石头上做标记的人？

从这天起，弗里茨·卡斯特尔没有再来。这样岂不更好？孤独之中，我愈加明白我在这里的原因，在贫瘠的山谷中。于是，我似乎觉得没有任何东西能把我和这个素不相识的人分开，大约两百年前，他来到这里，为了临死之前在这里留下秘密。

我怎敢不留心周围，就这么活着，只是在这里寻找金子，找到以后就逃跑呢？地上的探测，移动岩石的工程，一切都是亵渎。现在，处于孤独和遗弃之中，我明白了，我看见了。整个山谷像一座陵墓。神秘，原始，是流放的地点。我回忆起乌玛的话语，那时她第一次对我说话，治疗我头部伤口的时候，她的语气既嘲讽又受伤："您真的喜爱金子？"那时，我没有理解，我被自己认为天真的东西所捉弄。我没有想到崎岖的山谷之中，还有其他可取之的东西，我没有想象到原始而奇怪的女孩会洞悉秘密。现在，难道不是太晚？

我独自一人，在石头中间，还有我唯一的依靠，几捆书写我生命的纸张、地图、本子！

我想起那段时光，我发现了世界，渐渐地，在布康深处。我想起那段时光，我奔跑在草地里，追逐永远盘旋在马纳纳瓦上空的鸟儿。我重新自言自语，仿佛从前。我歌唱塔尼埃河的歌词，我们缓慢地摇晃身体，和老库克一起唱歌曲的副歌部分：

嗨，嗨，我的孩子，
必须工作才能赚得面包

这个声音在我心中重新响起。我望着罗索河的河水流向河湾，那时黄昏让一切消退。我忘记白天的灼热，在悬崖脚下寻找时的担忧，还有挖掘的毫无用处的探测孔。夜晚来临了，伴随着芦苇里勉强能感觉到的震颤，大海温柔的喧闹声。从前不正是如此？在拉图雷尔-塔马兰附近，那时我望着小山谷被黑暗淹没，从布康附近注视着缕缕烟雾。

终于，我重新获得夜晚的自由，我躺在地上，睁开眼睛，和天空的中心交流。我独自在山谷，望着星星的世界打开，望着银河上静止的云朵。一个接一个，我辨认出童年的形状，水蛇座，狮子座，大犬座，骄傲的猎户座肩上镶有珠宝，南十字座和它的追随者们，还有南船座，永远漂流在宇宙，船尾转向西边，被夜晚看不见的波涛托起。我舒展在黑沙上，在罗索河附近，没有睡觉，没有做梦。我感到脸上柔和的星光，感到大地的运动。夏季平和的寂静中，配合远处波涛的呼啸声，星座图就是传奇。我看见天空中所有道路，最亮的闪烁点仿佛航标。我看见秘密的小径，黑洞洞的井，还有陷阱。我想到不为人知的海盗科赛尔，很久以前，或许他沉睡在沙滩上。或许他认识古老的罗望子树，此刻安息在地下？难道他不曾贪婪地望着天空，把他指引到岛屿的天空？躺在温柔的大地上，在激烈的战斗和屠杀之后，他在这里品尝平静与休憩，在椰树和大戟树下躲避海风。我在眩晕中穿越时光，望着布满星辰的天空。不为人知的海盗科赛尔就在这里，他在我心中呼吸，我正是用他的目光凝视天空。

我怎么没有更早想到？英国湾的格局就是世界的格局。山谷的地图如此简单，每一刻都在不停地扩大，充满记号和标杆。很快，这里的错综复杂向我隐藏了真相。我的心怦怦直跳，我一跃而起，奔向茅屋，屋里灯芯依旧在燃烧。在颤抖的灯光下，我在包里寻找地图、文件、表格。我把纸和灯拿到外面，面向南边坐下，比较地图和天穹的图画。地图中间，在我从前设立界标的地方，南北线和锚环轴相交，与十字座完全吻合，在我前方闪耀着神奇的光芒。东边，细谷上方，天蝎座准确地显示出山谷的形状，它弯曲身体，心脏是红色的新宿二，闪烁在我发现不为人知的海盗科赛尔的两个洞穴的位置。我向东望去，看见形成大写 M 和科芒德尔瞭望岗的三座山峰的上方，猎户座腰带上的三颗玛丽星刚刚出现在山脉上方。北边，大海附近有大熊座，轻盈，转瞬即逝，指示水道的入口，更远处，南船座的弧线勾勒出海湾的形状，船尾沿河湾溯流而上，直到从前海岸的边界。我感到眩晕，不得不闭上眼睛。我是否在经受新的幻觉？但是星星是鲜活的，永恒的，下面的大地跟随着它们的图案。因此，苍穹里，不可能发生任何错误，我寻找的秘密一直记录在那里。自从过去在星光小道上遥望天空，我一直看见它，却并不知道。

宝藏在哪里？在天蝎座，水蛇座？是否在南三角，它在山谷中心联结着从一开始我就定位的 H、D、B 点？是否在南船座的船首或者船尾，标记为老人星和南船五的星光，每天闪烁在海湾两侧两块玄武岩的形状下？是否在北落师门这颗珠宝，它是待在一旁的孤星，像目光一样让人迷惑，在高高的海面上，升起在天顶，仿佛夜晚的太阳？

这一夜，我始终在窥伺，一刻也没有睡，为天空的启示倍感激动，望着每一个星座，每一个记号。我回忆起布康繁星满天的夜晚，那时，我悄无声响地走出炎热的房间，去花园里寻找凉爽。那时，和现在一样，我能在皮肤上感受到星星的图画，白天来临的时候，我用石子抄写在土地上，或者山谷的沙子里。

早晨来临，照亮了天空。和从前一样，我终于在晨光中睡着，距离埋葬老罗望子树的小土丘不远的地方。

自从我明白了不为人知的海盗科赛尔地图的秘密，我感到内心不再有任何急迫。从战争中回来以后，第一次，我似乎觉得寻找的意义不再相同。从前，我不知道寻找的东西，寻找的人。我落入一个圈套。而今，我从重负中解放出来，可以自由地生活，呼吸。我又可以行走，游泳，潜在潟湖的水中钓海胆，和乌玛一样。我用一根长芦苇和一块尖尖的铁木，做了一根鱼叉，像乌玛给我展示的那样做。我光着身子潜入黎明寒冷的水中，涨潮的水穿过暗礁的开口。我贴近珊瑚找鱼，平鲷，隆头鱼，贝里鱼。时而，我看见鲨鱼的蓝影子经过，我静止不动，不吐气，转过身来面对。现在我可以和乌玛游得一样远，一样快。我会在沙滩上，在绿色的芦苇箩上烤鱼。茅屋附近，我播种玉米、蚕豆、红薯、佛手瓜。我把弗里茨·卡斯特尔给我的年轻的木瓜树放在一只铁罐里。

马蒂兰港，人们互相询问。巴克莱银行的经理有一天在我来取钱的时候问我：

"您更经常来城里了？说明您失去寻找宝藏的希望了？"

我微笑着看他，肯定地回答：

"相反，先生。这说明我已经找到了它。"

我不等他问其他问题就离开了。

事实上，几乎每天我都会去堤岸，希望看见"泽塔号"。有好几个月，它没有来过罗德里格斯。现在商品和旅客的运输由"军舰鸟号"承担，它是万能的印英轮船公司的轮船，卢多维克叔叔是公司在路易港的代表。正是这艘船捎来信件，洛尔几周以来给我写的几封信，信里她告诉我母亲生病了。洛尔的最后一封信，日期是一九二一年四月二日，更加紧急：我把信封拿在手中，不敢打开。我在码头的挡雨檐下等待，被水手和码头工人的激动所包围，望着大海上方聚集的云朵。大家说一场暴风雨正在来临，气压计每个小时都在下降。大约下午一点，一切恢复平静，我终于打开洛尔的信，读到最初几句，让我难以承受：

"我亲爱的阿里，当你收到这封信的时候，如果有一天你收到它，我不知道母亲是否还在这个世界……"

我的眼睛模糊了。我知道现在一切都结束了。没有什么能让我留在这里，因为母亲的病那么重。"军舰鸟号"几天以后会在那里，我将和它一起离开。我给洛尔发了一封电报，告诉她我回去，然而我的内心惟一片寂静陪伴着我。

暴风雨开始于这个夜晚，我因为担忧而醒来：首先是缓慢而持续的风，在令人窒息的黑夜里。早晨，我看见云朵在山谷上方逃逸，像撕碎的破布条，间隙中射出太阳的光芒。我躲在茅屋里，听见大海在岩礁上的轰鸣，一种可怕的声音，几乎是动物的声音，我明白飓风正在降临岛上。刻不容缓。我拿起军包，把其他东西留在茅屋里，攀登山丘，向维纳斯峰爬去。对抗飓风，电报公司的厂房是唯一的庇护所。

我来到巨大的灰色库房前，看见临近的居民都聚集在这里：男人、女人、孩子，甚至还有居民们带来的狗和猪。电报公司的一位印度职员宣告温度计已经在30度以下。将近正午，风来了，在维纳斯峰吼叫。厂房开始颤动，电灯熄灭。倾盆大雨倾泻在墙壁和屋顶的铁板上，发出瀑布的声响。有人点亮一盏防风灯，灯光飘乎，照亮面孔。

飓风刮了整个白天。晚上我们睡着了，筋疲力尽，在库房的地板上，风呼呼地吹着，房屋的金属结构也在风中哐当作响。

黎明，由于寂静，我醒来了。外面，风减弱了，但是能听见大海在礁石上的咆哮。人们聚集在岬角，在电报公司主要的厂房前。我走近过去，看见他们观望的场景：堡礁上，维纳斯峰前，有一艘遇难船只的残骸。距离海岸不到一英里，可以清楚地辨认出折断的船尾，剖开的船体。船只剩下一半，船尾竖起，狂怒的波涛击碎在船体上，溅起阵阵海浪。船名从唇边滑过，等我意识到的时候，已经辨认出来：是"泽塔号"。船尾，我清楚地看见固定在甲板上的旧扶手椅，布拉德梅尔船长曾坐在那里。然而船员们在哪里？没有人知道。海难发生在夜里。

我跑下来，奔向海岸，沿着被摧毁的海岸行走，岸边满是树枝，石块。我想找到一艘独木舟，找到人来帮助我，但是徒劳。海边没有任何人。

或许马蒂兰港有救生艇？但是我太担心了，不能等。我脱去衣服，走进大海，滑向岩石，波涛拍打在岩石上。大海十分强大，越过堡礁，海水混浊得像涨潮的江水。我逆着海浪游，浪涛如此猛烈，我在原地打转。汹涌的海浪在我面前咆哮，我看见卷起的泡沫抛向黑色的天空。船的残骸就在一百米远的距离，礁石尖锐的牙齿把它从船桅的高度切成两半。海水淹没了甲板，包围了空扶手椅。我无法更加靠近，不能冒险让自己研碎在礁石上。我想大喊，呼唤："布拉德梅尔！……"但是我的声音被波涛的雷鸣覆盖，甚至自己都听不见！很久很久，我在穿过堡礁的海水中逆流而游。残骸没有生命，似乎它在那里搁浅了几个世纪。寒冷向我侵袭，压迫我的胸膛。我不得不放弃，回到后方。慢慢地，我任由自己被起伏的波涛带走，伴随暴风雨的碎片。我触到了岸边，疲惫，失望，甚至没有感觉到自己撞在一块岩石上，在膝盖上留下伤痕。

下午来临，风完全停止。太阳照耀在被摧毁的大地和海洋上。一切都结束了。我摇摇晃晃，在昏迷的边缘走向英国湾。电报公司的厂房附近，大家都在外面，笑着，高声说话：摆脱了害怕。

我来到英国湾上方，看见一片被摧毁的风景。罗索河是一条黑色的泥江，发出巨大的声响流淌在山谷里。我的茅屋消失了，树木，露兜树被连根拔起，我的植物什么都不剩。只是在山谷的河床里留下沟渠斑驳的土地和突然出现在地面的玄武岩块。所有留在屋里的东西都没有了：衣服，锅，尤其是我的经纬仪和关于宝藏的大多数资料。

白天很快黯淡下来，在世界末日的气氛里，我仍然行走在英国湾深处，寻找有可能逃脱飓风摧毁的物品，一丝痕迹。我看着每一个地方，然而一切都已经改变，难以辨认。哪里是形成南三角形顶尖的石堆？平坡旁的玄武岩，是第一次把我引向船锚的岩石吗？黄昏是铜色，金属熔化的颜色。第一次，海鸟没有穿过英国湾回巢。它们去了哪里？它们之中有多少在飓风中幸存？也是第一次，老鼠被泥流从洞里驱赶出来，来到谷底。黑暗中，在我周围乱跑，发出让我害怕的细小的尖叫声。

山谷中央，泛滥的河流旁，我看见巨大的玄武岩碑，动身去打仗之前，我在上面刻下东西线，还有锚环，那两个方向相反的三角形，它们描绘出所罗门之星。石碑抵御住风和雨，只是稍微陷进土地，在摧毁的地域中，仿佛人类开始的纪念碑。有一天谁会发现它，明白它的含义？英国湾的山谷紧闭着秘密，紧闭着大门，它们曾有一刻为我一个人敞开。东边的悬崖上，照着夕阳的光线，山谷的入口最后一次吸引着我。我靠近它，却发现在水流的击打之下，悬崖的一部分已经塌陷，堵塞了进入的走道。从细谷激起的泥浆摧毁前方的一切，拔起年老的罗望子树，我多么喜欢它温柔的树荫。一年以后，树干只剩下一个小土丘，上面长着带刺的灌木丛。

我待了许久，倾听山谷的声音，直到深夜。湍急的河流冲走泥土和树木，水从岩页的悬崖淌下来，远处是大海持续的雷鸣声。

剩下的两天里，我不停地凝望着山谷。每天早晨，我一大清早就离开中国旅馆狭窄的房间，登上科芒德尔瞭望岗的高处。但是我不再走下山谷。我坐在荆棘中，在变成废墟的塔边，望着黑色和红色绵长的山谷，那里我的足迹已经消失。海上，"泽塔号"的船尾不真实地悬在堡礁上方，在波涛的击打下静止不动。我想到布拉德梅尔船长，人们没有找到他的尸体。据说，他是唯一待在船上，不设法逃生的人。

这是我从罗德里格斯带走的最后画面，年轻的"军舰鸟号"向前驶进大洋，甲板上，所有木板都在机器的运转下颤抖。光秃秃的高山闪耀在早晨的阳光下，仿佛永远在深邃的水边保持平衡，山脉前方，是"泽塔号"折断的残骸，上方盘旋几只海鸟，像被暴风雨抛弃的抹香鲸的骨骼。

马纳纳瓦,一九二二年

自从我回来，福里斯特锡德的一切都变得陌生，安静。老房子——洛尔把它叫做木板屋——像一艘四处进水的船，马马虎虎地用几块盖屋板和涂柏油的纸板修补。潮湿和白蚁很快就会让它们完蛋。母亲不再说话，不再动弹，几乎不再进食。我羡慕洛尔的勇气，她日日夜夜守在母亲身边。我没有这种力量。于是我走在坎兹康通附近的甘蔗路上，那里可以看见特鲁瓦马梅尔山峰和另一侧的天空。

应该去工作，我接受洛尔的意见，壮起胆子，再次去 W.W. 韦斯特公司自荐。公司现在由表哥费迪南领导。卢多维克叔叔老了，淡出生意，让人在也芒附近建了所房子，住在那里，从前我们的土地就从那里开始。费迪南带着轻蔑的嘲讽接待了我，要是过去，我一定会发怒。现在，我并不在意。他对我说：

"那么，您又回到了老地方，您曾经……"

我接上去说：

"经常出入？"

甚至当他谈到"战争的英雄已经司空见惯了"，我也没发牢骚。最后，他让我作梅丁种植园的工头，我不得不接受。现在我变成了队长！

我住在班布附近一间简陋的小屋里，每天早晨骑着马跑遍种植园，监督劳动。下午，我在糖厂的嘈杂声中检查运来的甘蔗，压榨后的残渣，糖浆的质量。这是让人疲惫不堪的工作，但是比起W.W.韦斯特办公室里沉闷的空气，我更喜欢这份。糖厂经理是一个英国人，名字叫皮林，被农业公司从塞内加尔委派过来。一开始，费迪南事先让他和我作对。然而他是一个正直的人，我们关系很好。他谈起夏玛尔，希望能去那里。他也向我许诺，如果派他去，他也会努力让我过去。

也芒，就是孤独。早晨，在广阔的田野里，劳工们和穿粗麻布衣的妇女们像一支衣衫褴褛的军队在前进。砍柴刀打着缓慢而有规律的节奏。田地边缘，沃尔哈拉附近，男人们击碎"残根"，以及沉重的石头，堆起金字塔形的石堆。我骑着马，穿过种植园向南，听砍柴刀的声音和队长的叫嚣声。我大汗淋漓。在罗德里格斯，太阳的灼烧是一种陶醉，我看见光芒在石头上、在露兜树上点亮。可是这里，炎热是另一种孤独，在无垠的深绿的甘蔗田里。

现在我想念马纳纳瓦，这是留给我的最后一个地方。许久以来，它一直在我心中，从德尼和我步行到峡谷入口的日子开始。我经常沿着甘蔗的道路骑马，向南望去，想象洞穴，河流的源头。我知道最终应该去那里。

今天，我看见了乌玛。

在种植园的高地，在自古以来的那片甘蔗田里，砍伐开始了。来自山坡的各个角落的男男女女，满脸担忧，因为他们知道他们之中只有三分之一会被雇佣。其他人不得不回家挨饿。

在糖厂的路上，一个穿粗麻布衣的女人站在一边。她半转过身朝向我，看着我。尽管她的脸被巨大的白纱遮住，我认出了她。但是她消失在人群中，而人群分散在田间的条条道路上。我试图跑向她，却撞上劳工和被打发走的女人，一阵尘土将一切覆盖。我来到田地前，只看见这堵厚实的绿墙在风中波浪起伏。太阳炙烤着干燥的大地，焦灼着我的脸。我漫无目的地奔跑，沿着一条小径，我大声呼喊："乌玛！乌玛！……"

越跑越远，身穿粗麻布衣的女人们抬起头，在甘蔗间停下割草。一个队长向我招呼，他说话的声音刺耳。我的样子有点失常，向他询问。这里有马纳弗人吗？他不明白。罗德里格斯人？他摇摇头。有，然而他们在难民营，在勒莫尔纳附近，克里奥尔河。

每天，我都在寻找乌玛，夹杂在穿粗麻布衣妇女的路上，晚上，则在会计办公桌前，付钱的时刻。女人们已经明白，她们嘲笑我，向我打听，留下几句嘲讽的话。于是我不敢走在甘蔗路上。我等待夜晚，穿过田地。我遇见一些孩子，在拾捡剩下的甘蔗。他们不怕我，知道我不会揭发他们。斯里现在该有多大了？

白天，我骑着马穿过种植园，在尘土中，在让我头晕目眩的太阳下。她是否真的在这里？所有穿粗麻布衣的女人都和她相似，瘦弱的身影弯曲在她们的影子上，拿着砍柴刀、锄头劳动。乌玛只在我面前出现了一次，像从前在罗索河附近一样。我想到我们的第一次相遇，那时她在山谷里的灌木丛间逃跑，她向山脉攀登，敏捷得像一只小山羊。我是梦见了这一切？

这促使我决定放弃一切，把一切弃之于外。乌玛告诉我应该做什么，用她的方式，没有言语，只是奇迹一般出现在我面前，在所有来到这些土地劳动的人们之中，而土地永远不属于他们：黑人，印度人，混血的人，每天，男男女女来到这里，在也芒、沃尔哈拉，或者在梅丁、菲尼克斯、蒙代塞尔、索利蒂德、福尔巴克。男人和女人们在城墙和金字塔形的石堆上堆石头，拔树根，耕地，种甘蔗苗，然后在随后的季节里，为甘蔗摘叶，取顶枝，清土地，等到夏季来临，在种植园里一平米一平米地前进，收割，从早到晚，只在锉镰刀的时候才停下来，直到他们的手和腿被叶子的纹理割破流血，直到太阳让他们恶心头晕。

我几乎没留神，便已穿过种植园来到南边，在那里，从前的糖厂已经坍塌，烟囱还竖着。大海离得并不远，却看不到，听不见。只是在蓝色的天空上，时而盘旋着自由的海鸟。人们就在这里开垦新地。太阳下，他们把黑石头装上两轮车，用锄头掘地。他们看见我的时候，停下劳动，仿佛害怕什么。于是，我来到两轮车旁，也开始挖石头，和其他人一起把石头扔开。我们不停地劳动，太阳落向地平线，灼烧我的脸。一旦一辆车装满石头和树桩，另一辆车就来代替。古老的城墙延伸到很远，可能直到海岸。我想到修建它们的奴隶，洛尔称为"殉难者"，有些人死在田地里，另一些逃向南边的山里，逃向勒莫尔纳……太阳接近地平线。就像在罗德里格斯岛，我似乎觉得今天太阳的炙烤净化了我，解放了我。

一位穿粗麻布衣的妇女走过来。这是一位年老的印度妇女，面孔干瘦。她给劳动的人带来喝的，是馊牛奶，她用木碗从锅里把牛奶舀出来。她来到我身旁，犹豫了一下，然后递给我一碗。馊牛奶让我被尘土灼烧的嗓子感到清凉。

最后一辆运石头的两轮车远去了。远处，锅炉尖锐的鸣叫宣告劳动结束。人们不紧不慢地拿起锄头，离开了。

我来到糖厂，皮林先生在办公桌前等我。他看着我被太阳晒黑的脸，满是尘土的头发和衣服。我对他说以后想在地里劳动，砍伐，垦荒，他生硬地阻止我：

"您不能做，不管怎样，不可能，从来没有白人在田里劳动。"他更平静地补充道："我觉得您需要休息，您刚刚向我提出了辞职。"

见面结束了。我慢慢地走在土路上，现在路上荒无一人。夕阳的光线里，甘蔗田似乎和大海一样无垠，越来越远，糖厂的那些烟囱仿佛大型客轮上的烟囱。

是骚乱的吵闹声再次把我引向也芒附近炎热的土地。种植园似乎烧焦了，在梅丁，在沃尔哈拉，失业的人们威胁糖厂。洛尔告诉我这个消息，她压低声音，为了不让母亲担心。我急忙穿衣服。尽管早晨下着细雨，我只穿军衬衫，没加外套，没戴帽子，赤脚踩在皮鞋里，就出门了。我来到高原的高处，特鲁瓦马梅尔山附近，太阳照耀在辽阔的田地上。我看见烟柱从也芒附近的种植园升起。我数了数，有四处起火，可能五处。

我砍倒灌木丛，开始走下峭壁。我想到乌玛，她可能在下面。我回忆起那一天，我和费迪南看见印度人把白人工头扔进压榨炉，那个人消失在火焰熊熊的炉口，人群一片寂静。

将近正午时分，我来到也芒。我被汗水浸湿，满身尘土，脸被荆棘划破。人们聚集在糖厂附近。发生了什么？队长们说的事情互相矛盾。有些人在库房放火以后向塔马兰逃跑。骑马的警察在追捕他们。

乌玛在哪里？我走近糖厂的厂房，警察包围了厂房，不许我通行。院子里，有带步枪的民兵看守，男人和女人们蹲在阴影中，双手放在颈后，等待人们决定他们的命运。

于是我再次跑起来，穿过种植园，奔向大海的方向。如果乌玛在这里，我肯定她一定躲在大海附近。不远处，田地中间，一缕浓烟升向天空，我听见人们扑火的尖叫声。田野深处，某个地方回响起枪声。然而甘蔗那么高，我无法穿透叶子看见。我跑步穿过甘蔗田，不知道去哪里，一会儿这边，一会儿那边，听步枪的爆炸声。突然，我跟跄一下，停住了，气喘吁吁。我听见心脏在身体里跳动，双腿发抖。我来到领地的边界。这里，一切寂静无声。

我爬上一个金字塔形的石子堆，看见火已经熄灭。只有一道淡淡的烟柱升在天空，在糖厂附近，这表明压榨炉又开始运转。

现在，一切都结束了。我来到黑色的沙滩上，一动不动，待在被暴风雨抛弃的树干和树枝中间。我这么做是好让乌玛看见我。海岸荒凉，如英国湾一般原始。我沿着塔马兰湾行走，在落日的余辉中。我肯定乌玛看见了我。她跟随我，不声不响，不留痕迹。我不应该试图看她。这是她的游戏。我对洛尔谈起乌玛，有一次，洛尔用嘲讽的语气说："巫医！她对你施了魔法！"现在我觉得她说得没错。

这么久我没来过这里。我似乎觉得行走在自己的足迹上，那是我和德尼看着太阳滑下大海的时候留下的足迹。

夜晚，我在塔马兰河的另一侧。对面，我看见渔村的灯火在闪烁。蝙蝠飞在清澈的天空。夜晚柔和而平静。很久以来第一次，我准备露天睡觉。在沙丘黑色的沙砾中，在罗望子树下，我铺好床，躺下身，双手枕在颈后。我眯着眼睛，看天空变得美丽，倾听塔马兰河温柔的声音混合在大海中。

然后月亮露出来。它行走在天空中央，大海在它下面闪耀。那时我看见乌玛，她坐在闪烁的沙砾中，离我不远。她像往常那样坐着，胳膊抱着腿，侧着面孔。我的心剧烈地跳动，我在颤抖，或许因为寒冷？我害怕是幻觉，害怕她消失。海风吹在我们身上，唤醒大海的声音。于是乌玛走近我，拉起我的手。就像从前，在英国湾，她脱下长裙，走向大海，也不等我。我们一起潜入凉爽的水中，逆着波浪游泳。长长的波涛来自世界的另一端，从我们身上经过。许久，我们游在黑色的大海里，在月光下。然后我们回到岸边。乌玛把我拉到河边，我们洗去身体和头发里的盐，躺在在石子床上。大海的凉飕飕的空气让我们颤抖，我们低声交谈，避免吵醒邻居的狗。和过去一样，我们向自己身体撒上黑沙，等风让沙子一绺绺滑向腹部，肩膀。我有那么多话想说而不知从何说起。乌玛也对我说，讲述死亡和伤寒降临罗德里格斯，她的母亲在运送难民去路易港的船上去世了。她向我谈论克里奥尔河的难民营，黑河的盐田，她和斯里曾经在那里工作。她怎么知道我在也芒，怎样的奇迹？"这不是奇迹，"乌玛说，突然她的声音几乎发怒了，"每一天，每一刻我都在等你,在福里斯特锡德,有时我去路易港,朗巴特街。你从战争回来的时候,我已经等了那么久,我还能继续等,我四处跟随你,直到也芒。我甚至在田里工作,直到你看见我。"我感到一阵眩晕,嗓子难受。我怎么能这么久都不明白?

现在,我们不再说话。我们躺着,互相依偎,紧紧靠在一起,抵御夜晚的寒冷。我们倾听大海的声音,还有木麻黄针叶间的风声,因为世界上其他一切都不存在。

太阳升起在特鲁瓦马梅尔山峰上方。就像从前，我和德尼游荡的时光，我看见蓝黑色的火山，对着光芒四溢的天空。我记得我总喜爱最南边的山峰，它仿佛一颗獠牙，一根轴，月亮和太阳围绕它旋转。

我在巴拉舒瓦前等待，坐在沙里，看河水安静地流淌。海鸟贴着水面缓缓经过，鹄丝鸟，鸬鹚，好吵架的海鸥，遇上捕鱼的独木舟。然后我沿布康河溯流而上，直到帕农，缓慢地行走，小心翼翼，仿佛走在布雷的大地上。远处，透过树叶，我看见也芒的烟囱已经冒烟，我闻到甘蔗汁甜美的味道。略高一些，在河的另一侧，我也看见卢多维克叔叔煞白的新房子。

我的内心很难受，因为我知道自己在哪儿。我们的花园就从这里开始，地势稍高，在小路尽头，原本应该看见我们的房子，蓝色的屋顶闪耀在阳光下。我在高高的草丛中前行，被带刺的灌木划伤。没什么可看的。这么多年，一切都被摧毁、烧焦、掠夺。这里或许是我们游廊开始的地方？我似乎辨认出一棵树，然后另一棵。然而就在同时，我看见十棵相似的罗望子树、芒果树、木麻黄树。我撞在不认识的石头上，踉跄在坑洼中。我们是否真的在这里生活过？难道不是另一个世界？

我狂热地向前走，感觉血液撞击着太阳穴。我要重新找回某样东西，我们的一小块土地。我对母亲谈起这些，她的目光闪现出光芒，我肯定。我把她的手紧紧握在手中，想给她我的生命，我的力量。我对她谈起这一切，仿佛我们的房子依然存在。我告诉她那些都不会结束，永远不会，失去的岁月将会重生，在花园十二月的闷热里，洛尔和我聆听她歌唱的声音，为我们朗读圣经的故事。

现在，我想在这里听见她的声音，在原始的荆棘中，在成堆的黑石头中，这些石头曾是我们房子的地基。我爬上山丘，一下子看见峡谷，在那里我们度过了那么多小时，歇息在树木的主干上，望着无名的溪水流淌。我很费劲地辨认出来。四处，荆棘和野草吞没土地，一切都是光秃秃的不毛之地，仿佛火灾之后。我的心跳得剧烈，因为这里曾是我们真正的天地，属于洛尔，属于我，我们的藏身之处。然而现在，仅仅一条峡谷，一道阴暗而丑陋的裂隙，没有生命。树，我们的树在哪里？我似乎认出它了，变黑的老树干，折断的树枝，稀零零的叶子。如此难看，如此矮小，我不明白过去怎么爬上去。我探身在峡谷上方，我一下子看见了那根不同寻常的树枝，过去我们时常躺在上面，它像一只骨瘦如柴的臂膀伸展在空荡荡的地方。下面，峡谷深处，水淌在树枝的碎片、板材的碎块和旧木板中。拆我们房子的时候，峡谷曾一度当作垃圾场。

我没有把这些告诉母亲。这些不再重要。我对她谈起从前的一切，比起摧毁的土地，更真实，更确切。我对她谈起她最喜爱的，种满木槿的花园，一品红，海芋，还有白色的兰花。我对她谈起椭圆形的大池塘，在游廊前方，那里能听见蟾蜍歌唱。我也对她谈起她的声音，那是我所喜爱的，永远都无法忘怀的，那时她为我们朗读一首诗歌，或者背诵夜晚的祈祷。还有我们大家重重踏过的小径，一起去看星星，同时听父亲的讲解。

我在那里一直待到夜晚。我穿过灌木丛游荡，寻找脚印，迹象，寻找气味，回忆。然而土地破碎而干燥，灌溉渠已经堵塞了好几年。剩下的树木都被太阳晒焦。不再有芒果树、欧楂树、木菠萝。只剩下罗望子树，高大而消瘦，如同在罗德里格斯，还有永远不会死的印度榕树。我想再次找到的正是五桠果树，那智慧之树。我似乎觉得如果能找到它，失去的时光里的某样东西就能挽救。在我记忆中，它就在花园尽头，在荒地边界，从那里开始是通向山脉和黑河峡谷的路。我穿过灌木丛，急忙爬向高地，在那儿可以看见泰尔鲁日峰和布里斯-费尔山。就在那里，突然间，我看见它在我前方，在灌木丛中，比过去还要高大，深暗的树叶形成阴影的一片湖。我靠近它，辨别它的味道，那个时候我们在树枝里攀爬，一种甜美而令人担心的芬芳让我们心醉神迷。它没有屈服，没有被摧毁。当我身在远方，远离树叶的庇护，所有这些时光，对于它只是一瞬间。飓风带来的水退去，干旱，火灾，甚至人们，他们拆毁我们的房子，践踏花园的花朵，任由池塘和水渠里的水死去。然而，它留存下来，智慧树知晓一切，看见一切。我寻找我们留下的印记，洛尔和我，用一把刀刻下了我们的名字和身高。我寻找树枝的伤口，飓风曾将树枝折断。它的树荫深邃而温和，它的味道让我陶醉。时间停止奔跑。空气由于昆虫和鸟儿震颤，在它上方的土地潮湿而具有生命力。

这里的世界，不知道饥饿，也不知道痛苦。战争，并不存在。五桠果树用它树枝的力量，占据远方的世界。我们的房子被摧毁，我们的父亲去世了，但是并没有让人丧失希望，因为我重新找到五桠果树。在它树下，我可以熟睡。夜晚降临，让山脉消失。我所做的一切，我所寻找的一切，正是为了来到这里，马纳纳瓦的入口。

母亲去世以后过了多久？是昨天，或者前天，我不再知道。我们白天和黑夜地轮流看护她，白天是我，夜晚是洛尔，为了让她瘦削的指尖一直有一只可以握住的手。每天，我都对她讲述同样的故事，布康的故事，故事里一切都是永恒的年轻和美丽，闪耀着蓝色的屋顶。这是一个不存在的国度，只存在于我们三个人之中。我觉得由于不断地对她讲述，在我们心中产生些许永生之感，把我们联合起来抵抗临近的死亡。

洛尔，不说话。相反，她沉默，固执，这是她抗拒毁灭的方式。我为她带回一根五桠果树的枝桠，递给她，我发现她没有忘记。她的眼里闪烁着愉悦的光芒，她拿起树枝，把树枝放在床头柜上，或者说仿佛不经意地扔下，因为她从来都如此对待喜爱的东西。

这个可怕的早晨，洛尔过来叫醒我，她站在行军床前，我就睡在床上，在空荡荡的饭厅里。我记得她，头发凌乱，目光里坚硬而激烈的光芒。

"母亲去世了。"

她就说了那么多，我跟着她，仍然在困意的迟钝中，来到昏暗的点着灯的卧室里。我看着母亲，她面孔消瘦，五官端正，美丽的长发披散在雪白的枕头上。洛尔去躺在行军床上，她立刻睡着了，弯曲的胳膊搭在脸上。我独自一人和母亲待在黑暗的卧室里，迟钝，无法理解母亲逝去的事实，坐在吱嘎作响的椅子上，在颤颤巍巍的灯光前，随时准备重新开始我的故事，低声谈起我们的大花园，一起走在那里的晚上，发现星星，谈起铺满罗望子荚和木槿花瓣的小路，倾听飞舞在头发周围的蚊子尖声歌唱，我们转过身来，幸福地看见，在蓝色的夜晚里，书房被照亮的大窗户，父亲在里面一边抽烟一边看航海图。

这个早晨，在雨中，在比加拉附近的墓地里，我听着泥土落在棺材上，看见洛尔十分苍白的面孔，她贴紧的头发裹在母亲的黑披肩里，水滴流淌在她的脸颊上仿佛泪水。

母亲不在已经多久了？我不能相信。一切都结束了，不再有她的声音在游廊的半明半暗中说话，不再有她的香味，她的目光。父亲去世的时候，我似乎觉得自己开始向后下滑，滑向我无法接受的忘却，让我永远远离我的力量，我的年轻。宝藏无法找到，毫无可能。它们是我来到马蒂兰港的时候，黑人寻金者给我带来的"愚人金"。

我们再次孤独自处，洛尔和我，在这个空荡而寒冷的老棚屋里，百叶窗紧闭。在母亲的卧室里，灯光熄灭了，我点亮另一盏灯，在床头柜上，在没有用处的药瓶中间，在铺着青灰床单的床边。

"如果当时我留下，什么也不会发生……一切都是我的错，我不应该留下她。"

"但是你不该离开吗？"这是洛尔自言自语。

我担心地看着她。

"现在,你要做什么?"

"我不知道。待在这里,我想。"

"来和我一起!"

"去哪里?"

"马纳纳瓦。我们可以生活在靠海的岬地上。"

她嘲讽地看着我:

"三个人,还有巫医?"她这样称呼乌玛。

然而她的眼睛重新变得寒冷。脸上表现出厌倦,疏远。

"你很清楚不可能。"

"可是为什么?"

她没有回答。她的目光穿过我。我突然明白,这些年的流浪中,我将她丢失了。她走上另一条道路,变成另一个人,我们的生活不再能重合。她的生活是在圣母往见会①的修女之中,那里流浪着没有钱,没有家的妇女。她的生活是在患水肿、得癌症的印度女人之中,她们乞讨几个卢比,一个微笑,一些安慰的言语。在胀大肚子发烧的孩子之中,洛尔为她们煮粥,为她们去向她团体的"资产阶级"要一点钱。

过了一会儿,她的声音充满关心的语调,像从前,我赤脚走过卧室,在夜里离开的时候一样。

"你能去做什么呢?"

---

① 圣母往见会,一六一〇年成立的天主教女修道会。

我夸口说：

"我要去淘溪水，就像在克朗代克①。我肯定马纳纳瓦有金子。"

是的，又过了片刻，她的目光闪烁着愉悦，我们依然很亲近，我们是"恋人"，就像从前，人们看见我们在一起的时候所说的那样。

过了一会儿，我看着她，而她准备小行李箱去洛雷特修女院生活。她的面孔重新变得平静，漠然。只有眼睛闪着某种怒气。她用母亲的披肩围上美丽的黑发，便离开了，没有回头，带着她的小纸箱和大雨伞，高挑，笔直，从此什么都不能挽留她，改变她的道路。

一整天，我都待在河湾，在巴拉舒瓦前，望着大海落下，露出黑沙的沙滩。潮水低的时候，几个高大的年轻黑人过来钓章鱼，仿佛铜色水里的涉禽鸟类。胆子最大的人过来看我。其中一个人被我的军衬衫蒙骗，以为我是英国军人，用英语对我说话。为了不让他失望，我用英文回答他，我们闲聊一会儿，他靠在长鱼叉上站着，我坐在沙子上，在白水木的树荫下抽一支烟。

然后他与其他年轻人会合，我听见他们的说话声，他们的笑声，在塔马兰河的另一侧逐渐变低。只剩下渔民站在独木舟里，缓缓地滑行在水面，水面上倒映出他们的样子。

我一直等到海潮第一次把波涛推上沙滩。风起来了，大海的声音像从前一样，让我战栗。于是，我把军包放在肩头，沿着河流向

---

① 克朗代克，加拿大西北部育空地区的一个区，该区内育空河有一条支流名为克朗代克河。十九世纪九十年代，许多人来到克朗代克河流域附近寻找金矿。引发了克朗代克淘金热。

上朝布康走去。快到也芒时，我斜着走向茂密的灌木丛，我们的道路从那里开启，这条红色的土路在树木之间径直通向我们的房子，雪白的墙身，蓝色的屋顶。我回忆起很久以前，卢多维克叔叔的司法执行员和相关人员把我们赶走，那时我们正是走在这条路上。现在道路消失了，被草淹没，和它一起消失的，还有它连接的世界。

这里，灰色的光线多么美丽，如同过去我在游廊下，望着夜晚渐渐占据花园时包围我的光线！我辨认出来的只有它。我在灌木丛中前行，甚至不想再看见五桠果树或者峡谷。我像海鸟一样，感到急切，担心白天的结束。现在我在泰尔鲁日峰的指引下，快步向南走。突然，在我前方，一滩积水闪耀在天空的光线下：这是艾格雷特流域，父亲曾在这里安置他的发电机。流域被野草和芦苇包围，现在已经废弃。没有留下父亲的任何工程。堤坝，支撑发电机的铁支架很久前被拿走了，发电机也卖掉以清还债务。水和泥沙抹去父亲的梦想。鸟儿们一边叫喊一边逃走，而我绕过流域，踏上去峡谷的道路。

我经过布里斯-费尔，看见下方是黑河河谷，远处，树木之间，隐约可见大海在阳光下闪烁。我就在那里，在马纳纳瓦前，全身汗湿，气喘吁吁，忧心忡忡。进入峡谷的时候，我感到害怕。我该在这里生活吗，就像某个遇难者？在落日强烈的光线下，山的阴影，马夏贝，皮耶德马尔米特让峡谷显得更加阴暗。马纳纳瓦上方，红色的悬崖竖起一道难以逾越的墙。南边，大海附近，我看见糖厂的烟雾和村庄，卡斯努瓦亚勒，黑河。马纳纳瓦是世界的尽头，人们可以从那里远眺而不被看见。

现在，我处于山谷中心，在大树的阴影中，夜晚已经开始。风从海上吹来，我听见树叶的声音，它们无形的经过、奔跑、舞蹈。我从未到过这么远，在马纳纳瓦中心。我走在阴影中，在依旧晴朗的天空下，森林在我面前开启，无边无际。周围是树干光滑的黑檀木，还有笃耨香树、松香树、野生无花果树和埃及无花果树。我的双脚深陷在树叶的地毯中，我闻到大地淡淡的味道，天空的潮湿。我沿着激流的河床向上，途中采摘针叶菜、红番石榴果和栗色黄连木果。我感到自由自在，陶醉其中。难道我不正是应该来到这里吗，永远？海盗科赛尔的秘密地图所指示的难道不正是这个地方吗？被人类遗忘的山谷，南船座的曲线指明的方向。就像从前在英国湾，我走在树木间，听见自己的心跳。我忽然明确地感到：在马纳纳瓦，我不是独自一人。某个地方，离我不远的地方，有人行走在森林里，沿着即将与我会合的道路。有人无声地滑行在树叶间，我感到她投向我的目光，那是穿过一切，将我照亮的目光。很快，我来到悬崖前，太阳仍然照耀着它。我在森林上方，靠近河流的水源，可以望见树叶波浪起伏直到大海。天空耀眼夺目，太阳滑下地平线。我准备在此睡觉，故而转向西边，栖身在被光线晒热的熔岩块中。那将是我的房子，从那里我会永远看见大海。

那时，我看见乌玛向我走来，用她轻盈的步伐，走出森林。同一时刻，我看见两只白鸟出现。它们高高的，在无色的天空，翱翔在风中，盘旋在马纳纳瓦周围。它们是否看见我了？它们安静下来，一只鸟待在另一只旁边，翅膀几乎不动，仿佛两颗彗星，望着地平线上太阳的光晕。因为它们，世界停止了，天体的运行中止了。只有它们的身体在风中移动……

乌玛来到我身旁。我闻到她身体的味道，感受到她身体的热度。我低声说："你看！我从前看见的就是它们，是它们！……"它们飞向马夏贝山峰，而天空变了，变成灰色。它们一下子消失在山后，俯冲向黑河，夜晚来临了。

我们曾经梦想的幸福的日子，在马纳纳瓦，不为人所知。我们过着原始的生活，只有树木、海湾、草地，从红色悬崖涌出的泉水。我们在黑河的一条支流里钓螯虾，在河湾附近平坦的石头下钓虾和蟹。我回忆起老库克领班讲述的故事，回忆起猴子用尾巴钓虾。

这里的一切都很简单。黎明，森林由于露水微微颤栗，我们钻进森林，采摘红番石榴果，野樱桃，马达加斯加李子，牛心果，或者捡针叶菜，野生佛手瓜，苦瓜。我们住在逃亡的人曾经生活的地方，那是在伟大的萨卡拉武时代、桑戈尔时代。"那边，你瞧！是他们的田野。他们在那儿饲养猪、山羊、母鸡。他们种蚕豆、小扁豆、薯蓣、玉米。"乌玛向我指倒塌的矮墙，覆盖在灌木丛下的一堆堆的卵石。靠着熔岩的悬崖，一丛带刺的灌木隐藏着一个洞穴的入口。乌玛给带给我芬芳的花朵。她把花插在耳后浓密的头发里："金合欢花。"

她从来没有如此美丽，黑色的头发勾勒出平滑的面庞，苗条的身体裹在洗得褪色的、补过的粗麻布长裙里。

那些日子我几乎不再想起金子，不再有欲望。我把陶金盘留在溪边，泉水附近，跟随乌玛跑遍森林。衣服被树枝划破，头发和胡子长得像鲁滨逊。乌玛用露兜树的细枝为我编织了一顶帽子，我想没有人能在这身衣服下认出我。

很多次，我们一直下到黑河河口，但是由于穿粗麻布衣的人们的敌视，乌玛害怕人群。我们仍然在黎明来到塔马兰河湾，走在黑沙上。那时一切还在晨曦的薄雾里，吹来的风很凉。我们半藏在露兜树间，望着恶劣的大海，滚滚波涛激起泡沫。世上没有什么比之更美。

有时，乌玛去潟湖的水里捕鱼，在拉图雷尔附近，盐场旁边，以便看望他的弟弟。晚上，她给我带来鱼，我们在水源附近的洞里烤鱼。

每天晚上，太阳落向海面，我们一动不动地待在岩石间，窥伺蒙鸟到来。在光芒四溢的天空中，它们高高地飞来，像星辰一样缓缓滑过。它们在悬崖高处筑巢，在马夏贝峰附近。它们如此美丽，如此洁白，持久地翱翔在天空，在海风上，让我们不再感到饥饿、疲倦，对明天的担忧。难道它们不正是永恒的？乌玛说这是两只歌唱上帝赞歌的鸟儿。我们每天都在黄昏中窥伺它们，因为它们使我们幸福。

然而夜晚来临了，那时我感到某样东西让人不安。乌玛美丽的面庞，深铜色，有一种空虚的表情，仿佛我们周围的一切都不真实。很多次，她低声说："有一天，我会离开……""你要去哪里？"然而她什么都不再说。

好几季节过去了，一个冬季，一个夏季。这么久我没见过其他人！我不知道从前在福里斯特锡德，路易港是怎么样，马纳纳瓦广阔无垠。唯一把我和外部世界联系在一起的是洛尔。我谈起她的时候，乌玛说："我很想认识她。"但是她又补充说道，"这是不可能的。"我谈起洛尔，回忆起她去居尔皮普，弗洛雷阿尔的富人家讨钱，为了穷苦的女人，为了甘蔗田里的苦难者。我谈起她去漂亮的房子里寻找碎布，好给即将死去的年老的印度妇女作裹尸布。乌玛说："你应该和她回去。"她的嗓音清脆，让我心绪不宁，让我难受。

这个夜晚寒冷而纯净，这是一个冬季的夜晚，就像在罗德里格斯的时候，我们躺在英国湾的沙子里，望着天空布满星星。

一切都寂静无声，停止了，大地的时间就是宇宙的时间。我躺在露兜树的地毯上，和乌玛一起裹在军毯里，望着星星：猎户座在西边，紧靠南船座的船帆，大犬座闪耀着天狼星，它是夜晚的太阳。我喜欢谈论星星（我无法离开它们），我高声地说它们的名字，仿佛我走在星光小道上，向父亲背诵：

"大角、五帝座一、参宿五、参宿四、天苑一、新宿二、尾宿八、河鼓二、仙女座、北落师门……"

突然，在我们上方，天穹上滑过一阵星雨。光迹从各个方向划破夜晚，然后熄灭，有些十分短暂，另一些那么持久，在我们的视网膜上留下印迹。我们站起身来好看得更清楚，向后仰着脑袋，头晕目眩。我感到乌玛的身体靠在我身上颤抖。我想温暖她，但是她推开我。我触摸她的脸庞，我明白她哭了。然后她跑向森林，躲在树下，不想再看见布满天空的光芒。我追上她，她说话的声音沙哑，充满愤怒和疲惫。她说不幸可能会再一次降临，说起战争，说起她母亲去世，还有马纳弗人，被人们四处驱逐，他们现在应该再次出发。我试图让她平静，我想对她说：可是这些只是陨石！我不敢对她说，况且，这些的确是陨石吗？

穿过树叶，我看见流星安静地滑在冰冷的天空，拖着其他星辰，其他光芒。战争将再次回来，或许，天空将再次被炸弹和大火的光芒照亮。

我们在树下互相依偎，待了许久，躲避这命运的征兆。然后，天空重新恢复平静，星星又开始闪耀。乌玛不想再回到岩石间。我把她裹在毯子里，坐在她身旁睡着了，像一个无用的哨兵。

乌玛离开了。在滴着露水的树枝的披檐下，她身体依靠留下的痕迹已经消失。我更愿意相信她还会回来，为了不胡思乱想，我来到小溪，在陶金盘里淘洗沙子。蚊子在我周围飞舞。椋鸟在飞翔，用它们嘲讽的尖叫声互相呼唤。有时，在浓密的森林里，我以为看见了年轻女性的身影，在灌木丛间跳跃。然而待我走近，却只是逃跑的猴子。

每一天，我都在等她，在我们游泳和寻找红番石榴果的水源附近。我一边等她一边玩弄草琴，因为我们约定这样交谈。我想起等待德尼的下午，我在高高的草丛中听见尖锐刺耳的信号，一只奇怪的昆虫在重复：啾唧，啾唧，啾唧……

然而这里，没有人回答。夜晚来临，吞没了山谷，只有包围我的山脉继续存在，布里斯-费尔山，马夏贝峰，还有远处，在金属一般的大海的前方是勒莫尔纳。风伴随潮汐吹来。我想起风回响在峡谷的时候,库克曾经说过的话。他说:"听!这是萨卡拉武在呻吟,因为白人把他从山脉高处推了下去!这是萨卡拉武的声音!"我一边听着风的怨吟,一边望着消失的光线。在我身后,悬崖的红色岩石依然灼热,下面,延伸着烟雾缭绕的山谷。似乎每一刻我都觉得,我就要听见乌玛在森林里的脚步声,我就要闻到她身体的味道。

英国士兵包围了黑河的难民营。好几天来,一卷卷带刺的铁丝将营地围起来,阻止任何人进出。那些在营地里的罗德里格斯人,科摩罗人,迭戈苏瓦雷斯人,阿加莱加群岛人,印度或者巴基斯坦的劳工,等待检查。身份证件不合乎规定的人必须回到他们的地方,他们的岛屿。我想进营地寻找乌玛,在一位英国士兵告诉我这个消息之后。士兵身后,尘土之中,木板屋间,我看见孩子们在太阳下玩耍。是贫困让甘蔗田燃烧,让怒火燃烧,让人们极度激动。

我在营地前等了很久,希望看见乌玛。晚上,我不愿回到马纳纳瓦。我睡在布康,我们从前的天地所遗留的废墟里,我躲在智慧的五桠果树下。入睡之前,我听见山谷里蟾蜍的歌唱,感到海风和月亮一同升起,波涛一直奔腾到草田里。

黎明,有一群人和一位队长来到这里,我躲在树下,以防万一。可是他们找的不是我。他们带来"死尸"钳,这些沉重的生铁钳是用来挖掘树桩和巨石的。他们还带来十字镐、斧头。一群身穿粗麻布衣的妇女跟他们一起过来,头顶放着锄头,保持着平衡。两个骑马的人跟着他们,两个白人,我通过他们命令的方式认出他们。其中一个是表哥费迪南，另一个英国人我不认识，可能是区域经理。从树下我藏身的地方，无法听见他们说话的内容，但是很容易理解。这是我们最后几块土地，他们要开垦种植甘蔗。我漠然地看着这一切。我回忆起所有人都曾感受到的绝望，那时我们被驱逐，在装着家具和箱子的车里缓缓前行，走在笔直的大道的尘土中。我回忆起愤怒在洛尔的声音里颤抖，母亲不再抵抗了，而洛尔说起卢多维克叔叔时重复说道："我希望他死！"现在，仿佛这一切是另一个生活。两个骑马的人离开了。从我躲藏的地方，我听见地里的镐声，穿过树叶变得微弱，岩石上"死尸"钳刺耳的声音，还有黑人们劳动时的歌唱，缓慢而忧伤。

太阳爬上了天顶，我感到饥饿，走向森林，寻找番石榴果和栗色黄连木果。我想到乌玛被囚禁在营地，心里阵阵难过，她选择去那里和弟弟会合。从山丘高处，我看见烟雾从黑河的营地上升起。

将近晚上，我看见路上扬起尘土，长长的卡车车队驶向路易港。最后一辆卡车经过的时候，我来到路边。在因为炎热而半开的篷布里，我看见一张张深色的面孔，疲惫，染着尘土的斑迹。我知道正把他们带走，把乌玛带走，不管带去哪里，只要是带到别的地方。让他们登上轮船的舱底，把他们运向他们的国家，让他们不再要求水，米饭，工作，他们不再在白人的田里放火。我在路上跑了一会儿，气喘吁吁，胸部灼痛。在我周围，大人们，孩子们不解地看着我。

我沿着岸边游荡了许久。在我上方，是拉图雷尔山和它截断的岩石，好像大海前的瞭望岗。我穿过灌木丛向上攀登，一直爬到雷图瓦勒山，三十年前，正是在这个地方，我看见飓风来临摧毁我们的房子。在我身后，是地平线，从那里涌来云朵、烟雾、光和水的长迹。我似乎觉得正是这一刻，真正听见风在呼啸，听见正在发生的灾难的声音。

我是怎样来到了路易港？我走在太阳下，走在军用卡车的印迹上，直到精疲力竭。我吃的是在路边能找到的东西，从车上落下的甘蔗，印度人的一间茅屋里的一点米饭，一碗基尔酒。我避开村庄，害怕孩子们的嘲笑，或者害怕还在寻找纵火犯的警察。我在水塘里喝水，在路边的灌木丛中睡觉，或者躲在撒布勒山峰的沙丘里。夜晚，我仿佛仍然和乌玛在一起，在大海里游泳，让由于发热而滚烫的身体冷下来。我游在波涛里，十分缓慢，仿佛在睡眠中。然后我往身上撒上沙，等待沙子在风中一缕缕滑落。

我来到港口的时候，看见了轮船，上面已经有罗德里格斯人，科摩罗人，阿加莱加人。这是一艘崭新的大船，属于阿卜杜勒·拉苏尔，叫"拉迪戈联盟号"。船停泊在远处锚地的水面上，没有人能靠近。英国士兵看守着海关的厂房和仓库。我在总督辖区的树下度过整个夜晚，与流浪汉和喝醉的水手一起等待。早晨，灰濛濛的光线把我叫醒。岸上不再有任何人。士兵们回到福尔乔治的卡车里。太阳缓缓升起，然而岸边空荡荡的，仿佛休假的日子。然后"拉迪戈联盟号"起锚，一边冒烟一边开始滑行在平静的大海上，海鸟在桅杆周围飞翔。船首先驶向西边，直到变成一个小点，然后调转方向，滑行在地平线的另一侧，向北驶去。

我仍然回到马纳纳瓦，世上最神秘的地方。我回忆起从前，我曾经认为夜晚从那里诞生，然后沿着河流一直流进大海。

我缓缓走在潮湿的森林里，沿着溪流。在我周围，我感到乌玛的存在，在黑檀木的树荫里，我闻到她身体的味道，混合着树叶的香味，我听见她窸窣的脚步声在风中。

我待在水源旁，倾听水淌在石子上的声音。风让树顶闪耀着光芒。透过云隙，我看见耀眼的天空，纯净的光线。我在这里能等到什么？马纳纳瓦是死亡的地方，这就是为何人们从不来这里冒险的原因。这里是萨卡拉武和逃亡的黑人的地方，他们只是幽灵。我匆忙拾取几样物品，它们是我在世上的痕迹，土黄色的毯子，士兵的背包，还有淘金者的用具，陶金盘、筛子和王水瓶。像乌玛教会我那样，小心翼翼地清除我的痕迹，生火的记号，把垃圾埋在地下。

风景在西边闪耀。远处，在泰尔鲁日峰的另一边，我看见布康深处深色的阴影，那里的土地被开垦，烧焦。我想到穿过猎区一直通到特鲁瓦马梅尔山高处的小路，我想到在甘蔗田中间一直通达坎兹康通的土路。洛尔可能在等我，或者并没有。我到时，她会跟以往一样说嘲讽而有趣的话语，仿佛昨天我们刚刚分离，仿佛时间对于她并不存在。

白天将尽，我来到黑河的河湾。河水黑色而平滑，没有风吹过。地平线上几只小舟滑过，它们三角形的风帆系在舵轮上，寻找着气流。海鸟开始从南边、北边飞来，它们贴着水面交叉而过，发出担忧的尖叫。我从包里拿出还保留着的宝藏的资料，地图，草图，在这里和在罗德里格斯写下的笔记，我在沙滩上将它们烧毁。

涌上沙滩的波涛把灰烬带走。现在我知道了，海盗科赛尔从英国湾细谷的洞穴里取出宝藏后，正是这样做的。因此，有一天，在经历了如此多的杀戮和荣誉之后，他重新追随自己的足迹，摧毁他建立的一切，只为获得最终的自由。

我走在黑色的沙滩上，走向拉图雷尔山的方向，我一无所有。

在雷图瓦勒山丘上，拉图雷尔前方，我安置下来过夜。右边，是已经在黑暗中的布康深处，稍远是也芒冒烟的烟囱。那群干活的人是否已经清理完曾经属于我们的土地？或许他们用斧头砍倒五桠果树，我们的智慧树。那么，我们在这片土地上不留下任何东西，不再有任何坐标点。

我想到母亲。我似乎觉得她仍然睡在某个地方，独自一人，在她宽大的铜床上，在成群的蚊子下。我想和她低声谈谈不会结束的东西，我们蓝色屋顶的房子，脆弱，透明，仿佛奇迹，还有满是鸟儿的花园，夜晚在那里降临，还有山谷，甚至智慧树，它在马纳纳瓦的入口。

我重新来到曾经看见飓风来临的地方，是我八岁那年，那时我们从房子里被驱逐出来，被抛弃在世上，仿佛第二次诞生。在雷图瓦勒山丘上，我感到大海的声音在我心中越来越响。我想对洛尔谈百合娜达，我在藏宝的地点找到她，她回到自己的岛屿。我想对她谈旅行，看她的眼睛闪闪发亮，就像那时，我们从金字塔形的石堆高处看见辽阔的大海，在那里我们是自由的。

我将要去港口挑选我的船只。这是我的船：它纤细，轻盈，好像一只翅翼宽阔的军舰鸟。它的名字叫"阿尔戈号"。它缓缓滑向大海，在黄昏黑色的海面上，被鸟儿包围。很快，夜里，它按照天空中的命运，航行在星星下。我在甲板上，在船尾，被风包围，倾听波涛撞击在艏柱上，风在船帆里轰鸣。舵手为自己歌唱，他的歌曲单调，没完没了，我听见水手们在底舱玩骰子的说话声。我们是大海上的唯一，唯一活着的生命。那时乌玛将重新和我在一起，我感到她身体的热度，她的呼吸，我听见她的心跳。我们一起去向何方？阿加莱加群岛，阿尔达不拉岛，新胡安岛？岛屿数不胜数。或许我们无视禁令，要去圣布兰登岛，布拉德梅尔船长和他的舵手是否在那里找到他们的避风港？在世界的另一边，在一个不再害怕天空征兆，也不再害怕人类战争的地方。

现在是夜晚，我听见大海充满活力的声音正在来临，直到我内心深处。

译后记　追寻幸福的乌托邦

王菲菲

一八九二年，印度洋西南部的毛里求斯岛，正处于英国的殖民统治之下。故事就开始于岛上的布康深处，小说《寻金者》的主人公亚历克西年仅八岁，和姐姐洛尔在这里享受无忧无虑的童年，朝夕相伴于"智慧树"、甘蔗田、星星、大海。在黑人伙伴德尼的陪伴下，亚历克西发现大自然的秘密，获取第一次海上旅行的经历。然而好景不长，童年伙伴离开，飓风侵袭，父亲生意破产，布康的幸福生活宣告结束。全家搬迁福里斯特锡德之后，父亲的死亡、母亲的虚弱、每况愈下的贫困、单调的生活让亚历克西最终踏上"寻金"的冒险之旅——携带父亲留下的地图和资料，寻找"未名海盗"隐藏的宝藏，希望有一天重归幸福的家园。

"泽塔号"承载少年寻金的梦想，漂摇于未知的大海，途经一座座传奇的岛屿，终于抵达寻金的目的地——罗德里格斯岛的英国湾。接下来，便是翻山越岭，风吹日晒，年复一年地寻找。一次又一次，从梦想落入现实，由希望坠落于失望。然而，主人公偶遇山中"马纳弗族"少女乌玛，美丽而原始的女孩让亚历克西体验爱情的幸福，引导他如何与自然和谐相处。"寻金"一度由于主人公奔赴一战的欧洲战场而中断。亲历战争、死亡、恐惧、分离之后的亚历克西，与乌玛重逢于童年的山谷，拥有短暂的幸福。亚历克西所期许的宝藏始终没有寻到，乌玛也最终离开，小说结束于主人公乘舟远行的梦想，或许，寻找是永远的命运。

《寻金者》出版于一九八五年，是作者勒克莱齐奥第一部以毛里求斯岛为背景的小说。小说的创作灵感源自于作者的祖父，带有家族自传叙述的意味。勒克莱齐奥祖上曾于十八世纪举家移民至毛里求斯岛，所以接受《世界报》记者采访的时候，他曾经说"从文化上，我也感到自己是毛里求斯人"，"具有双重国籍，法国和毛里求斯"。那么，以毛里求斯为情节发展背景，可以看作回归家族的根源。同时，小说延续了斯蒂文森《金银岛》（又译《宝岛》）探险小说的掘宝题材，勒克莱齐奥之后出版的《罗德里格斯岛之旅》可以看作《寻金者》内容的补充，使寻宝的故事更加明晰。"我不禁想起祖父的失败。这份宝藏，他在这里寻找了三十多年，一直占据他的思想直到死亡，这份宝藏，他将所有希望倾注其中……"，于是便有了这部题为"致我的祖父莱昂"的小说。

一

然而不同于一般意义的探险故事，《寻金者》更是讲述精神启蒙的小说。情节发展前后一共经历三十年，其间是主人公跟随寻宝的梦想身心成长的历程，从孩童到成人，由稚嫩走向成熟。历险和传奇之下更是人类不断寻找自我，可望而不可及的幸福的乌托邦。

"金",是标题里的关键字,也是亚历克西贯穿小说前后的寻找对象。作为表层意义的"金",是物质的金,是"不为人知的海盗科赛尔的宝藏"。对于莱唐家族日益窘迫的生活,仿佛救命稻草,是家庭摆脱拮据的希望。因此,亚历克西幻想"回来的时候我如同陌生人,装着父亲留下的资料的旅行箱里,将填满海盗科赛尔的金子和珠宝,戈尔康达的宝藏或者奥朗·泽比的赎金。"同时,"金"在文中还具有隐喻意义,虽然从未明说,却暗指人们所渴望的幸福。布康傍晚金色的光线,母亲手中《圣经故事》封面上金色的太阳,"泽塔号"上所见镀金的大海,英国湾金色的长荚果,还有乌玛黑色金属般的皮肤上闪耀如金粉的沙砾,所有这些金的形象的化身代表了亚历克西心中所体验的美好。

然而"金"还有另一张面孔,摄人,危险。"它像蝎子一样,只会蜇害怕它的人",蜇人的蝎子可以致命,乌玛用她原始的感觉诉说。过度占有金的欲望是导致战争与死亡的根源,"为了拥有金子,人们四处死亡"。"泽塔号"上的亚历克西,不是为船员误以为他带有金子的潜在可能而恐惧不安吗?欧洲战场上,腾空升起的金棕色云雾不正是死亡的前奏吗?亚历克西注视飞翔的鸟儿,它们高高地掠过山谷,不禁自问"它们是否需要金子,财富?"直到走进马纳纳瓦山谷方才恍然大悟,"宝藏无法找到,毫无可能。它们是我来到马蒂兰港的时候,黑人寻金者给我带来的'愚人金'"。迷人与危险,物质和隐喻的"金"的对立,寓意了寻找的悲剧。

那么期待的幸福究竟是什么?小说开篇第一章里,布康被描绘成孩童心目中的人间天堂。"拉图雷尔山……哨兵,还有另一边,特鲁瓦梅尔山尖锐的岩石和朗巴特山，它们守卫着这个世界的边界"。在封闭的世界中，孩子白天沿着砍伐的道路奔跑，有时迷失在叶子锋利的甘蔗田间，在潟湖里尽兴地钓章鱼，爬上金字塔形的黑石堆看糖厂的烟雾，蜿蜒的河流，闪耀光斑的大海。夜晚，在花园里"智慧树"的主干上，看月亮游走于云间，洒下皎洁的月光，聆听大海的声音，等待潮汐来临。正如"智慧树"一词的影射，这里是人间的"伊甸园"。它不仅仅是一个场所，还代表一种时间，童年、无辜的时间。而此后，亚历克西跨越千山万水，寻找的一直是布康；漂泊于千里之外的别处——海上，英国湾，所希望的是重返美丽的时光。海上旅途的欣喜，英国湾乌玛的陪伴都成为布康的化身。"希望一切将会恢复到从前一样"，"这一切都很奇特，如同很久以前一场被打断的梦"。就连洛尔寄给亚历克西的信也是对失去天堂的召唤："我不断想到我们在布康幸福的时光，永远不结束的日子。"

然而，"幸福不能持久"。与布拉德梅尔船长海上的交谈已经向我们揭示幸福时刻的短暂。福里斯特锡德的阴郁和单调一下子结束无忧无虑的童年；海天一色，被誉为天堂的圣布兰登岛，却在捕杀中转眼变为血流成河的屠宰厂；亚历克西在乌玛的陪伴下，似乎觉得在潟湖的水中得以净化，摆脱一切欲望和烦恼，而当乌玛转身离开之后，立刻再次感到孤独和寂寞的啮噬。人们的欲望无限，却总是不断失去想要得到的东西。甚至于幸福一经寻到很快就会消失。主人公与心爱的女孩，终于重逢于远离尘世的马纳纳瓦山谷，原本以为寻到了幸福的永远，却在预示不幸和灾难的流星滑过之后，再次分离。

幸福从未完成，它存在于期望之中。幼年时的亚历克西总在夜深人静的时分，躺在行军床上，等待大海涨潮，等待木麻黄针叶间的海风。父亲生意出现问题时的愿望是修建发电站的计划获得成功，而破产时，却期许不为人知的海盗科赛尔的宝藏。处在贫困中的全家却津津乐道地幻想欧洲的旅行。幸福总在别处，在于无尽地寻找。洛尔说："你应该走到寻找的尽头，世界的尽头。"山谷中的亚历克西一次又一次次发现寻找落空，却不断认为"我们将要去那边寻找"。旅行也好，流浪也好，怀着美好的理想去别处，构成勒克莱齐奥笔下追求幸福的乌托邦这一永恒的主题。从词源上说，"乌托邦"是希腊语中两个词语的综合：οὐ-τοπος "没有的地方"和εὔ-τοπος "幸福的地方"。合在一起，"幸福的地方是没有的地方"正是人们常说可望而不可及的幸福。小说中亚历克西在寻找的最后阶段，逐渐自觉或不自觉地放弃，以至于失去所拥有的一切：从社会角色而言，已经离开办公室的职位，再度失去种植园队长的工作，与苦力一样在田间劳作；从家庭而言，母亲去世，洛尔的离开；童年的布康变成满目疮痍的风景，从前的房子即将开垦为荒地，"我从包里拿出还保留着的宝藏的资料，地图，草图，在这里和在罗德里格斯写下的笔记，我在沙滩上将它们烧毁。涌上沙滩的波涛把灰烬带走"；最后乌玛的离开，留下他独自一人。用一无所有和绝对的孤独换来绝对的自由：相伴于大海、自然、远离人类的幸福，"在世界的另一边，在一个不再害怕天空征兆，也不再害怕人类战争的地方"。至此，可以说主人公完成了精神的自我追寻，然而人类对于幸福乌托邦式的追求却是永无止境。

二

勒克莱齐奥的小说中，一般都有一位处于"边缘化"的主人公，从他的感觉和视角出发看待周围的一景一物，看待世界发生的事情，从而对人类所处社会进行思考。八十年代以前的创作可以归为其前期作品，其中人物的"边缘化"主要体现在思想和意识形态的边缘化，比如《诉讼笔录》中的亚当·波洛，是对西方物化的批评。而以《寻金者》为代表的第二阶段的创作中，"边缘化"更多地体现在地域和文化方面。

在这部小说里，主人公的生活地点处于西方主流文化之外的地域，远在印度洋西南部的毛里求斯岛。自一八一四年以来，毛里求斯岛便处于英国的殖民统治之下，英国从美洲、非洲和印度引入大批奴隶和廉价契约劳工，在岛上从事甘蔗种植园开垦。即使在远离欧洲的非主流国度中，亚历克西的家庭也很难适应当地生活，处于社会边缘。他们是白人，拥有房子和花园，家里有几位黑人工人，然而却不属于富裕的大庄园主，与觊觎他们房子、从事种植园开垦的卢多维克叔叔形成鲜明的对比，后来因为破产而被迫离开家园。童年的亚历克西除了姐姐洛尔之外，亲近的伙伴不是表哥费迪南，而是黑人奴隶的后代德尼。成人后的亚历克西与W.W.韦斯特办公室里白人们的生活存在隔阂。他从罗德里格斯岛返回毛里求斯以后，甚至被安排在甘蔗田间当"队长"，类似于监工，而最后连这份工作也失去，成为田间与黑人们一起搬石头的工人。以这样一位处于地域、社会边缘的人物为中心，描写他眼中的毛里求斯社会，他眼中的劳工生活，作者意在表达对殖民的不满和对当地劳动者的同情。以卢多维克叔叔为代表，是一些"冷酷无情"的人，然而"在田里，有一些男子几乎赤身裸体，身上只盖一块破布，他们在拔'残根'……他们把玄武岩块扛在肩上，运到牛车上，然后在田地尽头堆积起来，建造起新的金字塔形的石堆。这些人被母亲称为'甘蔗的殉难者'"。"所有来到这些土地上劳动的人们……而土地永远不属于他们"。

此外，这部小说通过一位少年的所见所感，以及他与周围人的关系，不仅向我们展现出奇妙的异域文化，更是表达出作者对原始和自然的生活方式的赞扬。

在亚历克西眼中，童年的花园是伊甸园般的乐土；在他记忆中，布康是充满自然的人间天堂。不仅如此，陪伴他的伙伴德尼，引领他接触自然，认识自然。"他知道所有鱼类、所有昆虫的名称，了解森林里所有可食用的植物和所有野果，他能够仅凭气味或者咀嚼一块树皮就辨认出树木。他知道的东西那么多"，他被叫做"礼拜五"。这一称呼源自于米歇尔·图尼埃小说《礼拜五，太平洋上的灵簿狱》，不正影射他如荒岛上的野人一般，原始而通晓自然？

之后，主人公在寻金过程中邂逅并爱上了马纳弗少女乌玛。"马纳弗人"是逃亡奴隶的后代，"山里的黑人……从未到过海边的人"。他们不断迁徙，与世隔绝，远离人群与人类文明，以近乎原始的方式生活。亚历克西正是被乌玛原始的美丽深深吸引。她"古铜色的面庞，熔岩的颜色，闪耀着盐的光泽"，"黑色金属般的身体"。乌玛没有过多的言语，有的只是目光和动作。"她看着我，毫不拘束，只是原始的美"。"她无声地走着，动物般柔软地移动"，"柔软灵活的身影从一块石头跳跃到另一块石头，像一只小山羊"。亚历克西从乌玛那里学习在岩石上奔跑、用燧石生火、潜水、捕鱼。乌玛教会亚历克西如何在自然中生存，与大自然和谐相处，并且完成了对亚历克西的精神启蒙。在主人公眼中马纳弗人还具有西方文明所缺失的单纯和质朴："他们从不撒谎，不会对任何人做坏事。在马蒂兰港，岸边的人和毛里求斯的人一样，说谎，欺骗。"西方人为之狂热的宝藏，乌玛"和所有马纳弗人一样蔑视金子"，她说："你们认为金子是最强大，最令人向往的东西，因此你们发起战争"。作者借助其简单而朴素的话语，一针见血，对西方价值观进行最直接的批评。

不论是地域的"异域"，还是文化的"异域"，"'他者'形象的创造是一个借助他者发现自我和认识自我的过程。"勒克莱齐奥正是这样一位有着清醒认识的作家。如同他在其他作品中一样，总是自觉地走出所处的西方，将目光投放于主流文明之外的异域。一方面，像在《寻金者》小说中一样，他表达自己关切的声音："乌玛变成怎样，她的弟弟怎样，在荒无人烟的山里，没有资源？马纳弗人变成怎样？"另一方面，他认识到西方文明的诟病，"当欧洲社会，当建立在效率之上的欧洲技术社会来临时，不平衡便产生了。从此再也没有停止过"。借此指出了西方价值观的弱点，对异域文明原始、自然的生活方式给予赞扬，期许一个"寻求人与大自然之间的平衡,人与人之间的平衡"的社会。

三

《寻金者》这部小说与勒克莱齐奥以《诉讼笔录》为代表的前期作品相比,具有更明显的情节性。小说的叙述人称为第一人称的"我",用主人公"我"的口吻讲述故事。故事出自于少年口中,以少年的视角展开。为了配合情节的这一特点,初看起来,作者采取了较为简单的叙述顺序,遵循线性的时间发展顺序。我们可以看到小说的每一章标题中都有一个明确的年份(除了第二章,由于其前后两章年份清楚,所以我们很容易把第二章的大致时间确定下来)。这些年份按照时间顺序从前往后排列,小说之初为一八九二年,主人公年仅八岁;到小说结束时一九二二年,时间跨度恰好为三十年。

然而在表面的平淡之下,却是作者精心安排的循环式的叙述结构。从每一章节标题中出现的地点我们也可以看出来。寻金的出发地是童年的布康,那里有神秘的马纳纳瓦山谷,而找寻的终点重新回到孩童时的梦想之地。"我仍然回到马纳纳瓦,世上最神秘的地方。我回忆起从前,我曾经认为夜晚从那里诞生,然后沿着河流一直流进大海。""现在,我处于山谷的中心,在大树的阴影中,夜晚已经开始。风从海上吹来,我听见树叶的声音,它们无形的经过、奔跑、舞蹈。……我走在阴影中,在依旧晴朗的天空下,森林在我面前开启,无边无际。……我闻到大地淡淡的味道,天空的潮湿。

我沿着激流的河床向上。……我感到自由的陶醉。难道我不正是应该来到这里吗，永远？"回到原点，重新找到初始的幸福：风，河流，大海，树木，星星，自然。看全文最后一句话："我听见大海充满活力的声音正在来临，直到我内心深处。"与小说开篇第一句："在我记忆最遥远的地方，我听见了大海的声音。"正好遥相呼应。

在循环的结构之中，我们同样还能发现对称的二元结构。战争一章作为中点，将故事一分为二，主人公在这一章节中见证了死亡与恐惧，成为寻金过程中精神转变的过渡。以它为对称点，前后两部分情节发生的地点呈现完美的对称：布康→福里斯特锡德→罗德里格斯岛→战争→罗德里格斯岛→福里斯特锡德→马纳纳瓦山谷。在前后两部分的寻找中，主人公又分别经历了：幸福 → 毁灭性的飓风 → 家庭成员的死亡。此外，成对出现的二元结构还有：两次飓风，两位启蒙者（德尼和乌玛），两次与启蒙者乘独木舟海上逃离，寻金过程中两次受伤，两次受伤后得到乌玛的照顾，等等。小说的叙述将线性的时间顺序与循环、对称的结构有机结合，作者似乎想用此消除一切叙述，一切时间，指向未来的时间是人们所见的表象，表面之下仿佛是宿命，寻金的梦想从开始就注定失败，所期许的前方的幸福注定也难以寻得。然而，开始即是结束，起始已经蕴含一切，沿着漫长的追寻轨迹，最终回归的是本原。

除了线性和循环的时间之外，小说叙事中的时间常常得以延缓，甚至出现停止。而延缓和停止的时间又有两张面孔：第一张面孔是痛苦的时光。"我在这座山谷里待了很久。多少天，多少个月？"在荒无人迹的英国湾里寻找，为孤独和寂寞吞噬，为寻找的希望和失望而发狂，每一日每一月的标记被消磨。在战争一章中痛苦似乎达到极致，"几天，几周，几个月？然而更像只是同一天，不断重复"，填充这漫长时间的是寒冷、饥饿、疲惫和死亡。

与之完全对立的，还有幸福时光的停驻。在"泽塔号"的甲板上，漂泊在无垠的海洋之中，每天注视着阳光下的海浪，随光线变化的云彩，还有夜晚的星星，仿佛陷入持久的梦境，"我似乎觉得一直生活在这里"。而后，在乌玛爱情的陪伴下，时间被拉长到停止，"这一天没有止境，像大海一样"。这些受到偏爱的时刻，都是主人公暂时停止寻找物质宝藏的时刻，是享受"当下"的时刻，是为世人所遗忘的时刻。我们知道时间不论是拉长还是停止，实际上都反映了人物的情绪和心理，是"我""希望这一时刻永不结束"，而明明知道此刻的幸福是多么转瞬即逝，多么虚幻。与一般意义的历史时间不同，小说叙事运用时间的延缓和停止的手法，表达了幸福随时可能幻灭，以及对幸福的期许。

最后我要感谢勒克莱齐奥在我翻译的过程中提供了帮助。小说中有不少在一般词典中难以查到的词语，他在百忙之中给予了悉心的解释，为我理解他的小说，进入他的世界打开了通道。